Colette Davenat

Isabella von Kastilien

Roman

Aus dem Französischen
von Frauke Rother

Aufbau Taschenbuch Verlag

Die Originalausgabe unter dem Titel
Les mariés de Valladolid
erschien 2000 bei Éditions Lattès, Paris.

ISBN 3-7466-2017-1

1. Auflage 2004

Umschlaggestaltung Simone Leitenberger unter Verwendung
des Gemäldes »Isabella von Kastilien« von Madrazo, akg-images
Druck C. H. Beck, Nördlingen
Printed in Germany

www.aufbau-taschenbuch.de

Luis

1

Hatte man etwas geahnt, hatte eine verbrecherische Hand das Feuer gelegt, oder war es mein Vater, der immer so zerstreut mit den Kerzen hantierte, selbst gewesen? Ich habe nie versucht, die Wahrheit herauszufinden, Nachforschungen hätten nur Argwohn geweckt. Auch kalte Asche kann noch brennen.

Es war ein Nachmittag im April 1454 in Gomora, einem Marktflecken nahe der Grenze zu Aragón, wohin es uns nach der Flucht aus Toledo verschlagen hatte. Ich hatte das Geschirr vom Mittagessen abgewaschen und wieder eingeräumt und schrieb einen Abschnitt aus unserer Lateinbibel ab, eifrig bemüht, ebenso kunstvoll wie mein Vater zu schreiben, als ich auf einmal etwas fallen hörte. Ich rannte hinunter ins Erdgeschoß. Der Brandgeruch, der undurchdringliche, nur von schwachen Lichtpünktchen durchbrochene Schleier über dem Zimmer, mein Vater auf dem Boden liegend – in Sekundenschnelle hatten meine Sinne das Drama erfaßt, und im nächsten Augenblick war der gesamte Raum von Flammen hell erleuchtet.

Ich versuchte meinen Vater zu bewegen, zerrte an seinen Kleidern.

»Der Fluch, mein Sohn, der Fluch!« flüsterte er. *»Man kann nicht Roß und Maultier sein.«*

Das Feuer fraß sich in das Holz, fiel über den Schrank her, in dem der Vater seine Bücher verstaute und den er abschloß, wann immer er aus dem Haus ging. Daß er sich keine Sorgen um seinen kostbarsten Schatz machte, versetzte mich vollends in Schrecken.

Ich rief: »Vater, Vater!«

Mühsam hob er eine Hand und deutete zur Tür.

»Lauf fort, Luis, ich befehle es dir. Mit mir geht es zu Ende. Denk daran: *Man kann nicht Roß und Maultier sein.* Ich habe es dir verheimlicht, aber jetzt sollst du es wissen, wir sind ...«

Er sprach nicht weiter, sein Mund blieb offen, der Blick war leer. Ich fühlte ihm den Puls, so wie es mir der Arzt beigebracht hatte, aber das Herz schlug nicht mehr. Ich wich zurück, doch anstatt vor den Flammen durch die Tür zu flüchten, stürzte ich die Treppe hinauf. Warum? Warum ein solch selbstmörderisches Gebaren? Noch heute sehe ich darin einen Fingerzeig Gottes. Wie im Taumel lief ich quer durch die Kammer auf das Fenster zu.

Unten hatte sich eine Menschenmenge gebildet, Männer, Frauen, unsere Nachbarn. Sie beobachteten das brennende Haus, sie redeten aufeinander ein, einige lachten auch. Ein Junge brachte einen Eimer Wasser, sie gossen es ihm über den Kopf, das Gelächter schwoll an. Ich war wie erstarrt, außerstande, auch nur einen Ton von mir zu geben.

Auf einmal tauchte eine mächtige Gestalt auf, die sich entschlossen einen Weg durch die Menge bahnte. Es trat Stille ein. Der Unbekannte stellte sich unter das Fenster, schlug sich gegen die Brust und streckte die Arme aus: »Spring, Kleiner, spring!«

Bei der Vorstellung, mich ins Leere zu stürzen, wurde mein Entsetzen noch größer.

Die Stimme brüllte immer wieder:

»Beim Allmächtigen, sei mutig, Kleiner, meiner Treu, bei Buitrago riskierst du nichts. Also los, nur zu, spring!«

Die Flammen züngelten jetzt an den Vorhängen unseres Bettes hoch, die Treppe brannte lichterloh. Ich stieg auf das Fensterbrett, und angestachelt von der Stimme, sprang ich.

Der Unbekannte schnappte mich im Fluge wie eine Fliege, setzte mich auf die Erde und tätschelte mir die Wange. Er sah mich so freundlich, so liebevoll an, wie ich es nie wieder erleben sollte.

»Tapferer Bursche! Alles heil geblieben?«

Er wandte sich an eine der Frauen:

»Frau, kümmert Euch um dieses Kind.«

Und ging fort.

Er war bereits an der Straßenecke, als ich ihn einholte.

»Bitte, nehmt mich mit«, sagte ich.

Er blieb stehen.

»Aber Kleiner! Die Angst hat dir wohl den Verstand geraubt. Dich mitnehmen? Wo denkst du hin? Ich bin nichts weiter als ein Landstreicher, einmal hier und einmal dort. Du hast gewiß Verwandte und Freunde in der Stadt, ich bringe dich zu ihnen.«

»Ich hatte nur meinen Vater, er ist tot, er ist gerade gestorben. Der Arzt hat ihm immer gesagt: ›Vor allem keine Aufregungen.‹ Sein Herz, versteht Ihr? Und die Leute hier ... habt Ihr diese Leute gesehen, habt Ihr sie gesehen? Sie hätten mich bei lebendigem Leib verbrennen lassen. Ich hasse sie! Für sie waren wir nur Fremde, noch weniger wert als ihre Tiere. Ich flehe Euch an, nehmt mich mit!«

Seine Hand schloß sich um meine.

»Beruhige dich, Kleiner. Wie alt bist du?«

»Acht Jahre.«

»Barmherzige Jungfrau! Acht Jahre! Wenn man dich so reden hört, würde man denken, du bist zwölf oder noch älter.«

»Das kommt daher, daß ich Latein lesen und schreiben kann«, sagte ich voller Stolz.

»Hör zu, Kleiner, wir gehen jetzt zum Padre. Er wird wissen, was wir mit dir machen sollen. Vom Latein bekommt man keine kräftigen Waden.«

Ich zog meine Hand weg.

»Wenn Ihr mich nicht mitnehmen wollt, gehe ich allein los,

und dann fressen mich die Wölfe. Habt Ihr mich etwa gerettet, damit ich im Bauch eines Wolfs lande?«

»Na schön, Kleiner, dann gehen wir also ein Stück zusammen. Ich heiße Buitrago, ich bin auf dem Landgut des Marqués de Santillana geboren, und du, wie heißt du?«

»Luis. Luis de Soca.«

Es ist eine Gnade der Kindheit, vergessen zu können. Buitragos Persönlichkeit löschte rasch das strenge Bild meines Vaters aus. Ihn hatte ich geachtet und bewundert, Buitrago liebte ich.

Für ihn bedeutete alles Glück. Das Göttliche und das Profane, ganz gleich, ob es sich um ein gut gewürztes Ragout oder die Sonntagspredigt handelte, sein kantiges, von Wind und Wetter gegerbtes Gesicht strahlte stets wie verzückt. Er lehrte mich, daß Gott gut sei, unsere Gebete Liebe und daß, wenn man sich zu Füßen Unserer Lieben Jungfrau und der Heiligen niederwirft, Frieden und Glückseligkeit einkehrten. Kurzum, er weckte in mir die Begeisterung für den Glauben, den ich bis dahin nur als Zwang empfunden hatte, denn ich hatte mich dem Verhalten meines Vaters angepaßt, der seinen religiösen Pflichten nachkam, als wären sie eine Strafe für ihn.

Wie fern und glücklich erscheint mir diese Zeit, da ich, die Seele so rein wie eine Hostie, neben Buitrago herlief!

»Die Freiheit vor Augen, das ist ein größerer Schatz, als ein König je besitzen kann«, pflegte er zu sagen. Er wußte, wovon er sprach. Stets vergnügt, war er seit mehr als zwanzig Jahren immer auf Wanderschaft. Durch Kastilien, León, Navarra, Katalonien, Aragón, er hatte überall seine Verbindungen, seine Bleibe, seine Lieblingslandschaften.

Wenn es uns an Geld mangelte, ließen wir uns Schwarzbrot mit Knoblauch und sauren Hering schmecken und fanden in einem Schafstall Unterschlupf. Aber wenn Buitrago beim Würfeln gewann, schliefen wir in einer Herberge und hielten fürstliche Gelage.

»Iß, Kleiner, du bist ja nur noch Haut und Knochen, wie ein Fohlen, das keine Muttermilch bekommen hat. Wer läßt denn ein saftiges Stück Kalbfleisch oder eine Schweinskeule einfach stehen!«

Ich wagte nicht, ihm zu sagen, daß ich seit unserem Aufbruch von Toledo kein Fleisch mehr gegessen hatte. Das Fleisch, das es zu kaufen gab, war meinem Vater zuwider, trotzdem schickte er mich mit den Worten: »Hüten wir uns, gegen die Gepflogenheiten zu verstoßen«, zum Fleischer, doch sobald ich zurückgekehrt war, vergrub er das Fleisch im Garten hinter dem Haus. Ein solches Gebaren überraschte mich nicht, mein Vater war allwissend, er würde schon seine Gründe haben.

Im Oktober, mit den ersten kalten Nächten, hatten wir die Gegend um Valladolid erreicht.

Buitrago prüfte den Himmel und zog die Augenbrauen hoch.

»Luis, du bist zu zart für ein solches Leben. Wir müssen dir eine Unterkunft bei den Mönchen suchen. Und wenn der Frühling kommt, nehme ich dich wieder mit.«

Er strich mir übers Haar und sagte:

»Fehlt dir das Studieren nicht, kleiner Gelehrter? Du wirst sehen, bei den Mönchen steht alles voller schöner Bücher.«

Ja, gewiß fehlte es mir, mir kribbelte es in den Fingern, eine Feder zu halten, in den Städten hingen meine Augen an jeder noch so kleinen Inschrift, aber Buitrago würde mir noch mehr fehlen, und ich befürchtete, er könnte sein Versprechen vergessen und mich verlassen.

Eines Abends – das Glück, dem er mitunter nachhalf, war Buitrago wieder einmal hold gewesen – hatten wir gefüllte Tauben mit Kräutersauce gespeist, und ich dachte, für den Preis dieses Essens hätten wir bis zum Monatsende auf dem Dachboden der Herberge im Warmen schlafen können, als plötzlich wütende Laute meine Aufmerksamkeit auf sich zogen.

»Dummkopf!« brüllte ein junger Mann, »ich hatte dir doch gesagt, du solltest die Botschaft mündlich entgegennehmen. Eine Dame bildet sich was ein auf ihre schönen Briefe, meinetwegen, man nimmt es ihr nicht übel, aber ein Edelmann wird nicht mit der Feder im Schnabel geboren, seine Ehre ist anderer Art, und da habe ich es immerhin schon weit gebracht. Wie erfahre ich jetzt, ob sie mich auf ihrem Lager empfängt oder ob ich es mit dem Ehemann zu tun bekomme?«

Er knüllte das Billett, das ihm sein Diener gebracht hatte, zu einer Kugel zusammen und warf sie quer durch den Saal.

Ich hob den Brief auf, trat auf den jungen Mann zu, nahm meine Mütze ab und sagte:

»Wenn Eure Herrlichkeit gestatten, ich kann Euch das Billett vorlesen.«

Er musterte mich:

»In was mischst du dich ein, Rotzbengel? Soll ich dich von meinem Diener auspeitschen lassen?«

Buitrago erhob sich von seinem Stuhl.

»He, so spricht man nicht mit meinem Jungen. Er ist zwar noch klein, aber trotzdem schon hochgelehrt, ja, Señor, hochgelehrt!«

»Aber ich bitte Euch«, murmelte ich.

Plötzlich erschreckte mich meine Kühnheit angesichts dieser stolzen Person in Samt und Seide und dem Schwert an der Seite.

Der Edelmann, der sich getäuscht sah, lachte höhnisch auf.

»Ach, so ist das, man nimmt alles zurück, man drückt sich also! Schließen wir einen Handel ab, Rotzbengel: zehn Maravedís, wenn du dieses verfluchte Gekritzel entzifferst, und ein paar Ohrfeigen, wenn du aufgeschnitten hast.«

Ich strich den Brief glatt und las ihn vor. Ich stolperte nur über die haarsträubende Rechtschreibung, doch hinterließ dieser erste Abstecher in die Welt der Liebesabenteuer in mir ein recht armseliges Bild von den Frauen.

Mein Edelmann indessen lauschte wie verzückt. Als ich sah, wie er dieses – wie mir schien – wirre, alberne Geschwätz in sich aufsog, gewann ich mein seelisches Gleichgewicht wieder.

»Die Dame erwartet eine Antwort. Wenn Eure Herrlichkeit sie mir diktieren möchten …«

Ich ließ ihn für seine Laune büßen und entlockte ihm dreißig Maravedís zusätzlich.

Der Wirt holte eilfertig etwas zum Schreiben, und mein glückstrahlender Edelmann bestellte Wein für den ganzen Saal. Ich jubilierte. Nie wieder hat Geld in mir eine solche Freude ausgelöst.

Wir blieben drei Monate in Valladolid.

Die Geschichte hatte in der Stadt die Runde gemacht, man kam, sich diesen Knirps anzuschauen, der mit der ernsthaften Miene eines Gelehrten seines Amtes waltete. Ich hatte meine Kundschaft, Kaufleute, Verliebte, Junge und weniger Junge, deren Geliebte fast alle des Lesens und Schreibens unkundig waren, aber ein Briefchen verlieh ihren Liebeserklärungen Glanz. Ich brachte alle möglichen Anzüglichkeiten, deren Sinn mir verschlossen blieb, zu Papier, ich hatte sie auswendig gelernt und unterbreitete sie mit einer Sicherheit, die die armselige Einbildungskraft meiner Auftraggeber in Entzücken versetzte.

Und diese Leute aßen und tranken und schlugen nicht eine Würfelpartie aus, so daß auch der Wirt und Buitrago auf ihre Kosten kamen. Und ich war glücklich, einfach glücklich.

Zum neuen Jahr ließen wir uns bei einem guten Schneider von Kopf bis Fuß neu einkleiden, und Buitrago kaufte eine Mauleselin mit großen, sanften Augen, die wir auf den Namen Rica tauften. Nachdem wir in der Kirche Santa Maria Gott und der Jungfrau Maria für ihre Güte gedankt hatten, machten wir uns Ende Januar schließlich wieder auf den Weg. Warm eingehüllt, trabte ich auf dem Rücken des Maultiers dahin, Herrscher über ein Universum, in dem es nur uns beide gab.

Buitrago zermalmte mit seinen Stiefeln die Eisklumpen und zog mit gierigen, tiefen Atemzügen die frische Luft ein.

»Wie gut das tut! In den Mauern ist es zum Ersticken!«

»Wir hätten noch eher aufbrechen sollen«, sagte ich.

Er wandte sich zu mir um, und mit einem Gesichtsausdruck, den ich niemals vergessen werde, erwiderte er:

»Dein Geschäft ist uns sehr zupaß gekommen, Kleiner. Ich hatte genausowenig wie du Lust, dich bei den Mönchen zu lassen.«

Im Frühling überschritten wir bei Sos die Grenze zu Aragón.

Buitrago konnte es kaum erwarten anzukommen. Er hatte in jeder Stadt eine Liebschaft. »Das reinigt das Blut und muntert dich auf wie ein Fläschchen Wein.« Ich sah zwar keinen Zusammenhang zwischen einer Frau und Wein, aber es beruhigte mich. Buitrago konnte allerhand vertragen, er war nie betrunken.

In Sos wartete ich in der Herberge auf ihn. Er kehrte erst am Abend zurück. Er schob einen Jungen mit einem Bündel über der Schulter vor sich her.

»Luis, das ist Álvaro, von nun an lebt er mit uns zusammen.«

Álvaro kam lächelnd auf mich zu und küßte mich. Ich erwiderte weder sein Lächeln noch seinen Kuß. Ich fühlte mich wie verraten und im Stich gelassen.

Meine Feindseligkeit schmolz dahin. Man konnte Álvaro nicht widerstehen. »Ich habe immer davon geträumt, einen Bruder zu haben«, sagte er wieder und wieder, »jetzt habe ich einen, und dazu einen so intelligenten und gebildeten, daß ich mich meiner Unwissenheit schäme!« Seine blaugrünen Augen leuchteten, und vor lauter Vergnügen schüttelte er seine blonden Locken. Habe ich es schon gesagt? Álvaro war bildschön: hohe, starke Backenknochen, feine Gesichtszüge und ein Körper, dessen künftige Anmut sich bereits erahnen ließ. Er lachte: »Was willst du, ich bin der Bastard eines Marqués, das ist mein Erbteil.« Bescheidenheit war nicht sein geringster Charme.

Seine Mutter hieß Maria Lobo. Eine Stickerin. Buitrago kannte Álvaro von Geburt an.

»Als ich erfahren habe, daß Maria vor ein paar Monaten gestorben ist und Álvaro bei einer Nachbarin ... Der Junge betrachtet mich ein bißchen als seinen Vater, ich war jeden Frühling zu Ostern, zum Auferstehungsfest, hier. Arme Maria, sie war zu gut zu den Männern! Und Álvaro hat mich angefleht ... Dieses Kind, verstehst du, dieses Kind ...! Kann man denn einem Kind etwas abschlagen?«

Am übernächsten Tag sattelte Buitrago das Maultier, überließ uns der Obhut des Gastwirts und erklärte, daß er in drei bis vier Tagen zurück sein würde. Seine ernsthafte Miene verbot es, ihn um nähere Erläuterungen zu bitten.

Die Burg mit ihren Festungsanlagen stand inmitten einer felsigen, mit wildem Gebüsch bewachsenen Landschaft. Ein runder, steinerner Turm nahm dem Anwesen etwas von seiner Strenge. Hier, in Navarra, würden wir also von nun an leben.

»Ich habe hier gute Bekannte, einer ist Pedro Cabrilla, der Majordomus des alten Grafen. Ein Wachposten ist frei ... Ich weiß, Luis, ich weiß, was du denkst, aber die Freiheit ist keine Freiheit mehr, wenn dich das Gewissen drückt, und Gott hat eure Zukunft, meine Kleinen, nun mal in meine Hände gelegt. Luis, du hast Gaben, die kann man nicht auf der Straße liegenlassen, das wäre dasselbe, als wenn man einen Schatz ins Wasser werfen würde, nein, noch schlimmer, es wäre ein Frevel! Man vergeudet die Wohltaten des Herrn nicht. Der Kaplan des Grafen hat mir versprochen, sich um deine Studien zu kümmern, wenn du ihm bei seinen Schreibarbeiten hilfst. Und dich, Álvaro, nimmt der Falknermeister als Gehilfen. Die Falknerei ist ein schönes Handwerk, man kommt mit dem Adel zusammen, man wird gut behandelt und geachtet, und du hast das Zeug dazu, du kannst beobachten, bist geduldig …«

Die Zeit vergeht wie im Flug, wenn sie einem gewogen ist. Wir sahen sie nicht verstreichen bis zur Ankunft von Don Rodrigo, dem jungen Herrn, wie man ihn nannte, obwohl er schon ein Vierteljahrhundert ausschweifenden Lebens hinter sich hatte, was sein Gesicht tief gezeichnet hatte.

Ich stand im dreizehnten Lebensjahr, Álvaro im fünfzehnten. Prächtig anzuschauen, machte er im Flügel der Dienstmädchen so manche Eroberung. Hatte er geglaubt, sich den Avancen Don Rodrigos entziehen zu können, oder vermochte seine unschuldige Natur dessen perverse Neigung nicht zu erkennen? Er sprach über ihn nur, um seine Genugtuung über die Ratschläge zu bekunden, die Don Rodrigo, der ein ausgezeichneter Jäger war, ihm erteilte.

Wir ahnten also nichts, als wir uns an jenem Septembermorgen zur Falknerei begaben, Buitrago und ich. Da der Zugang zum Gebäude den Falknern und Meistern vorbehalten war, gingen wir auf den Hof. Die Vögel hatten zu dieser Stunde gerade »Ausgang«, das heißt, Álvaro brachte sie in den Garten, damit sie sich in der Sonne wärmen konnten, bevor sie gefüttert wurden. Eine Stimme – und der Schrecken – gebot uns plötzlich Einhalt.

»Du bist ja ganz in Schweiß gebadet, böser Junge, du«, sagte Don Rodrigo. »Laß mich mal dein Hemd aufmachen. Im übrigen ist es eine Sünde, diesen anmutigen Körper nur den Weibern darzubieten, wo doch andere Besseres damit anzustellen wüßten.«

Álvaro lief purpurrot an und wich zurück. Don Rodrigo machte einen Schritt, zwei … Buitrago stieß ein Brüllen aus, sprang vorwärts. Mit einem Faustschlag zermalmte er das Lächeln auf Don Rodrigos Gesicht, er hätte ihn getötet, wenn

Álvaro und ich ihn nicht von seinem Opfer fortgerissen hätten. Álvaro schluchzte.

Wir verließen auf der Stelle die Burg.

Unsere Mauleselin, unsere Habseligkeiten, unsere Ersparnisse, mit einem Wort unser ganzes Hab und Gut zurückzulassen war nichts im Vergleich zu den Repressalien, die uns erwarteten, sobald Don Rodrigo wieder zu Bewußtsein käme.

Von nun an zogen wir bettelnd durchs Land.

Wir wagten nicht, uns Ortschaften zu nähern, uns blieben nur die Bauernhöfe, wo wir gegen ein bißchen Arbeit etwas zum Essen erbettelten. Was für eine Arbeit? Die Getreideernte und die Weinlese gingen dem Ende zu, die Olivenernte würde erst im Dezember beginnen, und die Lage der Bauern machte sie nicht gerade geneigt, außer mit sich selbst auch noch mit anderen Erbarmen zu haben. Wir ernährten uns häufiger von Wildfrüchten und Wurzeln als von Brot und Suppe. Oh, eine Suppe mit Speck! Uns lief stundenlang das Wasser im Mund zusammen.

Schließlich waren wir wieder in Aragón. Wir fürchteten nicht mehr den Zorn Don Rodrigos, sondern die Kälte. Álvaro hatte Fieber und Husten und erholte sich nur langsam. Eines Abends, als wir in einer Hirtenhütte um ein qualmendes, mageres Feuer saßen, faßte Buitrago einen Entschluß.

»Ich habe einen großen Bauernhof ausfindig gemacht. Nachts holen sie die Pferde rein, tagsüber bringen sie sie auf die Weide. Morgen werde ich eins stehlen. Wenn man für euch nicht einmal einen Mantel zum Zudecken hat, dann lieber krepieren als weiter so leben. Zaragoza ist nicht weit, dort verkaufe ich das Pferd. Und in der Stadt kommen wir schon durch, wenn wir uns nur unauffällig bewegen.«

»Luis, du kannst wieder deine Liebesbriefchen schreiben. In Zaragoza muß es eine Menge Verliebte geben«, rief Álvaro aus.

»Warte ab, noch ist nicht aller Tage Abend.«

In der Woche zuvor hatten Räuber zwei Pferde von der Weide gestohlen, der Bauer und seine Söhne waren auf der Hut. Sie fielen zu sechst über Buitrago her, schleiften ihn bis zum Hof und fesselten ihn an einen Baum. Ich sehe uns noch, Álvaro und mich, wie wir uns an ihn preßten, in Tränen aufgelöst und die Bauersleute anflehend, während Buitrago leugnete, brüllte, sie mit Flüchen überhäufte. Jemand holte eine Axt. Es kamen immer mehr Bauern herbei. Die Menge, aufgeputscht und fröhlich wie bei einer Hinrichtung, grölte wild durcheinander. Ein kleines Mädchen im Gras lutschte an seinem Daumen und sang vor sich hin. Ich machte schreckliche Momente durch, ich erinnere mich nicht, je schlimmere erlebt zu haben.

Wie mit einem Schlag brach das Geschrei ab. Von einem Seitenweg kam ein Reiter angeritten. Die Sonne tanzte auf seinem scharlachroten, mit Gold und Silber bestickten Umhang.

Ich lief auf ihn zu, zwängte mich zwischen den Bauern hindurch und warf mich ihm zu Füßen.

»Erbarmen, Euer Gnaden! Bei der barmherzigen Muttergottes, rettet unseren Vater! Wenn ihn eine Schuld trifft, dann nur die, uns zu sehr zu lieben. Diese Bauernflegel behaupten, daß er eine ihrer Stuten stehlen wollte, und schicken sich an, ihm die Hände abzuhacken. Dann sollen sie ihn lieber gleich töten und uns mit!«

Der Reiter sah mich prüfend an und sagte:

»Du drückst dich geschickt aus.«

»Weil ich Latein schreiben, lesen und sprechen kann.«

»Sieh einer an, das hat man bei Dieben nicht so häufig!«

Die Bauern um uns herum gestikulierten aufgeregt und ließen ihrem Zorn freien Lauf.

Der Reiter schlug seinen Umhang zurück, und eine Münze fiel zu Boden.

»Für den Mann und die Stute«, sagte er. »Man soll ihn losbinden und ihm das Tier bringen, aber schnell.«

Als das geschehen war, entfernte er sich in Richtung des Weges, wo seine Leute auf ihn warteten.

Buitrago saß auf und ritt ihm mit uns auf der Kruppe hinterher.

»Eure Herrlichkeit haben sich zu großzügig gezeigt, als daß ich Euer Vertrauen mißbrauchen möchte. Ich wollte diese Stute tatsächlich stehlen. Für meine Jungen, versteht Ihr? Ich konnte nicht mehr mit ansehen, wie sie langsam verhungerten.«

»Und worauf verstehst du dich, außer aufs Pferdestehlen?«

Buitrago stieg ab.

»Eure Herrlichkeit brauchen nur zu befehlen. Mein Leben gehört Euch. Buitrago bezahlt stets seine Schulden.«

»Buitrago?«

»So heiße ich. Eurer Herrlichkeit zu Diensten.«

»Komm näher«, befahl der Reiter.

In seiner Hand glänzte etwas Goldenes, das er in die von Buitrago gleiten ließ.

»Geh nach Zaragoza. Dort steigst du in der Herberge ›Zu den Sieben Glocken‹ ab, neben der Kirche Nuestra Señora del Pilar, und kaufst diesen Kindern etwas zum Anziehen. In einer Woche holt Eusebio, einer meiner Diener, dich ab und bringt dich in die Aljafería. Dort findest du mich.«

»Im Königspalast«, wiederholte Buitrago. »So sind Eure Herrlichkeit also aus der Umgebung des Königs?«

»Ich bin der König.«

Im tiefsten Unglück öffnete sich so einen Spaltbreit die Tür, die mich in den engsten Kreis der Fürsten führen sollte.

2

Juan II., bereits König von Navarra durch seine erste Ehe, war erst seit wenigen Monaten auch König von Aragón. Im Juni dieses Jahres 1458 hatte er die Krone von seinem älteren Bruder Alfonso dem Großmütigen geerbt, aber da dieser bis zu seinem Tod auf seinen Besitzungen in Neapel residierte, herrschte der neue König schon lange, bevor er den Thron bestieg, über Aragón. Man hat Juan II. mit Ludwig XI., König von Frankreich, verglichen. Zwischen Intrigieren und Paktieren, zwischen Treuebrüchen und Treueschwüren hatten diese beiden außergewöhnlichen Herrscher hinreichend Gelegenheit, ihren Verstand, ihre Schläue und ihren ungezügelten Ehrgeiz aneinander zu messen. Damit endet die Übereinstimmung aber auch schon. Außer diesen natürlichen Anlagen hatte König Juan ein bestechendes Äußeres vorzuweisen. Er wurde entweder geliebt oder gehaßt. Ich für meinen Teil, der ich mir mit meinem kleinen Verstand noch kein Urteil erlauben konnte, habe ihn jedenfalls verehrt.

Gemäß den Verpflichtungen, die Buitrago eingegangen war, zogen wir in ein Haus nicht weit von dem Tor, das die große Brücke über den Ebro überragt. Vom Dach aus konnte man beobachten, wie die mit Getreide und Holz beladenen Kähne vorbeizogen und Männer von der Brüderschaft San Nicolo den Schiffsverkehr und die Mühlen neben den Brückenpfeilern überwachten oder die durch den Fluß verursachten Schäden behoben.

Eine alte Frau kümmerte sich um den Haushalt und das Essen. Meistens genoß ich als einziger ihre Kochkünste. Buitrago war oft unterwegs, und Álvaro lebte jetzt in der Falknerei der Aljafería. Mit den Vögeln war er in seinem Element.

Ich suchte ihn auf, wenn ich aus der Kathedrale kam, wo ich sechs Wochen lang von Geistlichen einem strengen Verhör unterzogen wurde. Sie prüften mein Wissen, meinen Verstand, meinen Glauben. Die Prüfung fiel günstig aus. Eines Abends, Buitrago war erst am Morgen von einer Reise zurückgekehrt, sagte er zu mir:

»Morgen brechen wir nach Barcelona auf, Kleiner. König Juan schickt dich aufs Kollegium. Er ist zufrieden mit dir, und ich bin sehr stolz auf dich.«

Die Rührung trieb uns Tränen in die Augen, es war unsere erste große Trennung, seit Buitrago mich zu sich genommen hatte.

Ich machte mich sehr schnell mit der katalanischen Sprache vertraut und fühlte mich wohl in Barcelona. Das lebhafte Treiben in den Städten, das dichte Menschengewimmel auf den Straßen und entlang der Festungsmauern fasziniert mich. Selbst die übelriechenden Ausdünstungen, die von ihnen aufsteigen, stacheln meine Phantasie an: Auf diesem Humus gedeihen die Gedanken.

Die Lehrer prophezeiten mir eine Zukunft. Aber welche? Ich hatte nicht die geringste Vorstellung, doch mein Vorrat an Wissen nahm Tag für Tag zu.

Meine Mitschüler kamen aus unterschiedlichen Schichten, ich verkehrte nur wenig mit ihnen. Ich machte mir nur einen zum Freund, Francisco Despuig. Seine Mutter, Witwe eines kleinen Handwerkers, war die Geliebte eines Tuchmachers. Dieser soziale Aufstieg gab ihr die Illusion von Größe, sie träumte für ihren Sohn von der Universität und dem Titel eines *letrado*, eines Gebildeten und Universitätsgelehrten. Doch ebenso hätte man von einem Eichhörnchen verlangen können, einen Adler zu gebären! Wir lachten darüber, Francisco und ich. Seine Berufung war das Holz. In den Pausen setzten wir uns auf die Wiese, er holte sein Messer hervor, schnitt, schnitzte, formte Figuren. Er war weder geschwätzig noch dumm oder neugierig, und so habe ich es ihm nie übelgenommen, daß er mir die Augen über meine Herkunft geöffnet hat, früher oder später hätte es ein anderer getan.

Warum hatte ich nur den Namen von Antonio Carmona erwähnt? Zufall, hätte ich fast geschrieben, aber sind nicht alle Zufälle von Gott befohlen?

»Unter denen, die begüterte Eltern haben und deren Leben bereits vorgezeichnet ist, gibt es kaum herausragende Schüler, mit Ausnahme von Carmona und ein paar anderen«, hatte ich gesagt.

Francisco setzte sein Messer ab.

»Die Juden werden mit dem Hang zum Lernen geboren, und Carmona ist ein *converso*, ein Neuchrist. Der Großvater hat sich Ende des vorigen Jahrhunderts bekehrt.«

»Seiner Religion abschwören! Eher würde ich sterben!«

»Das sagt man so. Aber es ist trotzdem schön zu leben. Damals hat es schreckliche Ausschreitungen gegen die Juden gegeben. Die einzigen, die in unserer Stadt den Massakern entkommen sind, sind diejenigen, die sich für die Taufe entschieden haben. Aber die meisten Conversos täuschen etwas vor. Am Sabbat kannst du auf ihren Dächern die Schornsteine zählen, aus denen Rauch aufsteigt! Die Carmonas gehen zur Kirche, zur Kommunion, machen dem Bischof Geschenke, und in ihren vier Wänden praktizieren sie weiterhin ihre Religion.«

»Woher weißt du das?«

»Als mein Vater noch lebte, ging meine Mutter zu ihnen zum Wäschebügeln. Latein und Griechisch sind nicht meine Stärke, aber über die Carmonas und die Neuchristen, die judaisieren …«

»Judaisieren, was bedeutet das?«

Francisco lachte.

»Wenigstens einmal kann auch ich dir etwas beibringen! Judaisieren, das heißt, daß man die jüdischen Bräuche pflegt, obwohl man zum Christentum übergetreten ist. Über die Carmonas weiß ich alles oder fast alles. Am Freitag macht die Köchin das Fleischragout zurecht, das bis zum nächsten Abend vor sich hin schmort, der Hausherr zieht frische Wäsche an, man wechselt das Bettzeug und die Tischtücher. Meine Mutter hat sich nicht beklagt, im Gegenteil! Wenn das Abendessen mit seinem ganzen Zeremoniell beendet ist, werden die Lichter angezündet, jegliche Betätigung wird eingestellt, auch wenn man nur den Docht einer Kerze beschneiden oder das Feuer wieder entfachen müßte, man vertieft sich in Gebete, das ist der Sabbat. Am Samstagabend werden alle diese Tätigkeiten wiederaufgenommen. Meine Mutter hat mir auch erzählt, daß sie kein Schweinefleisch, kein Kaninchen und keinen Hasen essen, ebensowenig wie Fisch ohne Schuppen oder Meeresfrüchte, und zum Kochen niemals tierisches Fett verwenden, daß sie ihr Fleisch nur in jüdischen Schlächtereien kaufen, wo rituell geschlachtet wird, anderes essen sie nicht. Und den Hühnern drehen sie nicht den Hals um, sondern sie schneiden ihnen die Kehle durch.«

Mein Herz pochte.

»Moment mal«, warf ich ein, »ich kannte einen alten Mann in Toledo, der hat seinen Hühnern auch die Kehle durchgeschnitten. Erst hat er sein Messer an einem Fingernagel ausprobiert, und dann hat er ihnen die Kehle durchgeschnitten und dabei ein Gebet gemurmelt, danach hat er das Blut mit Erde bedeckt. Meinst du, daß das ein falscher Christ war?«

»Ganz bestimmt. Die Köchin der Carmonas macht das genauso, und ich wette, daß dieser alte Mann gesagt hat: ›Gesegnet seist du, o Herr, der du uns das befohlen hast.‹«

»Ich glaube, ja.«

»Die Juden sprechen dieses Gebet, wenn sie einem Tier die

Kehle durchschneiden. Oh, eines Tages werden die Carmonas noch Unannehmlichkeiten bekommen. Ein Converso ist *weder Roß noch Maultier*, wie es heißt, weder Männchen noch Weibchen, weder Christ noch Jude ... Was hast du, Luis, langweile ich dich mit meinem Geschwätz?«

»Nein, nein, ich höre dir zu. Ich wußte von diesen Einzelheiten nichts. Ich weiß eigentlich fast gar nichts über die Conversos, es ist sehr aufschlußreich.«

Aufschlußreich! Das Wort war zu schwach. Francisco hatte mir soeben eröffnet, daß mein Vater jüdischer Herkunft war, ein Converso, der genauso wie die Carmonas am jüdischen Glauben festhielt!

Der Fluch, mein Sohn! Man kann nicht Roß und Maultier sein ...

Während des Brandes hatte ich nicht begriffen, jetzt begriff ich, auch wenn das nicht unseren fluchtartigen Aufbruch aus Toledo erklärte.

Ich hatte eine schreckliche Nacht, ich glaube, daß ich mich von diesem Schlag nie wirklich erholt habe.

Da ich meine Mutter schon sehr früh verloren hatte, übertrug ich meine Gefühle – in dem instinktiven Bedürfnis eines Kindes, sie auf jemand Bestimmten zu richten – auf meinen Vater. Regungen von Liebe oder Zärtlichkeit hatte er nie in mir geweckt, und so hielt ich mich an eine stille Verehrung. Seiner Gelehrsamkeit, seiner Gabe für Sprachen, seiner Unfehlbarkeit wegen, mit der er jede unserer Handlungen lenkte, bewunderte ich ihn. Ein höheres Wesen. So erklärte ich mir den Abstand, den er zwischen uns und zu anderen wahrte. Über seinen Tod hinaus war dieses Bild, das ich mir von ihm gemacht hatte, auch weiterhin eine Quelle des Stolzes für mich gewesen. Und auf einmal entdeckte ich voller Entsetzen, daß sich hinter diesem Muster an Tugend ein falscher Christ verbarg, ein Betrüger, ein Ketzer, der sich den jüdischen Praktiken hingab und es wagte, den Allmächtigen, die Jungfrau Maria und die Heiligen zu verhöhnen!

Daran bestand kein Zweifel.

Ich brauchte mir nur ins Gedächtnis zu rufen, was mir Francisco in der Pause über die Gewohnheiten der Carmonas berichtet hatte, und die Erinnerungen stiegen eine nach der anderen in mir auf, sie stimmten damit überein. Der Abscheu, den mein Vater vor Schweine- und Kaninchenfleisch, ja, im Grunde vor jedem Fleisch empfand, die Art und Weise, wie er das Essen zubereitete oder ein Huhn tötete – in der hintersten, von einem großen Baum beschatteten Ecke des kleinen Gartens verrichtete er sein Gebet, ich sehe noch das Blut vor mir, das Tropfen für Tropfen in der Erde versickerte –, und wie er fastete, sich zu bestimmten Zeiten zum Beten zurückzog, wie er jeden Freitag die Wäsche wusch und mir dann, selbst mitten im Sommer, befahl, die Fensterläden zu schließen und die Kerzen anzuzünden, worauf er in der Schlafkammer verschwand – kurzum, alles. Und all das war mir ganz normal erschienen, unser streng geregeltes, abgeschiedenes Dasein erlaubte mir keinen Vergleich. Das einzige, was mich etwas stutzig machte, jetzt erinnerte ich mich wieder daran, war das Benehmen meines Vaters sonntags in der Kirche. Während die Gesichter der anderen vor frommem Glück strahlten, verharrte er wie erstarrt, wie abwesend, und seine Hand schien wie aus Blei, wenn sie ins Weihwasserbecken tauchte ... Da ich jedoch ein Recht auf Gebete, auf die Beichte und auf die Messe hatte, beschritt er diesen Weg, um sein Laster so besser verbergen zu können, wie übrigens alle Conversos, auch das hatte Francisco erzählt!

Aber warum hatte er, mein Vater, mir nichts über unsere Herkunft, über seine wahren Überzeugungen gesagt? Hatte er kein Vertrauen zu mir, fürchtete er, daß ich ihn verraten könnte? Ein Kind, das allein mit einem Erwachsenen lebt, ist kein Kind mehr. Vielleicht wäre ich ihm auf seinem Weg gefolgt, wenn er mit mir gesprochen hätte, halb Jude, halb Christ ... Und plötzlich erstarrte ich bis in die Knochen vor Kälte, so als wenn sich alles Licht von der Erde zurückgezogen hätte, eine grausame Empfindung, ich fiel auf die Knie, dankte Gott, daß er mich verschont und gerettet hatte, und schwor bei meinen fünfzehn Jahren, daß ich niemals ein Converso wie mein Vater sein würde. Ich war Christ, und Christ würde ich bleiben, mit dem strahlenden Glauben Buitragos, mit dem meinen, ohne einen Blick zurück, und niemand würde je erfahren, woher ich kam. War das im übrigen nicht die letzte Lektion, die ich von meinem Vater, aus seinem Geständnis voller Scham und Gewissensbisse, erhalten hatte: *Man kann nicht Roß und Maultier sein*, ein Satz, der nicht aufhören würde, mich zu verfolgen.

Buitrago kam mich abholen.

Durch Fürsprache von Monsignore Carrillo, Erzbischof von Toledo, wurde ich in die Universität von Salamanca aufgenommen. Die Kurse begannen erst am 18. Oktober. So würde ich also noch ein paar Tage in Aragón verbringen.

Vier stämmige, bis an die Zähne bewaffnete Wächter begleiteten uns, das Geschirr der Maultiere glänzte, Buitragos breites Gesicht war voller geworden, er hatte König Juan offenbar gute Dienste geleistet.

Auf halbem Weg verging mir die Freude.

Wir aßen in einem Wirtshaus zu Mittag. Schwelgerisch erinnerte ich an die Zeit, da wir auf den Straßen herumvagabundierten, als Buitrago mich plötzlich unterbrach:

»Luis, ich muß dir sagen, daß ich geheiratet habe.«

»Ihr und geheiratet?«

Ich hatte keinen Hunger mehr.

»Eine Witwe. Ana Valera. Sie hat eine Tochter aus erster Ehe, Catalina. Sie besitzt ein Landgut am rechten Ufer des Ebro. Die Krone von Aragón schuldete ihrer Familie seit langem eine beträchtliche Summe, plus der laufenden Zinsen. König Juans

Schatullen sind leer, und so hat er mich beauftragt, Ana ein Tauschgeschäft vorzuschlagen: ein Stück Land, das an ihren Besitz grenzt, gegen Tilgung der Schuld. Sie hat zugestimmt. So sind wir uns begegnet.«

»Ihr habt sie wegen ihres Landgutes geheiratet?«

»Luis!«

»Entschuldigt.«

»Ana ist gut, eine wunderbare Frau, du wirst sie gern haben. Man muß sie gern haben. Ihre Vorfahren stammen aus Narbonne im Languedoc. Anfang des vorigen Jahrhunderts sind sie nach Aragón ausgewandert. Sie sind vor den Verfolgungen geflohen, aber die Gewalt hat sie eingeholt, sie haben sich bekehrt.«

»Ihr habt eine Neuchristin geheiratet!«

»Wie du das sagst. Sie besucht jede Messe und geht völlig in unserem Glauben auf. Hätte ich sie sonst geheiratet?«

Zwei bogenförmig gewachsene Eiben markierten die Einfahrt zu der Besitzung. Rechts und links erstreckten sich Weinberge. Das in rötlichem Ocker getünchte Wohnhaus von Ana Valera schien weitläufig. Ein Weinstock streckte seine Ranken bis zum Balkon im ersten Stock und spendete den Steinbänken zu beiden Seiten der Eingangstür Schatten.

Die Tür öffnete sich, Ana trat heraus. Sie küßte Buitrago, und ich litt. Dann küßte sie mich.

»Lieber Luis, dieses Haus ist auch dein Haus. Ich freue mich sehr, dich kennenzulernen.«

Ich weiß nicht mehr, mit was für nichtssagenden Worten ich darauf geantwortet habe.

Sie hatte eine wohlgesetzte Stimme, runde Wangen und Hüften, ein anspruchsloses, aber liebenswertes Äußeres. Für mich war sie nichts weiter als eine Diebin, die mir das Wesen, das ich am meisten auf der Welt liebte, genommen hatte. Ich verachtete sie.

Vor dem Essen führte uns Ana zum Olivenhain. Eine Ansammlung von strohgedeckten Hütten beherbergte die Familien der Mauren, die das Gut bewirtschafteten. Anas erster Mann hatte sie zusammen mit dem Land gekauft. Die Frauen, wie Bündel in ihre Schleier gewickelt, sahen eine wie die andere aus. Ich beobachtete sie mürrisch, meine schlechte Stimmung auf sie übertragend, als auf einmal ein junges Mädchen aus einem der Gebäude im Hintergrund trat.

»Catalina«, rief Ana, »ich habe es dir doch verboten! Schau, Luis, in diesem Schuppen bewahren wir unsere getrockneten Pflanzen auf. Es gibt nützliche darunter, Heilpflanzen, aber auch gefährliche, mit denen unsere Bauern die schädlichen vernichten, und dieses Kind …«

»Beruhigt Euch, Mama, ich rühre sie nicht an, ich gucke nur. Es ist so aufregend, wenn man bedenkt, daß eine einfache Pflanze töten kann.«

»Schweig, du redest entsetzliches Zeug.«

Buitrago ging auf sie zu.

»Na, gibst du mir keinen Kuß?«

Catalina küßte ihn, dann pflanzte sie sich vor mir auf.

»Du bist also das Wunderkind? Man hat mir so viele Lobeshymnen auf deine Intelligenz gesungen, daß mir davon schon der Schädel brummt!«

Sie lachte, starrte mich mit ihren großen veilchenblauen Augen an, den Kopf zurückgeneigt, als würde er sich unter dem Gewicht der schweren, kupfern schimmernden Zöpfe beugen. Es verschlug mir die Sprache, etwas so Anmutiges hatte ich noch niemals gesehen.

Ana schaltete sich ein:

»Hör nicht auf sie, Luis. Catalina macht sich gern lustig, aber sie ist ein gutes Kind.«

»Ein Teufelskind, ja!« sagte Buitrago.

Das war eher auch meine Meinung.

Am nächsten Tag durchquerten wir Zaragoza, um zur Aljafería zu gelangen. Außerhalb der Stadtmauern in Richtung Tudela errichtet, war diese ehemalige Festung unter der Herrschaft von Al-Muqtadu im 10. Jahrhundert zu einem Palast umgebaut worden, wie eine beeindruckende Reihe von Türmen auf der Ostseite bezeugte; im 11. Jahrhundert hatten die Kreuzfahrer sie erobert. Das Innere, wo sich der ganze Glanz der islamischen Kunst entfaltete, war nach Buitragos Worten ein Juwel, doch Catalina und ich durften mangels eines Titels nicht dahin vordringen.

Die Spuren der Mauren waren auch in der Falknerei zu erkennen.

»Sie haben uns ihr unschätzbares Wissen über den ›Rassevogel‹, wie sie den Falken nennen, mitgebracht.«

Álvaro hatte das schon gesagt, als ich ihn verlassen hatte, um nach Katalonien zu gehen, aber sein Ton hatte jetzt an Sicherheit gewonnen.

Das Gesinde schien ihn zu schätzen. Sein Eifer und seine Fröhlichkeit ließen seine verführerische Schönheit vergessen, durch die sich manch einer hätte verletzt fühlen können. Mit dem Stolz des Besitzers zeigte er uns die Neuanschaffungen des Falknermeisters, Wanderfalken, Gerfalken, Sakerfalken, Lannerfalken, jeder auf seiner Stange und an einer aus Gold, Perlen und Seide gestickten Langfessel gehalten.

Catalina biß sich auf die Lippen.

»Die Beizjagd ist bestimmt sehr aufregend. Eines Tages werde ich meine eigenen Vögel haben.«

»Und auch eine Falknerei, nehme ich an?«

»Warum nicht?«

»Wie vermessen! Und so was ist gerade mal dreizehn …«

»Fast vierzehn, bitte schön.«

»Dreizehn Jahre«, wiederholte Álvaro, »und hat nur Flausen im Kopf! Hast du eine Vorstellung, was es kostet, eine Falknerei zu unterhalten?«

»Ehrgeiz ist eine gute Eigenschaft. Frag Luis, er versteht mich wenigstens. Aber du guckst ja nicht weiter als bis zum nächsten Augenblick, so wirst du immer der Gehilfe des Falknermeisters bleiben.«

Álvaro nahm keinen Anstoß an ihren Worten.

»Komm mit, Luis. Ich will sehen, daß man dir ein paar Stücke von der Ausrüstung eines Vogels zeigt. Wahre Wunderwerke! Das wird dir den Mund wässerig machen, mein eingebildetes Fräulein.«

Dann schwieg er.

Im Torbogen erschien ein prächtiger Brauner mit einem Jüngling im Sattel.

Catalina machte einen tiefen Knicks, wobei sich ihr Rock aus glänzendem dunkelblauem Stoff wie eine Blüte öffnete.

Der Jüngling lächelte und ritt vorbei.

Catalina richtete sich wieder auf.

Dabei machte sie dieselbe Geste, die sie noch immer macht, sie spreizte ihre zehn Finger, bändigte mit kurzen Schlägen ihre aufgebauschten Röcke und lenkte so die Aufmerksamkeit auf ihre schneeweißen, wie in Milch getauchten Hände.

»Wer ist diese bedeutende Person?« fragte ich.

»Prinz Fernando, seit dem Tod des Prinzen von Viana, dem Sohn von König Juan aus erster Ehe, der Thronerbe. Einer, der auf den Spuren seines Vaters wandeln und noch so manchen Rock hochheben wird. Schockiere ich dich, Álvaro?«

»O nein, mich nicht! Aber Luis ...«

»Luis findet mich ganz in Ordnung, so wie ich bin. Nicht wahr, Luis?«

Ich lachte.

»Ganz entzückend.«

Catalina deutete einen Tanzschritt an.

»Er hat gelacht. Hast du es gesehen, Álvaro, hast du es gesehen? Ich bin eine Zauberin, dein Bruder hat gelacht!«

Bevor ich aufbrach, überreichte Catalina mir ein Täschchen aus rosa Satin.

»Nimm. Damit du mich nicht vergißt, wenn du reich und berühmt geworden bist.«

Wie vielen Jünglingen, wie vielen mehr oder weniger jungen Männern hat sie wohl eine Haarlocke von sich mit auf den Weg gegeben? Ich könnte die Rechnung nicht aufmachen, aber ich besitze diese Locke noch immer und trage sie in einem Seidentäschchen um den Hals gehängt.

3

In Salamanca gibt es drei Kategorien von Studenten: die Söhne der ganz großen Familien, die sich mit ihrer Dienerschaft in einem gekauften oder aus diesem Anlaß gemieteten Haus niederlassen; dann diejenigen, die zu geringeren Kosten bei einem Bakkalaureus wohnen, wo die Kost dürftig und die Disziplin streng ist; und schließlich die letzte Kategorie: die Studenten, die nicht einmal die Mittel haben, sich den vorgeschriebenen weiten Umhang und die viereckige Mütze zu beschaffen. Überleben ist für sie ein alltägliches Problem, dem sie mit allerlei Schlichen zu Leibe rücken, was so weit geht, daß sie sich sogar die zweifelhaften Reize der Herbergstöchter zunutze machen.

Welch ein Privileg! Monsignore Carrillo hatte mich zu einem seiner Freunde, dem Domherrn Fadrique Álvarez de Carasco, geschickt. Er wohnte in einer dieser kleinen Straßen nahe der Kathedrale in einem Haus aus behauenem Stein, dem sich ein Garten mit plätschernden Brunnen anschloß. Das Innere erschien mir fürstlich. Marmorfußböden, kunstvolle Holzarbeiten, an den Wänden Tapisserien, mit dem Wappen von Kastilien bemalte Truhen. Ich drang in eine andere Welt ein.

Durch welche Gnade fand Don Fadrique Gefallen an dem ängstlichen Jugen, der da vor ihm stand? Er hätte mir einen Verschlag und für die Mahlzeiten eine Ecke im Anrichtezimmer zuweisen können, doch er nahm mich wie einen Sohn auf. Ein kleiner Mann mit lebhaften Augen und spitzem Kinn, auf dem Kopf eine dunkelblaue Samtkappe, verschwand seine Gestalt unter einem Gewand aus betreßter schwerer Seide.

Das Abendessen bestand aus einer Vielzahl unterschiedlichster, mit großer Raffinesse zubereiteter Speisen, die meinen Gaumen, der an solche Feinschmeckereien nicht gewöhnt war, in Erstaunen versetzten. Schlemmerei schien für Don Fadrique nicht zu den Todsünden zu zählen, ebensowenig wie die Sinnenlust. Bei Tisch erzählte er ein paar äußerst anstößige Geschichten und eröffnete mir, daß er zwei Bastarde habe, jeden von einer anderen Frau, sie aber mit kirchlichen Pfründen gut versorgt habe. Seufzend nahm er aus einer Konfektdose eine Süßigkeit.

»Das Alter sollte mich Enthaltsamkeit lehren, aber ich habe keine Eile. Läßt sich etwa der Eifer, den wir unserer Heiligen Mutter, der Kirche, schulden, anstacheln, indem wir uns zur Ruhe setzen? Nur blutleere, griesgrämige Alte werden das tun. Was sollte unrecht daran sein, wenn auch wir es uns noch ein bißchen wohl sein lassen, ist doch das Wohl des Nächsten unser ganzes Streben? Ich habe hübsche Dienstmägde, alle gesund und munter. Wenn dir der Sinn danach steht, mein Junge ...«

Ich lief rot an, bedankte mich und war erleichtert, als wir in die Bibliothek hinübergingen. Auf diesem Feld fühlte ich mich mehr zu Hause. Wir setzten unsere Unterhaltung auf lateinisch fort. Hinter dem Bild des Genießers, das mein Gastgeber bis jetzt geboten hatte, entdeckte ich einen Menschen von außerordentlicher Gelehrsamkeit.

Da ich ihm mein Erstaunen darüber zeigte, als wir uns zu vorgerückter Stunde trennten, lachte Don Fadrique glucksend auf.

»Offen gesagt, mein Junge, als Alfonso Carrillo mir dein Kommen ankündigte, habe ich mir gesagt: Noch so einer von diesen Schützlingen, die durch meine Fürsprache mühelos den Titel eines Letrado erlangen möchten. Ich habe mich geirrt. Es scheint, als hättest du den Titel eines Bakkalaureus und eines Letrado bereits in der Tasche. Danach solltest du den Doktorgrad anstreben, und den werden wir auch bekommen.«

Ich küßte ihm die Hand, er gab mir seinen Segen, und zweifellos hatte er trotz seiner Verfehlungen eine Abmachung mit Gott: Eskortiert von einem Engelschor, erreichte ich mein Zimmer.

Don Fadrique hatte mich gewarnt.

»Mach dich für deinen Eintritt in die Universität auf einen ziemlich unappetitlichen Empfang gefaßt. Die älteren Studenten haben die neuen schnell herausgepickt und setzen sie Schikanen aus. Das ist so Brauch, versuch erst gar nicht, dich zu widersetzen, das wäre noch schlimmer, sie würden sich zu dreißig und noch mehr auf dich stürzen.«

Ich nahm meinen ganzen Mut zusammen und erwiderte:

»Hat der Herr nicht gesagt: ›Wenn dich einer auf die rechte Wange schlägt, dann halt ihm auch die andere hin‹?«

»Ja, ja, es heißt, daß er das gesagt hat, aber es scheint mir doch sehr vermessen, es seiner Barmherzigkeit gleichtun zu wollen.«

Am Abend kam ich mit an allen vier Ecken eingedrückter Mütze nach Hause, mein neuer Umhang war mit Spucke und Urin bedeckt, ein Ärmel herausgerissen. Die kleinen Dienstmägde kamen wie ein Schwarm Spatzen angeflogen und bereiteten mir einen Bottich – mit heißem Wasser. Ich behob den Schaden, so gut es ging, und tobte, hatte mein Vater mir doch seinen fast krankhaften Hang zur Sauberkeit vererbt. Am nächsten Tag zog ich meine noch feuchten Kleidungsstücke an, um meine Folterer mit einem Festmahl zu bewirten, ein weiterer Brauch, der die Geldsumme verschlang, die Buitrago mir überlassen hatte.

Diese Großzügigkeit brachte mir den Respekt der anderen Studenten ein, was nichts Geringes war, und wenn ich nach den Seminaren in Logik, Rhetorik und Physik, wo die Professoren uns lediglich etwas vorlasen und diktierten, im Säulengang auf sie zutrat, um ihnen Fragen zu stellen – wozu wir nach der Universitätsordnung berechtigt waren –, bildete sich immer ein Kreis um mich.

Außerhalb der Universität hielt ich mich abseits, ich spielte nicht Schach, ich ging den Mädchen und den Schlägereien aus dem Weg, bei denen die Studenten mit dem Schwert in der Hand ihre überschüssige Energie entluden.

»Geh und vergnüge dich doch auch einmal«, sagte Don Fadrique immer wieder zu mir.

Ich glaube, er wäre enttäuscht gewesen, wenn ich seinen Rat befolgt hätte. Auch wenn wir uns im Alter, in der Lebenssituation und im Charakter noch so sehr unterschieden, wage ich doch zu behaupten, daß bereits eine echte Zuneigung zwischen uns gewachsen war.

Im Jahr darauf, 1462, wurde die Infantin Juana, Tochter des Königs Enrique IV. von Kastilien, geboren.

»Na endlich!« rief Don Fadrique aus.

König Enrique hatte sich in der Tat viel Zeit gelassen. Nach Ablauf von zwölf Jahren, nachdem die Ehe mit einer Prinzessin von Navarra aufgelöst worden war (da diese den Aussagen der Hebammen zufolge wegen eines körperlichen Defekts den Beischlaf nicht vollziehen konnte), hatte Enrique weitere sieben Jahre gebraucht, damit seine zweite Ehefrau, Königin Juana, Schwester des Königs von Portugal, ihm eine Erbin gebar.

Diese Nachricht, die in meiner Laufbahn noch eine überragende Bedeutung einnehmen sollte, berührte mich kaum. Niemand kennt sein Schicksal im voraus, ich sah das meine in Aragón.

Monsignore Carrillo würde die kleine Infantin in Madrid taufen, wo die Königin entbunden hatte. Er schickte Don Fadrique einen Kurier, um ihn zur Taufzeremonie und zu den anschließenden Volksbelustigungen einzuladen.

Don Fadrique empfing den Kurier in seinem Schlafzimmer,

eingehüllt in eine Decke aus Wolfsfellen, aus der lediglich ein kleines, bläßliches Gesicht hervorlugte, und schob seinen Gesundheitszustand vor, um die Einladung abzulehnen. Als er den Kurier mit einer Botschaft, die er mir diktiert hatte und die vor Bedauern, Dankesbezeigungen und Glückwünschen nur so strotzte, verabschiedet hatte, schlug er die Decke zurück und hielt seine bleichen Wangen einer Dienerin hin, die ihm das Gesicht abwusch. Darauf hüpfte unser Kranker mit frischen Wangen und schelmischem Blick in die Bibliothek hinüber.

»Ja doch, mein Junge, ich weiß, daß du vor Neugierde platzt. Warum eine solche Komödie, warum eine solche Ehre verschmähen? Ehrbezeigungen habe ich für mein Leben genug erhalten, und wenn ich an dieser Taufe teilnehme, müßte ich gezwungenermaßen für einen der Familienclans, die sich in Kastilien die Macht streitig machen, Partei ergreifen, was sie übrigens mit denselben Mitteln tun wie die Bettler, die sich bis aufs Messer um den besten Platz auf den Kirchenstufen schlagen. König Enrique hat ein Herz, ein äußerst störendes Organ, wenn man die Krone trägt. Es wäre besser für ihn, er hätte Mumm in den Knochen, damit er seine Edelleute zum Gehorsam zwingen könnte, anstatt sie mit Freizügigkeiten ruhigzustellen. So schrauben sie ihre Ansprüche immer höher, allen voran Juan Lopez Pacheco, Marqués de Villena und ein Neffe von Carrillo. Er wird der Pate der Infantin Juana sein. Pacheco ist portugiesisch-jüdischer Abstammung, ein Neuchrist.«

»*Weder Roß noch Maultier*, wie man von den meisten sagt!«

Don Fadrique brach in sein spöttisches Gelächter aus.

»Sagt man, ja, aber du, mein Junge, sag das nicht, wenn du dir eine Zukunft aufbauen willst. In Kastilien und in Aragón sind die meisten Ratgeber von König Enrique und König Juan aus jüdischen Familien hervorgegangen, und um seine Finanzen aufzubessern, schreckt der iberische Adel nicht davor zurück, sein Blut mit dem ihrigen zu vermischen. Bald wird man nur noch im Volk Altchristen finden. Unter uns, sie haben keinerlei Verdienste, sie haben die Religion mit der Muttermilch eingesogen, für sie ist alles ganz einfach, während der Converso, wenn er aufrichtig ist, sich seines Glaubens Tag für Tag vergewissern muß. Und ich weiß, wovon ich spreche, ich bin selbst einer.«

Ich musterte ihn entsetzt.

»Ihr, Don Fadrique, Ihr, ein Kirchenmann!«

»Mein Kind! Siehst du, das ist ein Aspekt deiner Bildung, den wir zu sehr vernachlässigt haben. Wissen erwirbt man nicht nur aus Büchern. Ich könnte dir zehn Erzbischöfe jüdischer Abstammung nennen, dazu Priore und Mönche. Im übrigen sind einige fanatischer als die Altchristen und prangern lauthals das Doppelgesicht so mancher Conversos an. Den Menschen die Pistole auf die Brust zu setzen – entweder die Taufe oder das Messer – ist offensichtlich nicht die beste Art und Weise gewesen, sich die Seelen gefügig zu machen! Die Furcht hat die Mehrheit dazu gezwungen, aber den Glauben und die Gewohnheiten hat sie nicht ausgerottet. Mittlerweile sind ihre Kinder und Enkel mit einem anderen Leben in Berührung gekommen, sie sind neue Verbindungen eingegangen und richtige Christen geworden, aber nicht alle …«

»Jude oder Christ, man trifft seine Wahl!«

»Wie unbesonnen du redest. Die Wahl haben diejenigen getroffen, die vor ihnen waren. Jede Rückkehr zu den Ursprüngen würde man bei den Neuchristen für einen Abfall vom Glauben halten, also mit dem Tode bestrafen, und selbst die jüdischen Gemeinden stehen ihnen feindselig gegenüber. Also greifen sie zu Winkelzügen. Doch egal, ob sie falsche oder richtige Christen sind, in unseren Königreichen haben die Conversos alle oder fast alle bedeutenden Ämter besetzt. Was willst du, des Adels ganzer Stolz ist nun mal sein Schwert, sein ganzes Streben beschränkt sich auf seine angestammten

Privilegien, und so überläßt er den Köpfen, die über mehr geistige Fähigkeiten verfügen, das Feld. Dieser Aufstieg könnte die Neuchristen jedoch noch teuer zu stehen kommen. Der Neid nährt den Argwohn, und wie lange wird die Kirche das noch dulden? Denn ein judaisierender Converso ist, sagen wir mal, nur ein Ketzer, aber das ist schwer zu unterscheiden, und ein Irrtum könnte eines Tages Unschuldige treffen.«

Ein paarmal war ich nahe daran, Don Fadrique meine Herkunft zu offenbaren. Ich unterließ es. Ein Geheimnis kann man nicht teilen, mit niemandem.

Ich wurde Bakkalaureus und Lizenziat in Philosophie. Die Verleihung dieser Titel wird von Festlichkeiten begleitet, die der Ausgezeichnete zu bestreiten hat. Obwohl ich mir mit Schreibarbeiten eine kleine Summe zusammengespart hatte, bestand Don Fadrique darauf, selbst die Kosten zu begleichen, und ermutigte mich, auch meine Lizenz in Jura und Theologie zu erwerben.

»Danach machst du den Doktor und bekommst einen Lehrstuhl an der Universität. Ich würde mir wünschen, daß du das Priestertum anstrebst. Es eröffnet dir die besten Möglichkeiten, die Frauen stehen bei dir Schlange, die Menge verehrt dich, und der Reichtum ist dir sicher, wenn du nur geschickt und wendig genug bist. Und dazu das ganze Manna, das auf dich herabfällt und für dein Heil wirkt. Nenn mir ein öffentliches Amt, das dir ebensoviel einbringt! Ich werde dich dabei unterstützen, ich stehe dem Domkapitel vor, ich habe das Vertrauen der Erzbischöfe, und bevor du dich irgendwo niederläßt, ist das hier dein Zuhause.«

Die Ankunft Diegos, eines Bastards von Monsignore Carrillo, machte diese verlockenden Aussichten zunichte: König Juan rief mich nach Zaragoza zurück.

Beim Abschied nahm mich Don Fadrique zur Seite.

»Vertraue dich niemals König Juan oder Erzbischof Carrillo

an. Für die beiden bist du und wirst du immer nur ein Werkzeug sein. Diene ihren Interessen, aber denke stets auch an dein eigenes.«

Er steckte mir eine Geldbörse zu, die ich nicht annehmen wollte, aber er schob mich zur Tür.

»Dich hier in meinem Hause gehabt zu haben hat mir fünf Jahre Glück gebracht. Gott behüte dich, mein lieber Junge.«

4

Jugend ist selbstsüchtig. Während der Reise kreisten meine Gedanken unaufhörlich um die anmutige Gestalt Catalinas. Durch den regelmäßigen Briefaustausch mit Buitrago wußte ich, daß sie nicht verheiratet war.

In Zaragoza wandte sich Diego direkt zum Palast Aljafería.

»Wäre es nicht angemessen, in einer Herberge abzusteigen, damit wir uns vorher ein bißchen herrichten können?« warf ich ein.

»Der König wird es nicht bemerken, er ist so gut wie blind.«

»Das habe ich von Buitrago erfahren. Was für ein Unglück!«

»Er hat sich damit abgefunden. Er zieht wieder in den Krieg, die Unruhen in Katalonien halten an.«

Ich war Juan II. seit dem Tag, an dem er Buitrago dem mörderischen Zorn der Bauern entrissen hatte, nicht mehr begegnet. Ich warf mich ihm zu Füßen und küßte den Saum seines Gewandes aus karmesinrotem Samt.

»Steh auf. Die lobenden Berichte über deine gute Führung und deine Kenntnisse haben Monsignore Carrillo bewogen, dich der Infantin Isabel von Kastilien als Sekretär zu empfehlen. Man hat dich angenommen. Der Posten kann dein Glück bedeuten, wenn du deine Sache gut machst. Ich hege schon seit eh und je den Plan, Aragón und Kastilien zusammenzuführen. Ich hatte König Enrique, dem Halbbruder der Infantin Isabel, vorgeschlagen, sie mit meinem Sohn, Prinz Fernando, zu vereinen, doch der gnädige Herr hat uns die Portugiesen vorgezogen, allerdings ist noch nichts beschlossen. Die Infantin war damals sechs Jahre alt, jetzt ist sie fünfzehn.

Aber bei einer Person ihres Geschlechts, die ihre Zeit zwischen einer Mutter, die den Verstand verloren hat, und dem Hof von König Enrique verbringt, wo ein sorgloses, lockeres Treiben anstelle eines geistigen Lebens herrscht, spielt das keine Rolle. Du wirst dich also bemühen, ihre Absichten herauszufinden und sie auf unser Königreich und Prinz Fernando hinzulenken. Dein Alter dürfte dir dabei helfen, ihr Vertrauen zu gewinnen.«

Noch ganz und gar unerfahren, was die höfische Etikette angeht, brachte ich zaghaft vor:

»Wenn Eure Majestät mir erlauben ...«

»Sprich.«

»Ich meinte, die Infantin Isabel sei Don Pedro Girón versprochen, dem Bruder des Marqués de Villena, und ihre Hochzeit stünde kurz bevor?«

König Juan neigte den Kopf.

»Überlassen wir Gott, das zu entscheiden ... Buitrago hat in der Nähe von Ciudad Real etwas zu regeln, ihr werdet ein Stück Weg gemeinsam zurücklegen. Monsignore Carrillo erwartet dich und begleitet dich persönlich zur Infantin, die im Kastell von Arévalo residiert, nicht weit von Medina del Campo.«

Mir blieb nur der nächste Tag, um mit Catalina zu sprechen, und ich hatte ihr so viel zu sagen, daß ich fürchtete, ihr gar nichts sagen zu können.

Meine Erinnerungen waren blaß im Vergleich zu ihrer jetzigen Schönheit. Sie war kaum gewachsen. Klein, ausgesprochen zart, doch diese scheinbare Zerbrechlichkeit war ihre Stärke, und sie war zugleich eine Falle.

Am Dienstag lauerte ich dem Pferdegetrappel auf, das den allmorgendlichen Rundgang ankündigte, den Ana und Buitrago auf dem Anwesen absolvierten. Die Dienerinnen machten sich im oberen Stockwerk zu schaffen, und beim Abendessen hatte ich gehört, wie Ana Catalina anwies, die Tapisserie, die eine Wand des großen Wohnraums einnahm, auszubessern.

Ich stieg hinunter.

Sie trug, daran kann ich mich noch erinnern, eine leichte Tunika aus blumenbestickter grüner Seide und ein mit goldenen Perlen durchsetztes Korallenhalsband. Ich sprach ihr meine Bewunderung aus.

»Diese Halskette gehörte meiner Großmutter. Mama hat sie mir vergangenen Monat zu meinem achtzehnten Geburtstag geschenkt.«

Ich versuchte in diese Bresche zu springen und fragte:

»Wie kommt es, daß du noch nicht verheiratet bist?«

Sie steckte ihren Wollfaden in die Tapisserie und setzte sich.

»Ich habe nicht die Absicht, auf dem Lande zu bleiben und die Jahreszeiten an mir vorüberziehen zu lassen, an der Seite eines Mannes, der abends vor dem Feuer seine schmutzigen Stiefel ausstreckt und mir seine täglichen Heldentaten aufzählt – Streitigkeiten mit den Bauern, Stand der letzten Ernte, Ausblick auf die nächste, nicht zu vergessen die Bastarde, die er in den Scheunen gesät hat, aber das werden mir dann andere zutragen.«

»Also, was willst du dann?«

»Dort sein, wo etwas Aufregendes passiert. Ich will an den Hof gehen, Empfänge geben, mir all das kaufen, was mir gefällt, ob das nun ein Band, ein Pelz oder Schmuck ist, ohne jemandem Rechenschaft zu schulden. Ich will leben, Luis, richtig leben, auf keinen Fall so wie Mama. Gott hat mich großartig ausgestattet, ich kann nichts dafür, und so wie ich nun mal beschaffen bin, ist das wohl kein zu hoher Anspruch, es ist das mindeste, was ich erreichen werde, das schwöre ich dir!«

Der Beschluß des Königs hatte mich zunächst niedergeschmettert. Was? Die Vorbereitung auf den Doktortitel aufgeben, um mich als Spion bei einem kleinen Mädchen einzuführen? Aber dann ließ ich meinen Verstand sprechen, der gewiß ein besserer Ratgeber ist als Bitterkeit und Wut.

So nahm ich all meinen Mut zusammen und ging auf sie zu.

»Catalina, ich trete als Ratgeber ins Haus der Infantin Isabel von Kastilien ein. Sie soll Pedro Girón heiraten, den Bruder von Juan Lopez Pacheco, Marqués de Villena, der als der einflußreichste Mann im Königreich gilt ...«

»Ich habe Mama von dieser Heirat sprechen hören. Wie es scheint, ein schrecklich reicher Alter. Die Infantin wird ihn bald unter die Erde bringen.«

»Ob es sich nun um die Familie Pacheco oder eine andere Partie handelt, die König Enrique für die Infantin Isabel bestimmt, ich werde dazu gehören, verstehst du, zu dieser Welt, wo es an Gelegenheiten, zu Macht und Ehren zu gelangen, nur so wimmelt. Ich kenne meine Fähigkeiten, Catalina, und bin imstande, dir nach einer gewissen Zeit das Dasein zu schaffen, das du dir wünschst.«

Nachdem der größte Brocken heraus war, schmolz meine Schüchternheit wie Schnee im Frühling dahin, und ich haspelte in einem Zug die ganze Litanei von Albernheiten herunter, die sich im Herzen eines jeden verliebten Anfängers verbergen.

Catalinas veilchenblaue Augen glänzten.

Als ich, trunken vor Erregung, fertig war, lächelte sie.

»Ich bin ganz geschmeichelt, Luis. Ich liebe dich gleichfalls sehr, aber ich kann mich nicht binden, solange du nicht den Beweis angetreten hast.«

Ich habe noch den Ton ihrer Stimme im Ohr, sanft und gesetzt, den Ton, den sie annahm, wenn sie ihrer Mutter antwortete und sie loswerden wollte. Aber das Wesen mit der höchsten Eingebung und dem meisten Verstand verhält sich gegenüber der Frau, die er begehrt, wie ein dummes Tier, und ich behielt nur das, was Catalina mich glauben ließ: Sie stieß mich nicht zurück, ich hatte eine Chance.

Wie um diese Hoffnung zu bestätigen, hob sie die Hand und

streifte dabei meine, ich ergriff sie und preßte sie an meine Lippen.

»Catalina ...«

Sie zog ihre Hand zurück.

»Luis! Wenn uns eine Dienerin überraschen würde! Wir sind keine Kinder mehr, du bist sogar ein sehr schöner Junge geworden ... Was denn? Habe ich etwas Ungehöriges gesagt? Findest du dich nicht schön?«

Ich lächelte.

»Ich gebe zu, daß ich mir diese Frage nie gestellt habe. Schönheit ist ein weibliches Attribut. Bei einem Mann zählen der Geist und ein reicher Erfahrungsschatz.«

»Frag die Frauen nach ihrer Meinung! Luis, mein Lieber, du willst mir doch nicht weismachen, daß du nicht ab und zu in den Spiegel guckst?«

»Willst du dich lustig machen? Siehst du mich etwa vor einem Spiegel stehen?«

»Soll ich daraus schließen, daß du im Grunde nicht weißt, wie dieser schöne Denkerkopf, den du auf deinen Schultern trägst, aussieht?«

»Keine Übertreibung. Wenn ich genauer hinsehen würde ... Und überhaupt, was heißt schön! Sauberkeit, das ist das Entscheidende. Aber die meisten Leute, einschließlich des Adels, vernachlässigen die Körperpflege zugunsten des Scheins. Gesunde Zähne, saubere Haare und ein täglich kräftig abgeriebener Körper dagegen ...«

»Also kümmerst du dich doch um deinen Körper!«

Ich wurde rot.

»Das scheint mir kein angemessenes Thema für ein junges Mädchen zu sein. Aber ich bin Buitrago in der Tat dankbar, daß er aus dem schmächtigen Kerlchen, das ich gewesen bin, das gemacht hat, was ich heute bin. Eine kräftige Konstitution ist von großem Nutzen. So manche Laufbahn ist schon an einer schwachen Gesundheit zerbrochen.«

»Erst gestern sagte mir Mama, daß du im Profil Papa ähnelst in der Zeit, als sie verlobt waren ... Groß, dieselbe schlanke Figur ... Und du kennst ja Mama, es ist nicht gerade ihre Art, schnell in Begeisterung auszubrechen!«

»Deine Mutter ist zu nachsichtig.«

»Und du undankbar gegenüber dem Schöpfer!«

»Der Erfolg liegt anderswo.«

»Deine Laufbahn! Dein Erfolg! Denkst du an nichts anderes?«

»Ich denke daran wegen der Pläne, die ich für uns schmiede. Wolltest du mir das vorwerfen?«

Ein schalkhafter Ausdruck huschte über Catalinas Gesicht.

»Ich habe auch einen Plan, und zwar auf der Stelle, wenn du mir diese Gunst erweist.«

»Ganz gleich, was es ist, im voraus einverstanden«, erwiderte ich freudig erregt.

Sie brach in Lachen aus.

»Jetzt kannst du nicht mehr zurück!«

»Worum geht es?«

»Siehst du den Spiegel dort neben der Tür? Also, ich möchte, daß du, Luis de Soca, für den jegliche Eitelkeit nichtig ist, dich über deine Prinzipien hinwegsetzt, daß du dir genau und ausgiebig ins Gesicht schaust, als wenn du die Physiognomie eines Fremden studieren würdest. Wenn man zu lieben meint, ist es das mindeste, sich zuerst von der Qualität dessen zu überzeugen, was man anzubieten hat ...!«

Sie lachte immer noch.

Ich ging zum Spiegel.

Ein brauner Haarschopf mit sorgfältig gebändigten Locken, klassische Gesichtszüge, eine gerade, kaum gebogene Nase, wie über ihren Geheimnissen zusammengepreßte Lippen, kurzum, eine strenge Harmonie, die mich befriedigte, aus der sich zwei hell leuchtende, blaugrau schimmernde Augen jedoch fast zu sehr hervorhoben. Zweifellos senkte ich deshalb fast immer meine dichten dunklen Wimpern. Ein unwillkürlicher Schutz vor neugierigen Blicken – den ich wenig später pflegen sollte, um sie auf mich zu ziehen.

»Gefällst du dir?«

»Nur du gefällst mir!«

Ich drehte mich um und nahm Catalinas kleine Hände in meine.

Sie sprang auf, machte sich los.

»Horch! Die Pferde ... Wenn Mama uns hier entdeckt, uns beide ganz allein ... Gott im Himmel! Sie reißt mich in Stücke!«

Catalina stellte sich auf die Zehenspitzen, gab mir einen flüchtigen Kuß auf die Wange und nahm dann eilends vor der Tapisserie Platz.

»Worauf wartest du noch? Verschwinde, aber schnell!«

5

Buitrago hatte dem Falknermeister mein Kommen angekündigt, ein Diener zeigte mir den Weg.

Ich durchquerte mehrere dunkle Säle, allein die Ausdünstungen, die der Kot verströmte, deuteten auf die Anwesenheit von Vögeln. Im gedämpften Licht der an den Deckenbalken angebrachten Öllämpchen gelangte ich zu einem gefliesten Durchgang, an dessen Ende sich eine Tür auf den sonnendurchfluteten Hof öffnete.

Ich hatte Álvaro sofort entdeckt und wollte schon auf ihn zustürzen, blieb jedoch unversehens stehen.

Neben ihm stand eine Frau.

Ihre schwarzen Haare verschwanden unter einem hellen Musselintuch, das ein geflochtenes Stirnband aus bunter Seide zusammenhielt. Ich bemerkte die strenge Eleganz ihres mit einem silbernen Schmuck geschlossenen Umhangs, hinter dem sich ihre hohe, schmale Gestalt abzeichnete. Sie machte eine Bewegung, wobei sie mir aus ihren braun geschminkten Augen einen flüchtigen Blick zuwarf, aber dann war sie auf einmal nicht mehr zu sehen, und ich hörte nur noch ihre verhallenden Schritte.

Álvaro hatte einen demütigen Ausdruck, den ich an ihm nicht kannte. Wir umarmten uns.

»Bruder, wer ist diese junge Dame? Eine deiner Eroberungen?« fragte ich.

Er seufzte.

»Leider nein! Rahel kommt hierher, um die Vögel zu bewundern, ihr Gefieder, ihren Wuchs, ihre königliche Pracht, einfach nur, um sie zu bewundern, sie verabscheut die Beizjagd, sie empfindet es als unsittlich, daß man sich ihre Raublust zunutze macht. Sie ist eine außergewöhnliche Frau. Sie ist die Ehefrau von Josef ha-Levi, einem sehr berühmten Arzt aus Valladolid. König Juan läßt sich wegen seiner Blindheit von ihm behandeln. Sie wohnen im Palast.«

»Eine Jüdin!«

Álvaro mißverstand den Sinn meines Ausrufs.

»Was du auch von den Juden halten magst, ich liebe Rahel jedenfalls. Bevor ich ihr begegnet bin, habe ich über die Liebe gelacht, jetzt lache ich nicht mehr, es sind Folterqualen, Bruder. Tadle mich nicht, bedauere mich lieber.«

Ich blieb bis zum Abend und redete mir ein, daß sein Gefühlsüberschwang dahinschwinden würde, sobald besagte Rahel die Aljafería verlassen hätte.

Der blauende Morgen durchdrang die Nacht, als unser kleiner Trupp sich in Marsch setzte, die vier Wachsoldaten Buitragos als Vor-, Diegos Diener als Nachhut.

Der erste Abschnitt der Reise verlief ohne Zwischenfall. Für lange Strecken ist das Maultier das meistgeschätzte Fortbewegungsmittel. Es hat Ausdauer, einen überaus sicheren Schritt und kann zehn bis zwölf Meilen – eine kastilische Meile entspricht 5,57 Kilometern – am Tag zurücklegen.

Bei unseren Rasten wurden wir wie die Fürsten empfangen, und unsere Diener machten sich dann eilends daran, den Wirt großzügig mit Lebensmitteln zu versorgen, denn der gute Mann hatte nichts außer Eiern, Speck und Kichererbsen anzubieten. Von Don Fadrique, Gott segne ihn für seine Güte!, hatte ich den Wein zu schätzen gelernt, und so ging der Abend fröhlich zu Ende.

Obwohl Bastard eines Erzbischofs und als solcher für hohe Ämter bestimmt, war Diego von liebenswerter Einfachheit. Und was für eine Freude war es für Buitrago und mich, bei dieser Gelegenheit unsere Erinnerungen auszutauschen! Gewiß, mit den Jahren hatte sich unsere Situation verbessert, aber hatte der kleine Bengel von einst, der immer vergnügt und voller Liebe war, das Leben nicht ebenso ausgekostet wie der junge Mann von heute, der auf den ausgehöhlten, holprigen Wegen seine Träume vor sich hertrug?

Kurz vor Cuenca nahmen die Dinge auf einmal eine böse Wendung.

Wir ließen gerade das Hochland hinter uns und folgten dem Weg, der sich zwischen den Bäumen hindurchwand, als mit einem Geräusch raschelnder Blätter Räuber über uns herfielen. Buitrago und seine Wache, mit solcherart Überfällen vertraut, hatten bald einige von ihnen niedergestreckt. Ich hingegen versuchte, so gut es ging, meine Angreifer abzuwehren, indem ich den Dolch, den Buitrago mir bei der Abreise gegeben hatte, wie wild hin und her schwenkte – üben kann man sich darin freilich nur bei den Schlägereien der Studenten in Salamanca –, und ich weiß bis heute nicht, wie es mir gelang, einen der Männer an den Haaren zu packen und ihm meinen Dolch an die Gurgel zu setzen. »Erbarmen, guter Mann, Erbarmen!« stammelte er. Gewalt hat mich schon immer abgestoßen, handelt es sich dabei doch um körperliche Macht, die ein Mensch über einen anderen ausübt. Ich sah das Entsetzen auf seinem Gesicht, ich schämte mich und ließ von ihm ab. Er wand sich los, hob sein Messer auf und stürzte sich auf Diego, der dicht neben ihm stand, warf ihn zu Boden, stach ihm das Messer in den Körper und schwang sich auf das Maultier seines Opfers. Einer von Buitragos Wachen ergriff ihn, und so endete die Karriere des Elenden.

Diego verlor viel Blut. Buitrago riß ein Stück aus seinem Hemd, umwickelte damit die Wunde, während die Diener in aller Eile eine Trage aus Zweigen herstellten.

»Es tut mir leid«, sagte ich, »es ist meine Schuld.«

Buitrago ordnete Diegos Kleider und hob den Kopf.

»Du wirst mit deinen Plänen nicht weit kommen, wenn du dich so hereinlegen läßt. Schwäche und Dummheit sind ein und dasselbe. Gesindel muß vernichtet werden, egal, wo es hervorkriecht, und außerdem tust du damit noch ein gutes Werk.«

»Es tut mir leid«, sagte ich noch einmal.

»Das Bedauern macht den Schaden nicht wieder gut. Ich hatte vor, euch jetzt zu verlassen, und nun bin ich gezwungen, euch bis nach Toledo zu begleiten, eine Verspätung, die womöglich schreckliche Folgen haben kann. Frag mich nichts. Es gibt Fragen, die stellt man nicht. Auch das solltest du dir merken!«

Wir ließen Diego in einem Wirtshaus in Cuenca in der Obhut seiner Diener. Der Arzt beruhigte mein Gewissen, aber Buitragos Zorn verflog nicht.

Die Maultiere kamen erschöpft in Toledo an. Mir blieb keine Zeit, beim Anblick meiner Heimatstadt in Rührung zu verfallen, wir begaben uns unverzüglich in den Bischofspalast. Man beeilte sich, Monsignore Carrillo zu benachrichtigen. Das Begrüßungszeremoniell verlief knapp, nachdem Buitrago ihm ein paar Worte ins Ohr geflüstert hatte. Fünf Minuten später brachen er und seine Wachen mit frischen Pferden auf.

Am Abend bat man mich zum Essen beim Erzbischof.

Zunächst glaubte ich, man würde irgendein Fest feiern, aber ich hatte mich getäuscht, es war ein ganz gewöhnliches Essen. Mir wurde an einem Tisch am Ende des Saals ein Platz zugewiesen. Ich war ein Niemand, und niemand richtete das Wort an mich. So konnte ich Monsignore Carrillo in aller Ruhe beobachten.

Ich gestehe, daß ich mir von einem großen kirchlichen Würdenträger ein völlig anderes Bild gemacht hatte, ich sage bewußt »Bild«, denn welcher Mann von Rang zeigt schon sein wahres Gesicht? Das seine war bleich, Stimme und Gesten salbungsvoll und wie geölt von der Demut, die Jesus Christus seinen Auserwählten auferlegt, ein Schwadroneur, der seine fünfzig Jahre mit gutem Essen übertünchte, vor Selbstherrlichkeit strotzte und mit seinen Manieren und seinen Worten eher an einen Kriegsherrn als an einen Prälaten erinnerte – so jedenfalls erschien er mir.

Das Bild ist nicht gerade freundlich, aber ich kann mir noch so sehr vor Augen führen, was ich Alfonso Carrillo verdankte, er gefiel mir nicht sonderlich. Mit ihm begann ich die Kunst der Verstellung zu erlernen.

Isabel

6

Auf dem Weg von Toledo nach Arévalo versuchte ich mir Klarheit über die verworrene Lage Kastiliens zu verschaffen, um meine künftige Herrin darin besser einordnen zu können.

Das kleine Heer, mit dem sich der Erzbischof umgab, der Harnisch, den er unter seinen Kirchengewändern trug, zeugten vom Klima eines Bürgerkrieges, der das Königreich und ganz besonders die Gebiete, durch die wir zogen, erschütterte.

Seit der Geburt der Infantin Juana, der Tochter von König Enrique, hatte sich der Jubel in Unmut verwandelt. Allzu viele Gunstbezeigungen des Königs gegenüber Beltrán de la Cueva hatten einige Edelleute, darunter Pacheco, Marqués de Villena, Monsignore Carrillo und Fadrique Enríquez, darauf gebracht, an der Legitimität der kleinen Juana zu zweifeln und flugs zu behaupten, der König belohne Beltrán für dessen Gefälligkeit, nämlich auf dem Gebiet, wo Seine Majestät gescheitert war, erfolgreich gewesen zu sein und ihm eine Erbin fabriziert zu haben. Das Verhalten der Königin Juana konnte Anlaß zu diesen ... üblen Nachreden und Verleumdungen bieten, aber wer hat je die ganze Wahrheit darüber erfahren?

Nachdem König Enrique allerhand Demütigungen und Schikanen hatte hinnehmen müssen, war er zu seinem versöhnlerischen Naturell zurückgekehrt und hatte sich dreingeschickt, einen Vertrag gemäß den testamentarischen Verfügungen seines verstorbenen Vaters, Juans II. von Kastilien – nicht zu verwechseln mit Juan II. von Aragón –, zu unterzeichnen. Demgemäß folgten auf ihn, Enrique, Sproß aus erster Ehe, seine Kinder auf den Thron, danach sein Halbbruder Alfonso und schließlich, da das Salische Gesetz in Kastilien nicht galt, seine Halbschwester Isabel, alle beide aus der zweiten Ehe Juans II. von Kastilien. Ohne die Illegitimität der Infantin Juana je einzugestehen, erkannte Enrique mit diesem Kompromiß seinen Halbbruder, den Prinzen Alfonso, als Erben des Königreichs an, der Juana heiraten würde, so daß sie vereint regieren könnten.

Der Vertrag war geschickt aufgesetzt, doch seine Gegner wollten mehr: den König noch zu seinen Lebzeiten entmachten und, um selbst regieren zu können, Alfonso die Krone auf das junge, unschuldige Haupt setzen, woraus sich die Spaltung des Landes in zwei Lager erklärte, die Parteigänger Alfonsos und die Enriques.

In einer letzten Hoffnung, die Adelskoalition doch noch zu zerschlagen, versprach letzterer Pedro Girón, Ordensmeister des Calatravaordens und Bruder von Pacheco, einem der führenden Köpfe der Revolte, die Infantin Isabel zur Frau.

So stand es am 6. Mai 1466.

Ich gestehe, daß ich mich bei unserer Ankunft in Arévalo von diesen Streitigkeiten kaum betroffen fühlte, es sei denn, um herauszufinden, auf welche Weise sie mir von Nutzen sein könnten.

Die Eindrücke von der ersten Begegnung mit Isabel von Kastilien sind mir so frisch im Gedächtnis geblieben, daß die Zeit sie nicht einmal gestreift zu haben scheint.

Arévalo war ein altes Kastell vom düsteren, abweisenden Aussehen einer Festung, und im Innern war es nicht anders. Daß die Halbschwester des Königs sich mit einem solchen Ort zufriedengab, verblüffte und beunruhigte mich zugleich.

Erzbischof Carrillo, sich seiner ganzen Gewichtigkeit bewußt, und ich, wie ein Hündchen hinter ihm hertrottend, so führte man uns in ein langgezogenes, von einer Kerze spärlich beleuchtetes Zimmer. Dort empfing uns Beatriz de Bobadilla, die Tochter des Kastellans, hochgewachsen und nicht besonders hübsch, aber vielleicht hatten ja die Tränen ihr Gesicht entstellt.

»O Monsignore, Monsignore!« rief sie aus. »Als wir den Lärm von Eurer Eskorte hörten, haben wir geglaubt, daß Pedro Girón eintreffen würde, und die Infantin hat sich in ihre kleine Kapelle zurückgezogen. Er ist unterwegs, hat man uns gesagt, aber wenn er käme, wenn er wirklich käme, würde ich ihn umbringen, bevor er auch nur mit einem Finger meine Prinzessin berührt hätte! Sich vorzustellen, daß König Enrique ihm diesen Engel für sechzigtausend Dublonen und dreitausend Reiter verkauft hat, und dazu …«

Sie wurde von einer schroffen Stimme unterbrochen:

»Beatriz, du vergißt dich. Gott allein ist Richter über unsere Zukunft. Monsignore …«

Mit einer theatralischen Geste ließ Carrillo jede Etikette fallen und sagte:

»Euer Gnaden, ich sollte nicht zögern, und sei es nur eine einzige Sekunde, Euch die Nachricht zu übermitteln, die einer meiner Kuriere mir heute morgen bei unserem letzten Halt überbracht hat. Pedro Girón ist vor vier Tagen in Villarubia bei Ciudad Real verschieden. Man hat ihn am Morgen leblos aufgefunden. Das Alter, das Herz …«

Ich beobachtete die Infantin. Mehr noch als ihre schönen bernsteinfarbenen Haare und ihre großen blaugrünen Augen bewunderte ich ihre Beherrschung. Sie zuckte nicht mit einer Wimper.

»Gott hat seinen Willen verkündet«, sagte sie. »Monsignore, Ihr werdet mich entschuldigen, ich muß für diese Seele beten, Beatriz führt Euch zu Euren Zimmern. Ich fürchte, sie werden Euch zu notdürftig erscheinen, aber wir sind nicht reich.«

Am Abend speiste sie zusammen mit Carrillo. Angesichts der hier herrschenden strengen Lebensweise mußte unser

Erzbischof die schmale Kost als trostlos empfinden. Mir seine Miene vorzustellen konnte mich nicht aufheitern, meine Gedanken waren woanders: Wie sollte ich nicht einen Zusammenhang sehen zwischen der Wut Buitragos, seiner Ungeduld, Ciudad Real zu erreichen, und dem Tod Pedro Giróns, dessen Heirat mit der Infantin Isabel die Pläne des Königs von Aragón zunichte gemacht hätte, eine Heirat, über die Juan II. bei unserem Gespräch in einem so lockeren Ton gesprochen hatte, daß er mir jetzt in höchstem Maße verdächtig erschien!

Nach Carrillos Abreise geruhte Isabel, sich meiner zu erinnern, und rief mich zu sich.

»Das ist also Luis de Soca, unser Sekretär. Wie alt bist du, Luis?«

»Zwanzig, und ich hoffe, noch viele Jahre vor mir zu haben, um Euer Gnaden zu Diensten zu sein.«

»Wenn Gott so will. Der Erzbischof hat dich wärmstens empfohlen. Hast du eine schöne Handschrift?«

»Euer Gnaden wird das selbst beurteilen.«

Sie übertrug mir die Abfassung ihrer Korrespondenz. In der Politik stellte Isabel lediglich eine Ware dar, die gegen eine Allianz auszutauschen war, und meine Aufgabe beschränkte sich darauf, die Bittgesuche zu beantworten, die die Klöster an sie richteten. Meine Illusionen fielen wie Blätter von mir ab. Würde ich ein Gefangener dieser Festung bleiben, Diener eines Schattens, der sich in sein Schweigen und seine Gebete eingeschlossen hatte wie eine Nonne?

Der Sommer ging dahin, doch dann öffnete die Messe von Medina del Campo ihre Tore.

Ich begleitete Isabel zusammen mit Beatriz de Bobadilla und einer Handvoll Diener. Lächerlicher Schutz gegenüber dem fürstlichen Geleit des Erzbischofs.

Ich zeigte ihr mein Erstaunen darüber.

Isabel lächelte. Ihr erstes Lächeln in meiner Gegenwart.

»Wer sollte mir übelwollen?«

Die Messe von Medina del Campo findet zweimal im Jahr statt, im Mai und Oktober, und dauert fünfzig Tage. In der Welt des Handels ist das ein Ereignis. Jede Straße stellt ihre Spezialität zur Schau, Wollwaren, flämische Tuche, Goldbrokat und Leinen aus Rouen, Stoffe aus Lucca und Venedig, Teppiche aus dem Orient, Lederwaren, Seide, Edelsteine, Silberzeug, Sklaven und exotische Tiere. Dazu wird eine Fülle unterschiedlicher Artikel angeboten, Gewürze, Pflanzen zum Färben oder zum Essen ebenso wie Tinte, Säbel, Messer, Kämme, Spiegel und so fort. Genug, um auch bei den Abgestumpftesten Neugier zu wecken, doch ich hatte nur Augen für Isabel.

Eine Verwandlung, ja nahezu ein Wunder!

Sie hatte ihre tristen grauen oder braunen Umhänge gegen einen hübschen Fehmantel getauscht. Mit rosigen Wangen schritt sie durch die Menge, Bauern, Käufer, Händler von allen Ecken der Halbinsel, Mauren mit einem Turban auf dem Kopf, Juden im schwarzen Kaftan. Die Frauen küßten ihren Rocksaum, die Kinder knieten vor ihr nieder. Sie hatte für jeden und jede ein Lächeln, ein freundliches Wort. Sie war eine andere, das Gesicht erleuchtet vom Glück, das sie aus dieser Bewunderung schöpfte. Eine Herrscherin. Das war das Wort, das mir in den Sinn kam, und ich sollte mich später noch oft daran erinnern.

»Wie das Volk Euer Gnaden liebt!« sagte ich.

»Weil ich es auch liebe, und die Leute von hier kennen mich von klein auf. Das Volk, verstehst du, Luis, ist der Körper einer Nation, ihr Fundament, ihre Kraft, und unsere ist stolz, mutig und robust. Aber leider denken unsere Granden an nichts anderes als daran, sich auf ihrem Rücken ein Vermögen zu erwerben. Sie haben zuviel und werden niemals genug haben, solange sie nur zu fordern brauchen, um etwas zu bekommen. Man müßte …«

Eine Abordnung von Händlern kam auf sie zu und überreichte ihr ein prachtvolles Stück scharlachroten Stoff aus England. Isabel bedankte sich, legte ihnen jedoch ans Herz, es in ihrem Namen einem wohltätigen Werk zu vermachen. Sie brauche nichts als ihre Zuneigung und ihre Tüchtigkeit sowie die Geschicklichkeit und den Erfindungsgeist, die sie überall in ihrem Handwerk bezeugten, denn darauf beruhe das Wohlergehen des Königreichs, sagte sie zu ihnen. Aber wie sie das sagte! Die Händler, hartgesottene Männer, die jedem die Hand abgehackt hätten, der es wagen würde, ihnen ein oder zwei Maravedís zu stehlen, wichen zurück, hochrot vor Stolz und Rührung.

Man stritt sich um die Ehre, ihr Geschenke darzubringen, und die Dienerschaft, die hinter uns ging, hatte keine andere Aufgabe, als diese einzusammeln. Isabel nahm grundsätzlich nur die bescheidensten an, um sie gleich wieder zu verteilen. Einen Rosenkranz aus Hornperlen sowie ein Äffchen, das portugiesische Seeleute mitgebracht hatten und das sich am Hals von Beatriz de Bobadilla festklammerte, behielt sie für sich, und ich bekam ein metallisch schimmerndes, wunderschönes Tintenfaß aus Keramik mit silbernem Deckel.

»Euer Gnaden, Euer Gnaden, das ist zuviel«, rief ich aus, »das habe ich nicht verdient …«

»Nun, dann verdiene es dir, und wenn du deine Feder in die Tinte tauchst, gib acht, daß du mir treue Dienste leistest.«

Eine Woche nach unserer Rückkehr zeigte mir Isabel an einem regnerischen Vormittag den einzigen Schatz, den Arévalo barg: eine prächtige Bibliothek, die ihr Vater, ein glühender Liebhaber der Literatur und der schönen Künste, zusammengetragen hatte. Homer, Virgil, Plutarch, Seneca, die Heilige Schrift und die antike römische Geschichte standen dort in Latein und auf kastilisch, aber auch jüngere, von gelehrten Fürsten verfaßte Werke über die Geschichte Kastiliens.

Ich ging von einem Band zum anderen, und ebenso wie bei Isabel in Medina del Campo enthüllte das Entzücken mein verborgenes Gesicht.

»Ich werde Beatriz sagen, daß sie dir die Schlüssel anvertrauen soll, dann kannst du nach Herzenslust in diesen Schriften blättern. Weißt du, Luis, man hat sich überhaupt nicht um meine Bildung gekümmert. Mein Vater ist zu früh gestorben, und am Hof des Königs, meines Bruders, gehen die Frauen anderen Vergnügungen nach. Mein bißchen Wissen habe ich aus diesen Werken geschöpft. Was für eine Schule! Man sollte sie allen jungen Prinzen, die einmal herrschen werden, zur Pflichtlektüre machen.«

Auf ihre Bitte las ich ein paar Abschnitte auf lateinisch vor und übersetzte sie ihr.

Isabel seufzte.

»Ich bedauere sehr, daß ich diese Sprache, die noch so lebendig und als Verbindungsglied zwischen den Völkern so notwendig ist, nicht beherrsche. Ganz gleich, was König Enrique mit meiner Heirat entscheidet, mein Stand wird es mit sich bringen, daß ich mit Botschaftern zusammentreffe. Aber wie soll man sich angeregt unterhalten, wenn man sich nicht verständigen kann? Was für ein Glück du hast, Luis, daß du Latein so mühelos lesen und sprechen kannst!«

»Man kann es lernen, und wenn Ihr erlaubt … für Euer Gnaden wäre das ein Kinderspiel.«

Isabel von Kastilien, ein unreifes kleines Mädchen? Wenn sie erst einmal aus ihrem Kokon geschlüpft wäre, was früher oder später unweigerlich geschähe, würde sie noch so manche in Erstaunen versetzen, als erste diejenigen, die mich hierhergeschickt hatten!

7

König Enrique ließ seine Halbschwester nach Segovia rufen, wo zu dieser Zeit hofgehalten wurde.

Zurückgezogen in ihre kleine Kapelle, verbrachte Isabel zwei Tage mit Fasten. Wir brachen auf. In jedem Dorf derselbe Empfang wie in Medina del Campo, dieselbe Gelöstheit im Auftreten, die jedoch in dem Moment verschwand, da der Alcázar vor uns auftauchte, jenes auf einen Felsvorsprung hingeduckte Königsschloß, das sich in den Wassern des Rio Eresma spiegelte und mit seinen zahllosen Türmen und Türmchen einen so gewaltigen Anblick bot, daß es mir die Sprache verschlug.

Wir hatten gedacht, uns im Kloster Santa Cruz einzuquartieren, aber während der Abwesenheit des Königs war Königin Juana mit ihren Hofdamen und Hoffräulein in den Alcázar eingezogen. Also wurden wir dort untergebracht. Nachdem sie die Königin und ihr Töchterchen, die Infantin Juana, begrüßt hatte, rührte sich Isabel nicht mehr aus ihrem Zimmer, es sei denn, um sich in die Kapelle zu begeben oder ganze Vormittage auf ihrem kleinen Araberpferd zu galoppieren.

Für einen jungen Mann gab es Zerstreuungen im Überfluß. An jeder Biegung des Korridors stieß man auf liebenswerte Kreaturen, die mehr Haut zeigten, als die Sittlichkeit erlaubte, und die einen allzu gern in irgendeinen Winkel gezogen hätten. Mein Blut begann zu wallen. »Geh deinem Vergnügen nicht aus dem Weg«, hätte Don Fadrique gesagt, »pflücke die Blümchen, die der liebe Gott für dich bereithält.« Unmöglich. Die Abneigung, die die Königin und ihr Hofstaat Isabel einflößten, verbot mir eine Verfehlung. Man hätte sie auf der Stelle davon unterrichtet, und sie hätte es mir niemals verziehen. Außerdem erschreckte mich, offen gestanden, die Kühnheit dieser jungen Personen, die in derlei Duellen so kampferprobt schienen.

Wir hatten unseren Lateinunterricht unterbrochen. Isabel gab sich getreu dem farblosen, mithin armseligen Bild, mit dem sie ihre Umgebung täuschte und das mich am Anfang unserer Beziehungen ebenso getäuscht hatte. Der Anstand hinderte sie indessen nicht, ihre Beobachtungen anzustellen, und um den Müßiggang auszufüllen, den ihr Scharfblick als gefährlich ansah, erwirkte sie für mich beim Kastellan des Alcázar die Genehmigung, dessen Privatbibliothek zu nutzen. Kein Vergleich mit Arévalo, doch einige Werke aus dem 14. Jahrhundert, von jüdischen Kopisten mit Ornamenten verziert, lohnten es, daß man sich in sie vertiefte.

Eines Morgens war ich völlig überrascht, in der Bibliothek an einem der Tische eine Frau bei einer Schreibarbeit anzutreffen.

Sie saß vornübergebeugt, so daß ich nur eine schwarze, von einem Netz gebändigte Haarmasse erkennen konnte. Kurz darauf stellte sie die auf dem Tisch ausgebreiteten Näpfchen zurück in einen Kasten, gab ihn ihrer Dienerin und erhob sich. Als sie an mir vorüberging, verneigte ich mich, und sie erwiderte meinen Gruß mit einem Kopfnicken. Dabei kreuzten sich unsere Blicke, und ich erkannte sie wieder: Es war die Frau, die mir in der Aljaféria im Hof der Falknerei aufgefallen war und von der Álvaro so voller Begeisterung erzählt hatte.

Die Neugier führte mich am nächsten Tag wieder dorthin.

Sie kam. Ein ockerfarbenes Kleid unterstrich noch ihre ebenmäßige Schönheit. Um den Hals und an den Handgelenken trug sie Schmuck aus ziseliertem Silber. Sie war größer als in meiner Erinnerung und zählte noch nicht einmal zwanzig Lenze. Die betonte Ernsthaftigkeit, die in gewissem

Widerspruch zu ihrem jugendlichen Alter stand, hatte etwas Anrührendes.

Ich beschloß, sie anzusprechen, ging auf sie zu und begrüßte sie.

»Señora, erlaubt mir, daß ich mich vorstelle: Luis de Soca, Sekretär der Infantin Isabel.«

Sie hielt ihre in Gold getauchte Feder hoch.

»Señor ... vielleicht könntet Ihr mir einen Rat geben? Bei diesem Vogel schwanke ich zwischen violett und blau. Mein Mann, Doktor Josef ha-Levi, behandelt die Prinzessin Juana. Sie klagt über Schmerzen in den Beinen, die Königin hat ihn gebeten zu kommen. In Wirklichkeit fehlt ihr nichts, sie wächst, was dem Mädchen fehlt, ist vor allem Aufmerksamkeit. Mein Mann sagt immer wieder zu mir: ›Rahel, misch dich nicht in die Angelegenheiten anderer ein, halte dich zurück.‹ Er hat recht, die Weisheit kommt mit dem Alter, aber daß man ein Kind vernachlässigt, ertrage ich nicht! Um die Prinzessin zu zerstreuen, habe ich ihr versprochen, etwas zu zeichnen, und für mich ist das auch eine Zerstreuung.«

Ich beugte mich über das Pergament. Eine mit goldenen Pünktchen gesprenkelte Blumenarabeske wand sich um das Zentrum des Bildes, einen Vogel, der weit seine Flügel öffnete, als wolle er das Universum umfassen. Die Farben, Karminrot, Rosa, Grün, Blau und Sepia, waren glücklich gewählt, der Strich sicher, die Bögen mit leichter Hand ausgeführt. Ich sagte es ihr.

»Ihr scheint Euch auszukennen, Señor, und Euer Urteil schmeichelt mir. Was würdet Ihr mir für den Vogel raten?«

»Ich würde ihn in einem hellen Gold auf dunklem Goldgrund halten.«

Sie lächelte.

»Ich danke Euch vielmals, Señor.«

Ich hielt es für angebracht, mich zurückzuziehen.

Am folgenden Tag plauderten wir schon etwas länger miteinander.

Sie erklärte mir, daß es sie drängte, nach Valladolid zurückzukehren.

»Das Nichtstun bedrückt mich. Was soll man tun, außer mit den Dienstmädchen in die Judería, unser Viertel, einkaufen zu gehen – wir können ja nur solche Nahrungsmittel verwenden, die von unseren Religionsbrüdern selbst hergestellt sind – und dann vielleicht noch aufzupassen, daß das Essen ordentlich zubereitet wird? Mein Mann wird wegen seiner Gelehrsamkeit geachtet, aber als Juden werden wir hier lediglich geduldet. Das ist übrigens gut so. Die Freiheit und der Müßiggang, die an diesem Hof herrschen, verwirren mich. Euch, Señor, kann ich das ja sagen, weil Ihr Euch ebenso wie die Personen in der Umgebung der Infantin Isabel etwas im Hintergrund haltet.«

»Ich gebe zu, daß ich mehr Gefallen daran finde, mich zu bilden, als mich zu vergnügen.«

»In unserer Gemeinde in Valladolid hat jede Frau ihre Aufgabe: das Haus ordentlich halten, sich um die Erziehung der Kinder kümmern oder den Ehemann bei seinen Tätigkeiten unterstützen. Viele Frauen kennen sich hervorragend im Geldhandel aus, entweder sind sie ihrem schon mit anderen Schuldforderungen eingespannten Ehemann behilflich, oder sie sind eigenständig im Leihgeschäft tätig. Die Christen werfen uns diesen Handel vor. Warum aber machen sie dann nach wie vor Gebrauch davon? ... Bei uns haben die Männer Vertrauen in den Scharfblick der Frauen, und ihr Vertrauen verzehnfacht unsere Fähigkeiten. Obwohl meine äußerst bescheiden sind, hat mich mein Mann ermutigt zu studieren, damit ich eine Lizenz als Hebamme erwerbe.«

»Habt Ihr Kinder, Señora?«

»Leider nein. Diese Freude ist uns bislang verwehrt geblieben. Aber dabei helfen, Leben zu schenken, bedeutet das nicht, seinem eigenen einen Sinn zu geben?«

Ihre länglichen schwarzen Augen hellten sich auf.

Ich sah sie eines Nachmittags zusammen mit Doktor ha-Levi. Sie gingen in Richtung der Gemächer von Prinzessin Juana. Josef ha-Levi war von kurzem Wuchs, mit schon stark angegrautem Bart und schleppendem Gang. Man hätte ihn für den Großvater von Rahel halten können, und die Fürsorglichkeit, mit der sie seine Schritte lenkte, verstärkte diesen Eindruck noch.

Ich sah sie noch einmal wieder.

Sie war zufrieden, es ging auf März zu, und am vierzehnten würde man das Passahfest feiern.

»Dann sind wir wieder in Valladolid. Niemand von uns würde es versäumen, sich an diesem Tag, der an die letzte Mahlzeit vor dem Auszug aus Ägypten erinnert, in der Familie zu versammeln. Am ersten Abend findet der Seder statt, da wird ein ganzes Lamm gebraten, das man mit bitteren Kräutern und ungesäuertem Brot ißt ... Chametz, Gesäuertes, ist während des Passahfestes verboten ebenso wie die Benutzung von Behältnissen, in denen im Laufe des Jahres Chametz aufbewahrt wurde. Um die vorgeschriebene rituelle Reinigung zu vermeiden, haben viele Familien, meine auch, ein Küchen- und ein Tafelgeschirr extra für den Seder.«

Bis heute fällt es mir schwer, die Gefühle zu deuten, die mich bewegten, als sie mir voller Stolz diese Einzelheiten verriet. Ein unbestimmtes Verlangen, mich durch eine verborgene Tür in eine Welt einzuschleichen, die meine hätte sein können?

Sie unterbrach sich:

»Und Ihr, Señor, woher stammt Ihr?«

»Ich habe in Aragón gelebt, aber jetzt komme ich von der Universität in Salamanca, ich war gerade dabei, mich auf meinen Doktor in Theologie vorzubereiten, als ich zur Infantin Isabel gerufen wurde.«

»Das erklärt Eure Gelehrtheit. Wolltet Ihr Priester werden?«

»Euer Gatte, Señora, heilt die Körper. Ist es nicht auch ein schöner Beruf, Seelen zu heilen?«

»Heilen ist nicht gleich Heilen«, rief sie unerwartet heftig aus. »Das Heilmittel kann sich auch als verbrecherisch erweisen.«

»Ich vermute, daß Ihr auf die Verfolgungen anspielt, die die Euren erdulden mußten? Ich bedauere sie. Lange Zeit haben unsere Religionen Seite an Seite gelebt, ohne aneinanderzugeraten. Das war gut so. Jeder sollte, meine ich, in der Wahl seiner Überzeugungen frei sein.«

»Die Überzeugungen treten häufig hinter der Bedrohung oder dem Interesse zurück. Mehrere Angehörige meiner Familie haben sich Anfang des Jahrhunderts bekehrt. Ihre Nachfahren nehmen dank ihres falschen Glaubens hohe Posten ein. Wir haben jede Beziehung zu ihnen abgebrochen. Für mich sind diese Bekehrten nichts anderes als Verräter, ich verabscheue sie!«

Fröstelnd zog sie ihren Umhang um die Schultern.

»Entschuldigt, ich habe mich hinreißen lassen. Mein Mann, Doktor ha-Levi, würde das nicht gutheißen. ›Rahel, Rahel, würde er sagen, du bist zu absolut, zu offenherzig, das wird dir noch schaden. Lerne zu schweigen.‹ … Reden wir lieber über Aragón. Ein wunderschönes Land.«

»Wahrhaftig.«

»Vergangenes Jahr hat sich mein Mann auf Verlangen von König Juan nach Zaragoza begeben. Ich habe ihn begleitet, ich begleite ihn immer, um ihm die Beschwernisse der Reise zu erleichtern. Wir sind in der Aljafería empfangen worden. Eine sehr freundliche Aufnahme. Und die Falknerei ist großartig, obwohl ich diese Art der Jagd mißbillige. Verbreiten die Menschen nicht schon genug Grausamkeit, müssen sie sich auch noch die der Falken zunutze machen? Man hat mir dort Vögel von großer Schönheit gezeigt, einfach zauberhaft, ja, es waren wirklich wunderbare Stunden.«

»Habt Ihr darum einen Vogel als Motiv für Euer Bild gewählt?«

Rahel lächelte.

»Vielleicht, daran hatte ich noch gar nicht gedacht ... Es wird Zeit, daß ich meinen Mann aufsuche, er beunruhigt sich, wenn ich länger wegbleibe.«

Eine Woche später erfuhr ich, daß sie den Alcázar verlassen hatte. Ich bedauerte es. Eine Frau von seltener Anmut, ohne das affektierte und oberflächliche Gehabe ihres Geschlechts; es war ein echtes Vergnügen gewesen, sich mit ihr zu unterhalten. Sich vorzustellen, daß Álvaro ... Beinahe hätte ich darüber gelacht. Man denkt doch nie genügend nach.

Am 5. Juli 1468 starb der junge Prinz Alfonso, der Bruder von Isabel, auf dem Weg nach Ávila. Vielleicht war es die Pest, die in der Gegend wütete, vielleicht eine verdorbene Forelle, die er zu sich genommen hatte, man verdächtigte sogar Pacheco, den Marqués de Villena, und andere hohe Herren aus dem Lager des unglückseligen Prinzen, die er enttäuscht haben sollte, aber man konnte nichts beweisen, und in diesen trüben Wassern war die Forelle noch die Verdächtige, die den geringsten Wirbel verursachte.

Isabel hatte sich ins Kloster Santa Cruz zurückgezogen.

»Weißt du, Luis, Erzbischof Carrillo und Pacheco haben meinen Bruder als Bannerträger ihrer Ziele benutzt. Das arme Kind war damals erst zwölf Jahre alt. In diesem Alter hat man eine blühende Phantasie und gibt sich großzügig, sie haben auf ihn eingeredet und ihn davon überzeugt, daß er der Retter Kastiliens wäre, und sie haben ihn zum König ausgerufen, was er nie gewesen ist. Nur ein kleiner Teil des Adels hat ihn anerkannt, der andere ist Enrique treu geblieben. Und was bleibt den Rebellen heute, damit sie einen Bürgerkrieg fortführen können, den sie für geeignet halten, Enriques Widerstand zu brechen und so den Hunger stillen, der an ihnen nagt? Ich.«

8

Etwa zur selben Zeit traf Diego, der Bastard von Carrillo, ein. Der Erzbischof rief mich nach Ávila, einer Stadt, die in seiner Herrschaft war. Ich unterrichtete Isabel davon und machte mich auf den Weg.

Der Tod des Prinzen Alfonso hatte meiner Herrin ein ganz neues Gewicht verliehen, was mir zugute kam, und so hatte ich das Glück, das Abendessen ganz allein mit meinem Gastgeber einzunehmen.

Nachdem Carrillo die reichlich mit Pfeffer, Piment und Nelken gewürzte Pastete zu drei Vierteln heruntergeschlungen hatte, zu der es einen alten Wein, dickflüssig wie Öl, gab, kam er auf das Wesentliche zu sprechen.

»Wie weit bist du mit der Infantin gekommen?«

»Wir haben eine gute Beziehung zueinander, Monsignore. Die Infantin Isabel gibt nur wenig von sich preis, und sie betet viel, aber ich denke, daß sie mir eine gewisse Achtung entgegenbringt, und ich kann Euch versichern, daß sie für Euch Verehrung empfindet.«

»Gut, gut. Der Stand der Dinge ist folgender: Wir, die wir Kastilien lieben, werden es nicht dulden, daß Enrique, dieser Wüstling, dieser Sodomit, dieser Impotente, aus dem Hinscheiden des Prinzen Alfonso Nutzen zieht und uns, um seine Laster zu befriedigen, ins tiefste Unglück stürzt, indem er uns zu allem Übel auch noch Juana, eine in der Ausschweifung gezeugte Bastardin, als zukünftige Herrscherin aufzwingt. Deshalb habe ich im Einverständnis mit meinem Neffen Juan Pacheco, dem Marqués de Villena, mit Admiral Enríquez, dem

Schwiegervater von Juan II. von Aragón, deinem Wohltäter, und anderen illustren Edelleuten beschlossen, die Infantin zu krönen. Sie ist rechtschaffen und gottesfürchtig, was will man mehr? Außerdem erfreut sie sich nach Aussagen unserer Informanten recht großer Beliebthheit. Wenn wir die Ordnung wiederherstellen wollen, ist das ein zusätzlicher Trumpf. Das einfache Volk wird dieser blutjungen Königin ganz sicher gewogen sein und all seine Hoffnungen auf sie setzen. Um es kurz zu machen, Luis, der Zeitpunkt ist gekommen, daß du uns deine Dankbarkeit erweist. Berichte deiner Herrin von unserem Gespräch, aber nur knapp, so, als wenn es sich nur um eine vage Möglichkeit handelte, damit der Gedanke in ihr reifen kann, und bereite sie vor, male ihr den leuchtenden Aufstieg aus, der ihr gewiß ist, und halte ihr eindringlich Enriques infames Treiben vor Augen, mit einem Wort, mach deine Arbeit. Du hast dabei alles zu gewinnen, unsrerseits und ihrerseits. Jetzt wirst du mir erwidern: Warum dieses Vorspiel, wer wird schon eine Krone ablehnen? Natürlich nicht! Aber da sind Schüchternheit und Ängste im Spiel, all diese unberechenbaren Albernheiten, die jungen Mädchen nun mal eigen sind, und du kennst ja das Sprichwort: ›Bevor du das Kleid zuschneidest, schärfe deine Schere.‹«

Er lächelte.

Ich lächelte ebenfalls.

»Glaubt mir, Monsignore, daß ich alles tun werde, um das Vertrauen, das Ihr mir schenkt, zu rechtfertigen, jedoch …«

»Jedoch?«

Carrillo hob seine buschigen Augenbrauen.

»Die Infantin ist ganz dem Schmerz über den Verlust ihres Bruders hingegeben und im Moment, wie mir scheint, nur dem Willen Gottes zugänglich.«

»Wenn es weiter nichts ist! Das ist das Gute an den Frauen, daß man ihre Frömmigkeit und ihre Gefühlsduselei stets zu Verbündeten hat.«

Sofort nach meiner Rückkehr nach Segovia eilte ich zu Isabel, um ihr Bericht zu erstatten, und gab ihr unser Gespräch Wort für Wort wieder.

»Gut, mein Luis, du hast dich richtig verhalten …«, sagte sie und hüllte sich dann in Schweigen.

Ich wußte also nicht, welchen Weg wir einschlagen würden, und vor Angst drehte sich mir der Magen um, als sich Carrillo und Pacheco mit einer Abordnung von Edelleuten im Kloster Santa Cruz einfanden.

Isabel ließ mich holen. Wie eine Nonne gekleidet, empfing sie die Granden im Besuchszimmer und hörte sich unbewegt an, wie der Erzbischof mit einer Stimme, die wie ein Befehl klang, ihr den Thron anbot.

Schließlich schwieg er, schließlich sprach sie:

»Euer Vorschlag, meine Herren, schmeichelt mir, aber ich muß ihn ablehnen. Um die Ruhe in unserem Land zu wahren, ist es mein Wunsch, daß König Enrique, mein Bruder, seinen Königstitel behält, solange er lebt, und daß Ihr ihm Treue und Gehorsam leiht, so wie es sich gebührt. Was mich angeht, so begnüge ich mich mit dem Titel einer Erbprinzessin der Königreiche Kastilien und Léon, der mir durch das Ableben meines geliebten Bruders Alfonso in der Thronfolge zusteht. Ihm gegenüber entbinde ich Euch von jeglichem Schwur, so daß Ihr nur noch mir, Erbprinzessin dieser Königreiche, sowie Eurem Herrn, König Enrique, verpflichtet seid. Ich befehle Euch denn, ihm fortan loyale Untertanen zu sein und gemeinsam und uneigennützig dem Gemeinwohl zu dienen.«

Eine schreckliche Stille trat ein.

Die Granden machten eine Miene wie gehörnte Ehemänner angesichts der Kühnheit dieses jungen Mädchens von siebzehn Jahren, das man ihnen als unscheinbar und unbedeutend beschrieben hatte und das es jetzt wagte, ihnen, erfahrenen, mit allen Wassern gewaschenen Edelleuten, die Stirn zu bieten.

Carrillo, dessen Energie und Schwung nie um eine schlagfertige Antwort verlegen waren, forderte Isabel im Namen Gottes auf, ihre Pflicht zu tun und das Zepter, das Enrique nur allzusehr beschmutzt hatte, anzunehmen.

»Muß man Euch daran erinnern, daß der erste aus dem Geschlecht der Trastámara, dem Ihr entstammt, vor einem Jahrhundert vom Adel gewählt wurde, weil dieser genug hatte von der Tyrannenherrschaft seines Halbbruders, Pedro des Grausamen? Wenn sich ein Souverän als unwürdig erweist, wird er ersetzt, ein Beispiel dafür habt Ihr ja direkt vor Augen.«

»Muß man Euch an die Umstände erinnern, Monsignore? Pedro der Grausame und Enrique von Trastámara standen sich in einem verschlossenen Zelt gegenüber, und das Messer hat entschieden. Ist das ein Beispiel, auf das sich ein heiliger Kirchenmann beziehen darf, zumal in einem Kloster und vor einer Person meines Alters und meines Geschlechts?«

»Ihr erkennt einen Vorfahr, der Euch zu dem gemacht habt, was Ihr heute seid, nicht als den Eurigen an?«

»Gott, und nur Gott allein, steht es zu, nach den Umständen und dem Gewissen ein Urteil zu fällen. Das meine weigert sich, einen König, der in seiner direkten Nachfolge herrscht, seines Titels zu berauben. Der Unfriede, meine Herren, fällt auf die zurück, die ihn säen. Deshalb, ich beschwöre Euch, vereint Eure Kräfte, um meinen Bruder beim Regieren zu unterstützen, anstatt ihm Schaden zuzufügen.«

In ebendiesem Ton nahm das Gespräch seinen Lauf.

Isabel ließ sich nicht aus der Fassung bringen. Unerschütterlich, gelassen, erhaben.

»Wenn ich gemäß Euren Wünschen dem König den Gehorsam verweigerte, wie könnte ich dann diejenigen verurteilen, die mir den Gehorsam verweigern würden?«

Das war das Schlußwort. Es ließ die edle Gesellschaft stumm, ja beinahe nachdenklich zurück. Wer von ihnen hätte je gedacht, daß sich eine Schandtat zuweilen als ein zweischneidiges Schwert erweist?

Gewiß auf Anraten Juans II. von Aragón änderte Carrillo rasch seine Haltung. Er und Isabel tauschten Briefe aus, die sie, um ihre Entscheidung zu bekräftigen, fortan auf diese Weise unterzeichnete: *Isabel, Prinzessin und rechtmäßige Erbin von Gottes Gnaden der Königreiche Kastilien und León.*

Blieb nur noch, die offizielle Anerkennung zu erlangen.

Pacheco bot sich an zu vermitteln.

Ein Ehrenmann, heißt es, spricht nur mit einer Zunge. Mit mehreren zu sprechen störte Juan López Pacheco nicht. Von Eidbruch zu Eidbruch, von Verleugnung zu Verleugnung hatte er den Titel eines Marqués, beträchtliche Besitztümer und eine Macht erworben, die nicht minder beachtlich war. Nachdem er König Enrique verraten, verhöhnt und der Lächerlichkeit preisgegeben hatte, faßte er nunmehr den Plan, seines Einflusses auf ihn gewiß, sich ihm wieder anzunähern.

Angesichts der Dinge, die auf dem Spiel standen, wäre es selbstmörderisch gewesen, die Hand, die er uns reichte, zurückzuweisen, wohl wissend, in welchem Schmutz sie gesteckt hatte. Will man in der Politik erfolgreich sein, ist es oftmals angebracht, keine allzu empfindliche Nase zu haben.

Unter dem Schutz von zweihundert von Carrillo geschickten Lanzen, wobei eine Lanze mehrere Reiter umfaßte, begaben wir uns für die Zeit der Verhandlungen nach Ávila. Isabel fügte sich ohne Murren. Mehr aus Abneigung denn aus Unvermögen hatte sie es bisher stets vermieden, sich herauszuputzen und zu kokettieren, aber eine prunkvolle Erscheinung spiegelt unsere Gewichtigkeit wider, und sie paßte sich diesem Umstand mit wunderbarer Leichtigkeit an. Sie lieh sich Geld, ließ sich Gewänder nach der neuesten Mode anfertigen, die ihre bis dahin unter kuttenartigen Umhängen verborgene schöne Figur betonten und deren Weiß, Farbe der

Trauer, auf ihre blonde Erscheinung eine strahlende Klarheit warf.

Carrillo hatte ihre Gemächer herrichten lassen. Aber sie zog es vor, sich beim Grafen de Penalba einzuquartieren, einem alten Freund ihres Vaters. »Auf neutralem Gebiet, Monsignore«, sagte sie lächelnd. Der Erzbischof beharrte nicht weiter darauf. Er mußte annehmen, daß sie plötzlich in Selbstherrlichkeit verfallen sei, die er zu gegebener Zeit bezwingen würde. Worin er sich allerdings täuschte: Isabel war keineswegs selbstherrlich, sie war lediglich stolz darauf, sich gut zu kennen.

Ende August hielt eine Wagenkolonne vor dem Schloß. Der Lärm ließ mich zum Fenster laufen, mir war, als würde ich unter den Reitern und Soldaten die hohe Gestalt von Álvaro erkennen. Ich rannte die Treppen hinunter und fiel ihm um den Hals.

»Bruder, Bruder«, rief ich immer wieder. »Du! was machst du hier?«

»Wir kommen von König Juan, um der Infantin Isabel Falken zu überbringen.«

Und Álvaro wies auf die Käfige, drei rechteckige Kisten mit Füßen und Gurten, die ich in meiner Aufregung gar nicht bemerkt hatte. Rings um die Käfige hielten Diener Wache.

»In Litauen gefangene Gerfalken, die uns deutsche Händler verkauft haben; mit den Flamen sind sie die größten Spezialisten auf diesem Gebiet. Unter uns gesagt, König Juan war gezwungen, bei den Juden in Zaragoza Geld zu leihen, diese Falken sind ein Vermögen wert. König Enrique von Kastilien fand sie großartig. Er kennt sich aus, er ist ganz versessen auf die Beizjagd. Ein so schlichter, liebenswerter König!«

Überrascht unterbrach ich Álvaro:

»Sag bloß, du hast mit König Enrique gesprochen!«

»Ich habe sogar ein paarmal an seinen Jagden teilgenommen. Er hat mich beglückwünscht und bei mir all die Qualitäten entdeckt, die einen großen Falkner ausmachen. Vor Ávila sind wir nämlich in Madrid abgestiegen, es war wirklich eine lange und beschwerliche Reise für unsere armen Vögel! Der König residiert mit der kleinen Prinzessin Juana und seinem Hof im Alcázar.«

Ich lenkte das Gespräch auf ein anderes Thema.

»Bruder, jedesmal, wenn ich dich sehe, bist du noch schöner geworden!«

»Und du noch bedeutender. Wenn die Infantin Isabel erreicht, was sie will – verdammt, dann ihr Sekretär zu sein, das ist schon was!«

Wir lachten.

»Ich habe einen Brief von Buitrago für dich«, sagte Álvaro.

Ich nahm ihn an mich. Ich bekam seine Briefe in der Regel über Carrillo, und auch wenn ich darin nicht viel Neues erfuhr, denn Buitrago hatte Mühe, etwas aufs Papier zu bringen, wurde mir immer warm ums Herz. Trotz der Trennung blieben die Bande zwischen uns sehr stark.

»Wie geht es ihm?«

»Gut. Ana verwöhnt ihn über alle Maßen.«

»Und Catalina?« fragte ich. »Ich habe Diego mehrere Male einen Brief für sie mitgegeben, aber sie hat nie geantwortet.«

»Weißt du, Schreiben ist nicht Catalinas Stärke, es geht ihr gut, sie ist immer noch dieselbe, reizend, betörend … Bruder, der Meister ruft mich.«

Ich hätte Álvaro zurückhalten, weiter in ihn dringen mögen, aber ich war zu feige.

Der Falknermeister war bereits dabei, mit der Dienerschaft des Schlosses für eine angemessene Unterbringung der kostbaren Vögel zu sorgen. Alle waren eingemummt in einen Leinensack, der ihre Flügel und Fänge zusammenhielt und nur den Kopf herausgucken ließ, so daß man sie für Säuglinge hätte halten können.

»Wir befreien sie jetzt von ihrer Hülle«, erklärte mir Álvaro, »sie brauchen Nahrung und Ruhe. Morgen vormittag werden wir sie der Infantin Isabel vorführen.«

Diese verbrachte den Abend und einen Teil der Nacht in Gesellschaft der beiden aragonischen Edelleute, die die Wagenkolonne anführten. Die Falken waren, ich hatte es gleich erraten und wenig später die Bestätigung dafür erhalten, lediglich ein Trick Juans II., mit dem er die Infantin vor einem möglichen Verrat König Enriques und Pachecos, zwischen denen die Verhandlungen weitergingen, warnen wollte.

Als Álvaro mit den Vögeln fertig war, suchte ich ihn in dem Nebengebäude auf, das man ihm zugewiesen hatte, und brachte ihm ein Stück kaltes Geflügel, einen Kanten Brot und ein Fläschchen Wein. Es war eine angenehme Stunde, eine Ruhepause in der verrinnenden Zeit; einst hatten wir sie ganz miteinander geteilt, nun teilten wir nur noch unsere Erinnerungen.

Álvaro war voller Tatendrang. Er schien Rahel vergessen zu haben, und ich wagte, ihm von unserer Begegnung in Segovia zu erzählen.

»Ich weiß«, sagte Álvaro.

»Du weißt?«

»König Enrique leidet an Magenschmerzen, und er behilft sich mit Doktor ha-Levis Arzneien. Ich habe Rahel im Alcázar von Madrid wiedergesehen, eine Fügung, wenn nicht sogar der Wille Gottes.«

»Laß Gott aus dem Spiel …«

»Bruder, ist es so schwer zu begreifen, daß es sich nicht um eine gewöhnliche Laune des Fleisches handelt? Ich liebe Rahel, ich achte sie.«

»Das ist keine Frau für dich, Álvaro.«

»Und Catalina? Ist das etwa eine Frau für dich, Bruder? Sie ist nichts als äußerer Glanz, du aber bist von absoluter Strenge, sie hat nur einen Blick für den Spiegel und du nur für die Bücher.«

»Wenn ich ihr erst bieten kann, was sie sich wünscht …«

»Und du würdest dich mit einer Frau zufriedengeben, deren Gunst du dir im Grunde erkaufen müßtest? Ein Mann wie du! Rahel hat mir soviel Schmeichelhaftes über deine Intelligenz, deine Bildung, deine Empfindsamkeit gesagt … Sie wußte nichts von unseren Bindungen, ich habe ihr erst danach davon erzählt, sie war sehr erstaunt. Nein, Catalina hat dich nicht verdient.«

Ich seufzte.

»Legt man den Preis dafür fest, was einen mehr zu einer Frau hinzieht als zu einer anderen? Dem Herzen läßt sich nicht befehlen, und nur allzuoft wird es von seinem Gegensatz verführt.«

Álvaro lächelte.

»Genau das wollte ich hören! Mach mir also keinen Vorwurf mehr wegen Rahel. Das ist eine ganz reine Liebe, Bruder. Selbst wenn ich sie nie besitzen werde, trage ich sie doch in mir, ich weiß, daß sie da ist, ich liebe sie ganz einfach, vielleicht ist das ja die wahre Liebe: lieben und keine Gegenleistung erwarten.«

»Und sie?«

»Sie hatte es bereits in Zaragoza erraten. Wenn mich eine Frau anzieht, bin ich nicht in der Lage, es zu verbergen, und Rahel hat mich ganz heftig angezogen. Aber seitdem, mit der Entfernung … Wie soll ich es dir erklären? Als ich sie in Madrid wiedersah, habe ich gefühlt, daß ich niemals auch nur irgend etwas versuchen würde, was die Freundschaft, die sie mir entgegenbringt, zerstören könnte, und alles, was ich dir jetzt sage, habe ich ihr auch gesagt.«

In dieser Nacht verfaßte ich mehr als zehn Briefe an Catalina. Die einen erschienen mir zu trocken, zu fade, die anderen dagegen so überschwenglich, daß sie sich nur lustig darüber gemacht hätte. Talent läßt sich nicht erzwingen. Sobald es darum geht, mich zu erkennen zu geben, werde ich ein erbärmlicher Schreiberling, entweder sage ich zuviel oder zuwenig.

Schließlich begnügte ich mich mit ein paar Zeilen von erbärmlicher Plattheit:

Meine liebe Catalina, meine Zukunft nimmt Gestalt an, und Dich zur Gemahlin zu haben, Dir einen Deiner Schönheit würdigen Rahmen zu schaffen, sind die Wünsche, die ich Tag für Tag ausspreche. Das also sind meine Absichten, sie haben sich nicht verändert. Und die Deinen? Bitte, schreib mir über Buitrago. Ganz der Deine. Luis.

Als die Wagenkolonne aufbrach, vertraute ich Álvaro den Brief an.

»Sei beruhigt«, sagte er, »Catalina bekommt ihn ganz sicher.«

Er schloß mich fest in seine Arme.

»Luis, denk daran, ganz gleich, was geschieht, wir sind Brüder, um so mehr, als wir uns selbst gewählt haben.«

Ich dachte daran, wie Catalina wohl meinen Brief aufnehmen würde, und bemerkte nicht, wie bewegt Álvaro war.

9

Da Isabel den Titel einer Königin zurückgewiesen hatte – was die Aufrührer um ihre Person geschart hätte –, war dem Bürgerkrieg Einhalt geboten und König Enrique damit zumindest dem Anschein nach seine volle Autorität zurückerstattet. Diese Loyalität und dieses Geschick, die schon jetzt einen erstaunlichen politischen Instinkt verrieten, sollten sich auszahlen. Für Mitte September war ein Versöhnungstreffen vorgesehen.

Pacheco übergab uns eine Kopie der Urkunde, die unterzeichnet werden sollte, und wir prüften sie Klausel für Klausel.

Für die Befriedung des Königreichs …

Beatriz de Bobadilla warf ihren etwas kantigen Kopf mit dem breiten, leicht umflaumten Mund zurück, in dem eine Reihe schöner Zähne glänzte.

»Um seinen Frieden zu haben und nach Lust und Laune seinem Vergnügen nachzugehen, würde der König alles machen. Frieden! Das Zauberwort! Das Wort, mit dem unser Pacheco, Marqués de Villena, ihm in den Ohren gelegen haben wird.«

»Ganz im Gegenteil«, widersprach Isabel, »der König, mein Bruder, macht nicht irgend etwas, er macht, was ich will: mich zu seiner rechtmäßigen Erbin erklären. Fahren wir fort, Luis. Was sagt die Urkunde bezüglich des Balgs?«

»Der kleinen Infantin Juana? Laut Urkunde wird sie zugunsten Eurer Gnaden enterbt, der König verleugnet damit aber nicht seine Vaterschaft.«

Beatriz höhnte:

»Diese Bastardin! Warum gibt er nicht zu, daß er impotent

ist, daß er junge Männer liebt und daß er seinen Günstling der Königin ins Bett gelegt hat? Die Sache würde an Offenheit gewinnen.«

Isabels Blick wurde hart.

»Beatriz! Ich dulde solche Worte nicht! Das Privatleben des Königs ist nicht meine Angelegenheit. Aber ob der Balg unehelich ist, geht mich etwas an, und er ist es. Der König, mein Bruder, und die Königin Juana sind Verwandte ersten Grades, und er hat sie geheiratet, ohne vorher den wegen der Blutsverwandschaft erforderlichen Dispens vom Papst erhalten zu haben, ihre Ehe ist also ungültig, und darauf, allein darauf – man möge mich wohl verstehen! –, gründet sich mein Recht auf die Thronfolge … Luis, wir hören.«

»Eine sehr angenehme Klausel für Euer Gnaden. Der König überläßt Euch das Fürstentum Asturien* und mehrere Städte, darunter Ávila, Ubeda, Medina del Campo, mit den entsprechenden Lehen und Einkünften, dazu eine Pension zum Unterhalt Eures Hauses.«

»Es wäre schlecht um uns bestellt, wenn er mir nicht zugestanden hätte, was meinem Rang gebührt … Beatriz, meine Liebe, jetzt kann ich dir die Geldsumme zurückgeben, die du mir für meine Garderobe geliehen hast, und brauche auch fortan deine Börse nicht mehr zu schröpfen. Ich habe all diese Jahre ein kärgliches Leben geführt, gottlob, doch auf diese Weise kann man ermessen, was für einen Preis echte Werte tatsächlich haben. Höre, mein Luis, laß dir auf meine Kosten ein neues Gewand anfertigen, und knausere nicht dabei, du hast dich bis jetzt mit so wenig begnügt.«

»Das Privileg, Euer Gnaden zu dienen …«

»Das hast du wahrhaftig gut gesagt! Laß sehen, was mein Bruder Enrique als Gegenleistung für seine Großzügigkeit fordert.«

* In Kastilien, und später auch in Spanien, trägt der Kronerbe den Titel Fürst oder Fürstin von Asturien.

»Euer Gnaden verpflichtet sich, an den Hof zurückzukehren und sich nicht ohne seine Zustimmung zu verheiraten.«

»Mit einem Wort, die Macht, die ich ihm zurückgegeben habe, gedenkt er in erster Linie über mich auszuüben.«

Am Horizont zeichnete sich ein Weg ab, der mir den Aufstieg zum Gipfel bahnen könnte, und so erwartete ich voller Nervosität und Ungeduld den Tag der Zeremonie.

Es war der 19. September, in der Nähe von Ávila bei den sogenannten Toros de Guisando, vier gewaltigen Felsbrocken, denen eine Laune der Natur die Form von Stieren gegeben hatte.

Am Vorabend war das Abkommen unterzeichnet, verkündet und dem Adel und den Städten offiziell mitgeteilt worden.

Die beiden Eskorten, jede bedeutend an der Zahl, trafen an den Felsen aufeinander. Pacheco führte die des Königs an, sein Onkel, Erzbischof Carrillo, hielt den Zügel des Maultiers der Prinzessin. Wir, Beatriz und ich, folgten mit den Granden. Isabel hatte es so gewollt, obwohl ich für eine solche Ehre keinerlei Titel besaß. Manchmal hatte sie eine dieser Gesten, die mehr binden als jede Belohnung.

An diesem Tag ersten Ruhms trug sie ihre Jugend wie eine Krone, aber als schlaues Weib verstellte sie sich und gab sich bescheiden, und man mußte sie schon sehr genau kennen, um das Triumphgefühl zu erraten, das sie empfand. Als Zeichen der Unterwerfung wollte sie die Hand des Königs küssen, was er jedoch abwehrte.

Mit seiner bis über beide Ohren gezogenen Filzkappe, seiner hochaufgeschossenen, hageren, nachlässig in braunen Stoff gehüllten Gestalt und den seltsamen Schnürstiefeln an den Füßen schien sich Enrique von Kastilien wenig darum zu scheren, ob er eine majestätische Figur abgab. Ehrlicherweise muß ich hinzufügen, daß sich in seinem kantigen, keineswegs häßlichen Gesicht, in dem nur die von einem Unfall entstellte

Nase störend wirkte, eher etwas Melancholisches spiegelte als die Verderbtheit, deren man ihn beschuldigte.

Nachdem der König und die Prinzessin den Eid geleistet hatten, entspannte sich die Atmosphäre, und die beiden Eskorten vermischten sich miteinander. Ich hatte weder im einen noch im anderen Lager Verwandte oder Freunde, und so beobachtete ich das Spektakel dieses prunkvollen Aufzugs, in dem Satin, Samt und mit glitzernden Edelsteinen bestickter Brokat hin und her wogten, als mein Augenmerk auf einen Reiter von prächtiger Statur gelenkt wurde, der nach burgundischer Mode mit einer eleganten Tunika aus hellgeblümter Seide bekleidet war, die über einen enganliegenden Rock und schwarze Kniehosen fiel. Ich hätte ihn eigentlich sofort erkennen müssen, und sei es nur an seinen silberblonden, stets zerzausten Locken, die unter der Mütze hervorlugten, aber meine Gedanken waren so weit von Álvaro entfernt, daß ich beinahe vom Maultier gefallen wäre, als er sich umwandte. Ich faßte mich und eilte auf ihn zu.

Er stieg vom Pferd.

»Bruder, Bruder! Sieh mich nicht so an!« rief er aus.

»Sprich nicht so laut. Was machst du denn im Gefolge des Königs?«

»Bruder, versuch mich zu verstehen, ich habe nicht gewagt, dir in Ávila davon zu erzählen, aber während der zwei Wochen, die wir mit den Falken in Madrid verbracht haben, hat man mir ein Angebot gemacht.«

»Wer ist ›man‹?«

»Das ist zu verworren. Ich habe am Hof eine junge Frau getroffen …«

»Eine Dirne. Am Hof von König Enrique gibt es nichts anderes.«

»Luis, ich flehe dich an! Francisca Albañez de Valverde ist Witwe, sie stammt vom besten Adel ab und hat riesige Besitztümer in der Estremadura. Man hat sie zur Erzieherin der kleinen Infantin Juana bestimmt. Die Beizjagd ist eine Tradition in ihrer Familie. An dem Tag, an dem der König seinen Wunsch geäußert hat, unsere Falken auszuprobieren, hat sie ihn begleitet und sich in mich verliebt.«

»Mit einem Wort, sie hat dich Rahel vergessen lassen.«

Álvaro fuhr in die Höhe.

»Rahel vergessen! Rahel selbst hat mir in Madrid gesagt ... Warte, ich habe es so oft vor mich hergesagt, daß ich es auswendig kann ... Sie hat zu mir gesagt: ›Es wäre nicht recht von mir, Euch zu einer hoffnungslosen Liebe zu ermutigen, denkt lieber daran, Euch eine aussichtsreichere Existenz aufzubauen. Ihr habt mehr verdient als das, was Ihr jetzt habt, und wenn Ihr eine liebenswerte Frau kennenlernt, laßt es mich wissen, ich werde es als einen Freundschaftsbeweis ansehen.‹ Rahel hat recht, Luis. Liebt sie mich schon nicht, möchte ich wenigstens, daß sie stolz auf mich ist. König Enrique verband eine große Zuneigung mit den Eltern von Francisca. Dank ihres Einflusses hat mir Seine Majestät angeboten, bei der Ausrichtung seiner Jagden mitzuwirken. Ich habe angenommen. Andere sind für weniger als das Ritter geworden.«

Ich lachte höhnisch auf.

»An deiner Stelle wäre ich mißtrauisch. Man sagt, Enrique schwärmt für schöne Jungen. Hat dir unser Abenteuer in Navarra noch nicht gereicht?«

Álvaro lief dunkelrot an.

»Was die Verbündeten deiner Prinzessin über den König erzählen, ist nichts als wütendes Gegeifer und Lügengespinst! Die Wahrheit ist, daß er ein zu weiches Herz hat, daß er eine Vorliebe für das einfache Volk hat und nichts als Verachtung für seinen Stand. Was ungewöhnlich ist, schockiert. Und deshalb hat man für sein Verhalten nach niederen Motiven gesucht, woraus einige Leute Nutzen ziehen. Alles erlogen, ebenso die Impotenz, die man ihm nachsagt. Seine Liebesabenteuer mit Damen vom Hof waren seinerzeit Gegenstand des Klatsches, sie waren so leidenschaftlich, daß Königin Juana, damals eine treue Gattin, darüber lauthals und vor aller Augen ihre Eifersucht gezeigt hat.«

»Meinen Glückwunsch, du sagst deine Lektion gut her. Aber du, der du alles weißt, weißt du auch, warum Enrique seine Tochter enterbt hat, angenommen, sie ist es wirklich?«

»Sie ist es, und weder du noch deine Prinzessin zweifeln daran, ich lege meine Hand dafür ins Feuer, aber das zuzugeben würde für Isabel bedeuten, in den Schatten zurückzutreten. Die kleine Juana, eine Bastardin, das paßt besser in eure Pläne ... Ich bitte dich, Luis, lassen wir diesen Streit, da kommt Francisca.«

Auf einer ausnehmend schönen Stute, deren Mähne mit Quasten in demselben scharlachroten Ton geschmückt war wie das Gewand der Reiterin, kam eine junge Frau auf uns zugeritten. Sie hatte flachsblondes, von einem Mittelscheitel geteiltes Haar, das über den Ohren zu Schnecken geflochten war, und ein rundes Gesicht. Ein schmales Halsband aus Rubin unterstrich die Blässe ihrer Haut. Ihr sanfter, gerader Blick blieb an mir haften. Ich schluckte meine schlechte Stimmung hinunter.

»Ihr seid Luis de Soca, nicht wahr?«

Ich sprang von meinem Maultier herunter und verneigte mich.

Wir tauschten ein paar zaghafte Höflichkeiten aus, und sie verabschiedete sich.

»Ich laß euch allein, Ihr und Álvaro habt euch gewiß eine Menge zu erzählen. Jetzt, da die Beziehungen zwischen Seiner Majestät und der Prinzessin Isabel glücklich wiederhergestellt sind, hoffe ich, Señor, daß wir das Vergnügen haben werden, Euch am Hof zu sehen.«

»Ich gehe dorthin, wohin meine Herrin geht, Señora.«

Álvaro folgte ihr mit den Augen, dann streckte er die Arme zu mir aus.

»Bruder«, sagte er.

Die Wut stieg von neuem in mir hoch.

»Rühr mich nicht an, nenn mich nicht mehr Bruder, du bist nicht mehr mein Bruder, du bist nichts als ein Verräter. König Juan II. und Enrique von Kastilien hassen einander, und so belohnst du unseren Wohltäter: Du kriechst auf allen vieren vor seinem Feind!«

»Unser Wohltäter!« echote Álvaro. »Mein armer Luis! Glaubst du denn, König Juan hat sich aus Uneigennützigkeit unser angenommen? Unter Falknern wird viel geredet. Laß dir also gesagt sein: Buitrago hat sich die Hände schmutzig gemacht, damit unsere sauber bleiben.«

Er schwang sich in den Sattel.

»Catalina hat deinen Brief erhalten, ich habe aufgepaßt, aber rechne nicht zu sehr mit einer Antwort. Bevor ich Zaragoza verlassen habe, ist sie ständig um Prinz Fernando herumscharwenzelt.«

10

Danke, Herr, daß Du mich mit einem denkenden und strebsamen Kopf ausgestattet hast, der es mir bis zum heutigen Tage erlaubt hat, meinen Kummer zu bezwingen und mein seelisches Gleichgewicht zu bewahren!

Die höchstgewichtige Frage der Heirat der Prinzessin nahm mich bald ganz und gar in Beschlag. Daran knüpfte sich die feste Hoffnung, Catalina wiederzugewinnen. Gewiß könnte man mir einen Mangel an Würde vorwerfen, woran es mir sonst nicht fehlt, ebensowenig wie an einer guten Portion Stolz auf das, was ich erreicht habe, aber Catalina gegenüber habe ich mich stets in der Rolle eines Bettlers gefühlt.

Jetzt, da Isabel als Mitgift die Krone von Kastilien vorzuweisen hat, überstürzen sich die Heiratsanwärter.

Zuallererst der König von Portugal, Alfonso V., Witwer, Besitzer märchenhafter Reichtümer aus seinem afrikanischen Königreich, Bruder der Königin Juana, Enriques Gemahlin. Eine Verbindung, die der Marqués de Santillana, Oberhaupt der Mendoza-Sippe, bevorzugt. Die Mendozas sollten noch einmal einen großen Platz in meinem Leben einnehmen. Was ich zu jenem Zeitpunkt von ihnen wußte, läßt sich mit wenigen Worten beschreiben. Sie gehören der alten Aristokratie an, die Pachecos der neuen. Ihre Gemeinsamkeiten: ein gewaltiges Vermögen und Macht. Die Pachecos benutzen die ihre, um die königliche Autorität auszuhöhlen und sie so besser kontrollieren zu können. Die Mendozas hingegen sind die Stützen der königlichen Amtseinrichtungen und mißbilligen

Enriques fortwährende Zugeständnisse. Sie erklären das Abkommen von Los Toros de Guisando für null und nichtig, und Isabel nach Portugal zu schicken wäre ein Mittel, sie auszuschalten und die kleine Juana wieder in ihre Rechte als Erbin einzusetzen.

Zweiter Bewerber: der Herzog von Berry, jüngster Bruder von Ludwig XI., König von Frankreich. Diese Kandidatur hat die Zustimmung Enriques. Eine Allianz mit Frankreich würde Aragón den Dolchstoß versetzen.

Dritter Bewerber: der Sohn von König Juan II., Prinz Fernando von Aragón, derselbe, auf den nach den Worten Álvaros Catalina ein Auge geworfen hat ... Mein Rivale, dachte ich insgeheim belustigt und verhöhnte Catalina, nannte sie eine Hure. Sie zu beschimpfen erleichterte mich.

Die Prinzessin hatte uns zu sich gerufen, damit wir ihr unsere Sicht der Dinge auseinandersetzten.

Beatriz weigerte sich zu reden.

»Dann sprich du, Luis!«

»Meine Schlußfolgerungen gründen sich auf die Informationen, die ich sammeln konnte, aber mehr noch auf die unschätzbaren Fähigkeiten Eurer Hoheit. Meiner Ansicht nach sind diese in keiner Weise mit der rein dekorativen Rolle, wie sie die Etikette Euch auferlegen wird, vereinbar, wenn ihr Alfonso V. von Portugal oder den Herzog von Berry heiratet, Hoheit. Gewiß hört man viel Gutes über den ersteren, aber er ist zwanzig Jahre älter als Ihr und hat sich in einer Machtposition eingerichtet, von der er nicht einen Deut abrücken wird. Überdies erfreut er sich am Hof von Kastilien der Sympathie eines gewichtigen portugiesischen Klüngels, der Juana zugetan ist – vergessen wir nicht, daß sie seine Nichte ist! –, eines Klüngels, der jede Eurer Gesten verfolgen wird, um sie zu verurteilen und den winzigen Handlungsspielraum, den man Euch zubilligen wird, einzuschränken ... Der Franzose wiederum ist cholerisch und noch dazu mißgestaltet, wie man mir berichtet hat, und er hat ein unleidliches Wesen. Ihr würdet also der Befehlsgewalt Eures Bruders zwar entgehen, aber dafür in die Hände Ludwigs XI. von Frankreich fallen, dessen Niederträchtigkeit ganz Europa in Atem hält. Gott hat in Eurer Person nicht so viele Vorzüge für ein so erbärmliches Schicksal vereint, Hoheit, Gott hat Euch geschaffen, Königin und Herrscherin zu sein.«

»Soll ich daraus schließen, daß deine Wahl auf Aragón fällt?«

»Aragón!« schrie Beatriz auf. »Was für eine großartige Allianz für Kastilien! Ein blinder König, dazu ein ständig in Aufruhr begriffenes Katalonien und ein Roussillon, das dem König von Frankreich als Pfand überlassen ist ...«

»Beatriz, bitte! Fahr fort, Luis.«

Ich neigte den Kopf in Richtung des Fräuleins von Bobadilla.

»Genau aus den eben genannten Gründen sind die Aragonier die einzigen, die sich den Wünschen Eurer Hoheit beugen werden. König Juan träumt schon immer von dieser Verbindung für seinen Sohn. Ist er nicht selbst Kastilier, und zwar aus dem Geschlecht der Trastámara, von dem Ihr abstammt, Hoheit? Obendrein ist Fernando jung, also fähig, Eure Bestrebungen zu teilen und zu unterstützen.«

Isabels Blick ließ nicht von mir ab.

»Luis, bist du ein Zauberer? Liest du in meinen Gedanken?«

Beatriz erhob sich mit glühenden Wangen. Ihr großer Körper zitterte vor Empörung.

»Aragón! Prinz Fernando! Solltet Ihr, meine Prinzessin, vergessen haben, daß sich Juan II. und König Enrique hassen, solltet Ihr vergessen haben, daß Ihr in Guisando vor Gott geschworen habt, Euch nur mit Genehmigung Eures Bruders zu verheiraten? Niemals wird er sie Euch erteilen, er wird Euch enterben, er wird Euch ausrauben und in ein Kloster sperren. Aragón! Wahrhaftig ein schöner Rat, der Eurem Sekretär von denen eingeflüstert worden ist, die ihn in unser Haus eingeführt haben!«

»Beatriz, entweder du hältst dich zurück, oder du gehst.«

Beatriz ging.

»Ich kann Eurer Hoheit versichern«, sagte ich …

»Luis, nutzen wir die Gelegenheit, laß uns reinen Tisch machen. Nicht eine einzige Handlung von Erzbischof Carrillo geschieht ohne Grund. Als er dich nach Arévalo brachte, hatte ich schon erraten, daß deine hauptsächliche Aufgabe darin bestehen würde, mich auf seinen Befehl auszuhorchen. Du widersprichst nicht? Gut. Manchmal ist Schweigen ein offenes Eingeständnis … Carrillo vermischt die Wörter, deren Sinn er nicht erfaßt: Loyalität, Treue, Ergebenheit, Dankbarkeit. Seiner Meinung nach bindet man jemanden nur durch Interesse oder Furcht an sich. Ich teile diese einseitige Auffassung nicht, sonst wärst du heute nicht hier.«

Ich fiel auf die Knie und küßte ihren Rocksaum.

»Bei meinem Leben und bei meinem Heil, niemals habe ich Monsignore Carrillo auch nur irgend etwas enthüllt, was mir von Nachteil oder von Bedeutung für Eure Hoheit erschienen wäre.«

Isabel lächelte.

»Nun gut, jetzt aber wirst du es tun, mein lieber Luis. Machen wir das Spiel mit, setzen wir auf ihn. Er ist nun mal, wie er ist, trotz alledem habe ich in Kastilien keine andere Stütze als die aragonische Partei, die er zusammen mit Admiral Enríquez, dem Schwiegervater von Juan II., anführt. Du sagst dem Erzbischof, daß ich wegen Prinz Fernando zögerte und du all deine Redekünste aufgeboten hättest, um meine Wahl in die richtige Richtung zu lenken. Er wird zufrieden mit dir sein. Ich brauche seine Hilfe, das wirst du ihm auch sagen. Er wird sich eine Zukunft ausmalen, in der ich ihm auf Gedeih und Verderb ausgeliefert bin, das wird seinen Eifer anstacheln. Unterschätze ihn nicht, er verfügt über gewaltige Mengen an

Menschen und Reichtümern, er ist voller List und Energie, aber sein Dünkel ist stärker ausgebildet als sein Spürsinn, und wie alle Leute mit kurzem Verstand hält er die anderen für Dummköpfe.«

Ich kehrte von Carrillo in Begleitung eines seiner Agenten, Gutierre de Cardenas, zurück. Er erklärte Isabel, aus sicherer Quelle zu wissen, daß König Enrique beim Vatikan intrigiere, um von seinem in Los Toros de Guisando geleisteten Schwur entbunden zu werden und somit die Verfügungen über seine Nachfolge zugunsten der kleinen Juana verändern zu können.

»Folglich bitten Monsignore Carrillo und Seine Exzellenz, Admiral Enríquez, Eure Hoheit, die Ehe so bald wie möglich zu schließen.«

»Der König, mein Bruder, ist nach Andalusien aufgebrochen, bis zu seiner Rückkehr wird er nichts unternehmen, und bevor ich irgendeine Verpflichtung eingehe, will ich die Gewißheit haben, daß meine Bedingungen hinsichtlich dieser Heirat das Einverständnis von König Juan und Prinz Fernando haben.«

Mit der gebotenen Sorgfalt machten wir uns an die Abfassung des Ehevertrages. Zwei junge Juristen, die uns der Rektor des angesehenen Colegio San Bartolomé in Salamanca empfohlen hatte, standen mir dabei zur Seite.

Martin Carral, genannt Momo und aus Madrid gebürtig, ein kleiner, gelockter Rotschopf mit blitzblanken rosigen Wangen, der die Gesetze von Kastilien und Aragón wie das Vaterunser herbetete, gefiel mir sofort. Wenn dagegen Pablo Gómez de Salvedra auftauchte, schnürte sich mir die Kehle zusammen. Ein Converso. Er war jüdisch-katalanischer Herkunft, hatte ein langes, recht schönes Gesicht, ein gepflegtes Äußeres, einen flinken Verstand. Ich kann nichts dagegen machen, aber jeder Neuchrist versetzt mich in eine Zeit meiner

Jugend, die ich verbannt habe, drängt mich in eine Abwehrhaltung, und ich reagiere falsch.

Isabel tadelte mich:

»Der Rektor von San Bartolomé hat mir für die Moral und den religiösen Eifer von Salvedra gebürgt. Eine Seele, die zu Gott gefunden hat, zurückzustoßen beweist wenig Barmherzigkeit. Er versäumt im übrigen kein Offizium, er fastet und erfüllt alle von der Kirche vorgeschriebenen Pflichten. Die Wahrheit ist, daß ihr alle beide sehr begabt seid, Luis.«

Die Unterstellung, Eifersucht habe mich mißtrauisch gemacht, ließ meine Kritik verstummen. Salvedra blieb.

Wir leisteten gute Arbeit. Gutierre de Cardenas versuchte zugunsten des Prinzen Fernando einzugreifen, aber er ließ schnell davon ab. Er hatte begriffen, woher der Wind wehte, wenn Isabels blaugrüner Blick ins Stahlgraue überging.

Siebzehn Jahre, die ganze frische Jugend. Hinter diesem anmutigen Bild aber ein unbeugsamer Wille. Zwei glänzende Partien ausgeschlagen zu haben und sich anzuschicken, den Schwur von Guisando zu brechen, dem König und der Mehrheit der kastilischen Granden die Stirn zu bieten, seine Freiheit und sein Leben aufs Spiel zu setzen ... und schlimmer noch, sich dem Zorn Gottes auszuliefern – das ist viel, wenn man stets einen geraden Weg verfolgt hat. Um einen solchen Preis war die Forderung, zu regieren, ohne gegängelt zu werden, nicht zu hoch.

11

Juan II. hielt sich in Cervera auf, in einem nunmehr befriedeten Landstrich Kataloniens.

Mit Salvedra an der Seite brach ich auf.

»Wachsoldaten des Erzbischofs bringen euch nach Aragón. Von dort wird man euch nach Katalonien geleiten. Und dann geht ihr allein weiter. Cervera liegt zwischen Lérida und der Abtei von Montserrat. Wenn man euch Fragen stellt, antwortet ihr alle beide auf katalanisch und sagt, daß ihr nach Montserrat wollt, um ein Gelübde abzulegen. Ich lege großen Wert darauf, mein lieber Luis, daß du König Juan den Ehevertrag persönlich überreichst. Er hat dir dein Studium ermöglicht, er nimmt also das Recht für sich in Anspruch, zu erfahren, was aus dir geworden ist, und setzt deine stillschweigende Mitarbeit voraus. Er wird dir folglich mehr als jemand anderem glauben, wenn du ihm versicherst, daß ich ein Dickschädel bin.«

»Eure Hoheit!«

»Ein kräftiges Wort trifft besser den Kern als eine wohlgesetzte Rede, aber wenn es dir vor lauter Respekt die Sprache verschlägt, dann sieh zu, wie du ihm beibringst, daß ich an dem Vertrag nicht einen Deut ändern werde. König Juan hat einen wachen Geist, er wird das begreifen, und was du ihm verschweigst, begreift er auch. Aragón fällt gegenüber Kastilien kaum ins Gewicht, und er kann rechnen.«

Die Reise verlief wie geplant. An der Grenze zu Katalonien ließen wir die Aragonier und unsere Pferde zurück und tauschten unsere Kleidung gegen zerschlissene Pilgergewänder. Durch die langen Märsche mit Buitrago hatte ich kräftige Waden bekommen. Salvedra dagegen mußte sich abplagen. Ich war in ausgelassener Stimmung. Bald hätte Catalina keine Gelegenheit mehr herumzuturteln, Prinz Fernando würde weit weg sein. Aus der Traum. Meine Träume dagegen lebten wieder auf.

In Cervera wies ich Carrillos Empfehlungsschreiben vor, und nachdem ich eine geschlagene Stunde ausgeharrt hatte, ließ man mich zu König Juan vor.

Diese erste Unterredung war nur kurz.

Schweigend hörte er mir zu, wie ich den Ehevertrag verlas. Ich wagte kaum den Kopf zu heben, seine blinden Augen irritierten mich. Mir war, als würde er sich dahinter verschanzen, um mich heimlich zu beobachten.

Nachdem ich fertig war, sagte er:

»Ich danke dir. Du und dein Gefährte seid meine Gäste. Prinz Fernando ist eingetroffen. Du wirst ihn morgen früh sehen.«

Als ich mich zurückziehen wollte, fragte er mich noch:

»Wie alt bist du, Luis?«

»Zweiundzwanzig Jahre, Eure Majestät.«

»Und wie alt warst du, als ich dich kennengelernt habe?«

»Zwölf, Eure Majestät.«

»Ein Souverän erweist zu oft Wohltaten, als daß er sich noch an alle erinnern könnte, aber an dich erinnere ich mich, so spindeldürr und langbeinig, wie du warst, und so ernst.«

»Ernst bin ich immer noch, und ich vergesse nicht, was ich Eurer Majestät schuldig bin.«

»Das ist gut so. Gott straft die Undankbaren.«

Hatte er sie umarmt, hatte er diesen Mund mit der wulstigen Unterlippe, Zeichen einer starken Sinnlichkeit, auf Catalinas Mund gepreßt, hatte er unter ihr Mieder gegriffen, hatte er …? Vor mir stand ein junger Mann, mittelgroß, kräftig gebaut, mit dunklem Haar und Tituskopf. Die Stirn war hoch und wirkte wegen einer frühen Kahlköpfigkeit noch höher, die Augen beobachteten und verrieten nichts.

»Der König, mein Vater, hat mir das Schriftstück übermittelt. Die Prinzessin Isabel scheint ein Mensch von großer Genauigkeit zu sein.«

»Eine von vielen guten Eigenschaften, Eure Hoheit.«

»Etwas Gefälligkeit im Ausdruck würde unserem guten Einvernehmen nicht schaden.«

Ich lächelte.

»Die Prinzessin hatte nicht das Glück, die Annehmlichkeiten einer unbeschwerten Kindheit zu genießen. Ich wette darauf, daß die Zuneigung Eurer Hoheit Wunder bewirken wird. Gegenwärtig zwingen die Gefahren, denen sie ausgesetzt ist, und die Vorzüge, die sie zu bieten hat, zu einer Strenge, die nichts als Weisheit ist und zu der sich Eure Hoheit nur beglückwünschen kann.«

»Davon sind wir überzeugt«, bemerkte der König. »Wir werden uns mit unseren Ratgebern zurückziehen. Monsignore Carrillo wird ihre Entscheidungen der Fürstin von Asturien übermitteln. Und nun zu dir, Luis ... Am Gesellenstück erkennt man den Meister. Du scheinst einer von denen zu sein, die es zu etwas bringen, auch ohne im Dreck zu waten. Stell dieses Geschick in den Dienst des Prinzen Fernando, wenn er dein Herr ist, du wirst es nicht bereuen.«

Er überreichte mir eine Geldbörse, in der Goldflorine klingelten, und verabschiedete mich. Durch Kriege ruiniert, hatte das Königshaus von Aragón in seinen Schatztruhen lediglich Darlehen von Juden aus Zaragoza, und die Großzügigkeit König Juans war eine kurz- oder langfristige Anlage, die ihm ein Vielfaches einbringen sollte. Als ich meine Florine zählte, schloß ich, daß unsere Heiratsangelegenheit eine befriedigende Wendung nahm.

Nachdem wir Lérida hinter uns gelassen hatten, brauchten wir nur noch dem Lauf des Segre bis zu der Stelle zu folgen, wo er die natürliche Grenze zwischen Katalonien und Aragón bildet. Eine gewaltige Truppenkonzentration zwang uns, von unserem Weg abzuweichen. Bei Einbruch der Nacht hatte es uns in eine mit dichtem Buschwerk überzogene Hügellandschaft verschlagen. Es war schneidend kalt. Ich machte ein dürftiges Feuer aus Unterholz, und wir wechselten uns ab, um es am Brennen zu halten, Salvedra voller Unlust. Es hatte ihm mißfallen, daß er von den Unterredungen ausgeschlossen worden war.

Am Morgen kletterte ich auf einen der Hügel. Was für eine Freude!

In der Ferne zog sich ein breiter Wasserlauf entlang. Ich hob mein Wallfahrergewand hoch, rannte den Abhang in einer solchen Geschwindigkeit hinab, daß ich gegen ein in einer Schlinge gefangenes Kaninchen prallte und beinahe lang hingeschlagen wäre. Ich machte das Kaninchen los und schwenkte meine Beute hin und her, als ich bei Salvedra angelangt war.

»Gute Nachrichten! Der Segre ist ungefähr eine Meile weit weg, und hier ist unser Frühstück.«

Er erwiderte in trockenem Ton:

»Ich mag Kaninchen nicht.«

»Aber wenn man Hunger hat ...«

»Ich habe keinen Hunger.«

»Gestern abend hast du dich noch beklagt ...«

»Iß dein Kaninchen, und laß mich in Ruhe.«

Ich schürte das Feuer, zerlegte das Kaninchen und nahm es aus. Ein Stock diente mir als Spieß, die Läufe legte ich auf zwei Astgabeln. Der Duft des mit Wildkräutern gewürzten Kaninchens rief Erinnerungen wach. Wie oft hatte Buitrago Schlingen ausfindig gemacht, und mit leerem Geldbeutel, aber glücklich, unendlich glücklich, aßen wir so zu Abend, einen

Stern nach dem anderen aufschnappend, Himmel und Erde nur für uns allein! War ich mit Gold in der Tasche, mitten in einer aufregenden politischen Zeit, die mir vielleicht eine einträgliche Position verschaffte, glücklicher? Nein. Der Ehrgeiz tötet die Unbeschwertheit.

Salvedra kaute an einem Grashalm, spuckte aus, seufzte. Er sah schlecht aus.

Ich schnitt ein Stück vom Rücken ab und reichte es ihm auf meiner Dolchspitze.

»Na, nimm schon, sei nicht so starrsinnig. Essen wird dich stärken.«

»Stopf dir dein Kaninchen allein rein, und scher dich zum Teufel!«

Ein solcher Wutanfall erschien mir grotesk, ich brach in Lachen aus.

»Solltest du etwa jüdischen Bräuchen anhängen?«

Ein Scherz. Seine Frömmigkeit war unbestritten. Mit Verwunderung sah ich, wie sich Salvedras Züge verzerrten.

»Sag das nicht noch einmal, sonst …«

»He, reg dich nicht auf, ich habe doch nur einen Scherz gemacht.«

Am jenseitigen Ufer des Segre warteten auf einem Bauernhof die Aragonier, die Pferde und unsere Kleidung auf uns, auf dieser Seite lag der Kahn, den wir auf dem Hinweg ausgeliehen hatten und der stabil genug war, um den Gewalten des Frühjahrshochwassers standzuhalten.

Salvedra bot sich an zu rudern, ich setzte mich nach vorn. In der Mitte des Flusses merkte ich auf einmal, wie der Kahn ins Schwanken geriet, und drehte mich um. Salvedra war aufgestanden und wollte gerade zu einem Schlag mit dem Ruder gegen mich ausholen, dem ich nur durch einen Sprung ins Wasser entging. Er verlor das Gleichgewicht und folgte mir nach. Ich konnte schwimmen, Salvedra nicht. Er schlug zwischen zwei Wirbeln um sich und brüllte: »Luis, Luis!« Ich hievte mich in den Kahn, warf ihm das Haltetau zu und stellte mich am Rand des Bootes auf, ein Ruder in der Hand.

»Warum wolltest du mich loswerden? Sprich, oder ich hau dir den Schädel ein.«

»Du irrst dich, niemals wollte ich ... Luis, bei der Liebe Gottes!«

»Wenn du vom Leben genug hast, wie du willst.«

»Luis, ich habe eine Mutter, eine Schwester, wir sind arm, und bei der Vorstellung, daß du den ganzen Gewinn aus dieser Mission eingesteckt hast ... Ich weiß nicht, was mich gepackt hat, verzeih mir, Luis, ich flehe dich an, hol mich aus dem Wasser!«

Ich lachte höhnisch auf.

»Du lügst. Du bist viel zu berechnend, als daß du dich nicht aus einem noch ganz anderen Motiv zu einer Handlung hast hinreißen lassen, die den Argwohn der Prinzessin wecken könnte. Du hast dich verraten, als du dich geweigert hast, ein Stück von meinem Kaninchen zu nehmen. Wenn man Theologie studiert, hat man die Sitten und Gebräuche der Juden zu kennen, nicht wahr? Ich brauche dir wohl nicht zu sagen, daß bei ihnen niemals Fleisch von einem Tier gegessen wird, das kein Wiederkäuer ist und das keine gespaltenen Klauen hat, also kein Schwein, kein Kaninchen, kein Hase, und die Neuchristen, die die jüdischen Bräuche weiterhin pflegen, machen es genauso. Betrüger, Diebe, die nur auf die Vorteile erpicht sind, die unsere Gesetze den wahren Gläubigen vorbehalten, und dabei an der Religion festhalten, die die Ihren verleugnet haben.«

»Luis, ich flehe dich an, meine Knochen frieren zu Eis.«

Ich dagegen kochte vor Wut.

»Ich warne dich, ich habe Zeit, entweder du gestehst, oder du krepierst. Übrigens habe ich nicht die Absicht, dich auszuliefern, Gott sieht dich und wird dich strafen, aber ich verlange, es aus deinem Mund zu hören, verdammter Heuchler!«

Als ich ihn herausfischte, war er halbtot. Es wäre nur gerecht gewesen, ihn nach seinem Geständnis im Fluß zu lassen, aber damals hatte ich noch Skrupel, einem Menschen das Leben zu nehmen, und wenn es noch so elend war.

Die Brautleute von Valladolid

12

»Erzähle, wie ist er?«

»Liebenswürdig, jung …«

Isabel unterbrach mich:

»Ein Jahr jünger als ich, ich weiß. Was mich interessiert …, was für einen Eindruck hat er auf dich gemacht?«

»Einen ausgezeichneten, Eure Hoheit. Prinz Fernando scheint eine starke Persönlichkeit zu sein und viel Verstand zu haben.«

»Abgesehen von den Unterredungen, in denen Vater und Sohn dir nur gesagt haben, was sie sagen wollten, wie haben sie deiner Meinung nach meine Bedingungen aufgenommen, Luis?«

»Offen gesagt, Hoheit, ich hätte an ihrer Stelle eine saure Miene gemacht.«

Isabel lachte. Das Lachen stand ihr gut, sie lachte zu selten.

»Und weiter?«

»Sie sind alle beide erstaunlich intelligent, sie werden die ihnen auferlegten Bedingungen anerkennen, der Einsatz lohnt sich, Kastilien bedeutet sehr viel für sie, doch …«

»Was?«

»Mir scheint, daß sich Prinz Fernando für eine bessere Gelegenheit aufbewahrt. Es ist hart, in die zweite Reihe verwiesen zu werden, wo doch der Mann immer in der ersten steht.«

»Du erlaubst dir, meine Entscheidungen zu kritisieren?«

»Ich unterrichte Eure Hoheit lediglich von der geistigen Verfassung, in der sich der Prinz vermutlich befindet, und von der Rivalität, die sich möglicherweise daraus ergibt.«

Isabel kniff die Lippen zusammen.

»Mein Vater – möge er in Frieden ruhen! – war von Natur aus ein verträumter und umgänglicher Mensch, er begeisterte sich für die Künste und die Literatur, aber er verstand nichts vom Regieren, und der König, mein Bruder, ebensowenig. Kastilien ist so voller Lebenskraft und ungenutzter Möglichkeiten, ihm hat in den letzten Jahrzehnten nur ein Kopf gefehlt. Wenn der Allmächtige mich auf den Thron setzt, dann bin ich dieser Kopf. Die Königsmacht, Luis, ist ein Geschenk Gottes, etwas, das man hoch- und heilighalten muß. Man verfügt darüber nur, um ihr zu dienen, sie zu stärken und zu preisen. Ich werde meinen Gemahl ganz gewiß dazu auffordern, mich dabei zu unterstützen, aber ich werde tun, was zu tun ist, und niemand wird es an meiner Stelle tun.«

Das Protokoll der Übereinkunft wurde am 7. Januar 1469 in Cervera unterzeichnet.

Wir warteten voller Unruhe auf die Reaktion König Enriques, der sich noch immer in Andalusien aufhielt. War er von seinen Agenten schlecht unterrichtet oder so sehr an den Gehorsam seiner Schwester gewöhnt, daß ihm eine solche Kühnheit unvorstellbar schien? Der Südwind trug uns nur das Echo von der geplanten Vereinigung Isabels mit dem Herzog von Berry, dem Bruder des französischen Königs, zu.

Isabel beschloß, sich nach Madrigal de las Altas Torres zu begeben, einem Marktflecken bei Arévalo, wo sie geboren war.

Man bereitete den Aufbruch vor.

Jede Ortsveränderung bot Anlaß zu einem regelrechten Umzug. Nach dem Pakt von Guisando war unser Haushalt angewachsen, dafür hatte Beatriz de Bobadilla gesorgt, die eine ausgezeichnete Organisatorin war. Selbstgefällig verfolgte ich, wie ein Schwarm von Dienern und Dienerinnen nach den Weisungen des Hofmeisters Teppiche, Tapisserien, Kisten, Truhen, hölzerne Bettgestelle, Tische, Sessel, Koffer mit Wäsche auf die Wagen türmte, diesen ganzen Hausrat, der unserer Stellung angemessen und dazu bestimmt war, überall, wo wir haltmachen würden, einen der Fürstin von Asturien würdigen Rahmen zu schaffen. Wie weit hatten wir es seit unserer Reise von Arévalo nach Segovia gebracht! Selbst der Gedanke, König Enrique könnte uns mit einem Wort oder einem Federstrich diese Reichtümer entziehen, vermochte meine Genugtuung nicht zu trüben.

Höchst befriedigt war ich auch über die Demütigung Salvedras, der, zwei Schritte hinter mir, meine Anordnungen entgegennahm. Seit unserem Abenteuer am Rio Segre genoß ich ein neues Vergnügen: gefürchtet zu werden. Rein logisch ist eine solche Beziehung in der Tat verläßlicher als eine, die sich auf Sympathie oder Komplizenschaft gründet und jederzeit enttäuscht werden oder auseinanderbrechen kann. Mit Salvedra war nichts dergleichen mehr zu befürchten. Sofort nach unserer Rückkehr hatte ich meine Vorsichtsmaßnahmen getroffen.

»Ich gebe dir einen guten Rat: Versuch nicht, so etwas noch einmal zu machen. Mord ist ein Verbrechen, das unsere Gesetze, unsere Religion wie auch die jüdische Religion verurteilen. Steht nicht in den Zehn Geboten geschrieben: Du sollst nicht töten? Aber wie soll ich jemandem mit einer – da wirst du mir zustimmen – mehr als zweifelhaften Moral trauen? Damit du nicht in Versuchung gerätst, habe ich einer vertrauenswürdigen Person einen versiegelten Brief übergeben, in dem ich deine ketzerischen Praktiken aufdecke. Dieser Brief wird erst nach meinem Tod geöffnet werden. Wünsche mir also ein langes Leben, deine Zukunft hängt davon ab.«

Salvedra erbleichte.

»Luis, das kannst du nicht machen!«

»Es ist bereits geschehen.«

»Aber nehmen wir an, daß du einen Unfall hast, eine Krankheit, daß ...«

»In der Tat, ein solcher Fall ist nicht zu auszuschließen. Denk daran, das ist dann deine Strafe. Solltest du mir aber treu und ergeben dienen, werde ich mir vielleicht überlegen, diesen Brief zu vernichten. Es hängt allein von dir ab.«

Ich begann mich der Sprache Monsignore Carrillos zu bedienen.

Türme mit spitzbogigen Toren überragten den kleinen Marktflecken Madrigal. Jenseits der Stadtmauern breiteten sich träge eine Lagune und Wiesen aus. Am Ufer hatte sich eine Beginengemeinschaft niedergelassen, wie es sie auch in Brügge und in Gent gab, fromme Frauen aus allen Schichten, die sich ohne Klostergelübde zum gemeinsamen Gebet und zur Pflege Bedürftiger zusammengeschlossen hatten.

Isabel war zum ersten Mal wieder hier. Die Dienstboten räumten in aller Eile das aus Ziegeln und Lehm gebaute Haus ein, in dem sie ihre früheste Kindheit verbracht hatte. Ein Teil des Gepäcks mußte auf den Wagen bleiben, da es in den weiß gekalkten Räumen nicht mehr untergebracht werden konnte, sie waren zu winzig und obendrein so niedrig, daß ich bei jeder Tür den Kopf einziehen mußte, eine Mahnung zur Bescheidenheit, die zu vergessen ich nur allzu leicht geneigt war.

»Weißt du, Luis«, sagte Isabel zu mir, »ich habe erst später die Kargheit, mit der sich der König, mein Vater, hier begnügte, mit den protzigen Palästen seiner Edelleute verglichen. Sie konnten sie sich nur dank der Einkünfte, die sie seiner Gefälligkeit abgepreßt haben, bauen. Ein Souverän, der sich von seinen Untertanen ausrauben läßt – was für eine Erniedrigung für eine Monarchie! Als ich klein war, blutete mir das Herz, ich sagte mir immer wieder: ›Das kann nicht sein, eines Tages wird Gott in unserem Hause die Ordnung wiederherstellen.‹«

In Madrigal traf eine französische Gesandtschaft ein, um im Namen des Herzogs Charles de Berry offiziell um die Hand der Prinzessin anzuhalten. Hinter diesem Vorstoß steckte König Enrique. Isabel erging sich in Liebenswürdigkeiten gegenüber den französischen Gesandten, dem Bischof von Arras und Jean Jouffroy, dem Kardinal von Albi. Überzeugt, ihre Zustimmung erhalten zu haben, reisten sie wieder ab. Genau das hatte Isabel beabsichtigt.

Kurz darauf meldete uns Gutierre de Cardenas eine Gruppe Aragonier mit Geschenken von Prinz Fernando für seine Verlobte. Wie genau erinnere ich mich noch an ihre Ankunft!

Wir hatten das beste Zimmer ausgewählt. Isabel saß auf einem kleinen, mit Kissen gepolsterten Podest. Ich stand zu ihrer Rechten, bekleidet mit dem schwarzen Samtanzug, den sie mir für die Zeremonie von Guisando geschenkt hatte, und Gutierre de Cardenas rief die Edelleute, die im Nebenzimmer warteten, einen nach dem anderen herein. Ich höre noch seine schmetternde Stimme: »Antón Valdez de la Joya und seine Gemahlin!« Eine Mannsperson von mittlerem Wuchs und einer Körperfülle, die ihn noch kleiner erscheinen ließ, trat herein. Er erstickte fast an seinem Fett, ein Doppelkinn hatte er bereits, und unter dem Gürtel seines Burgunderwamses wölbte sich ein feister Bauch. Spärliches Haupthaar, aber ein sehr dichter, gepflegter tiefschwarzer Schnauzbart, Ausdruck des Hochmuts, den dieser Kerl aus allen Poren schwitzte. Mir ist wohlbewußt, daß Voreingenommenheit mir die Feder führt, wenn ich an diesen Augenblick zurückdenke. Wie könnte es auch anders sein, frage ich jeden, der jäh darauf gestoßen wird, daß ein anderer der glückliche Besitzer der Frau ist, die er liebt.

Es war Catalina, die Isabel das Halsband überreichte, das der verstorbenen Königin von Aragón gehört hatte, Juana Enríquez, der Mutter von Prinz Fernando. Wie betäubt, erfaßte ich nicht ein Wort von den Artigkeiten, die Catalina von sich gab, ich konzentrierte meine ganze Aufmerksamkeit auf das Halsband, ein in ganz Europa berühmtes Geschmeide, ich zählte die Rubine und Perlen, zählte sie noch einmal und blieb an dem Hauptstück haften, einem riesigen blaßroten Rubin, an dem eine tropfenförmige Perle hing, und ich starrte solange darauf, bis Catalina gegangen war.

Zusammen mit dem Halsband wurden zwanzigtausend Goldflorine, ein Fünftel der auf hunderttausend Florine festgesetzten Mitgift, überreicht. Als es Nacht war, das Abendessen verzehrt und die Reisenden zum Schlafen auf die Zimmer geleitet, nahm Isabel uns, das heißt mich, Gutierre de Cardenas, Salvedra und Momo, beiseite, und teilte, jedem nach seinen Verdiensten, die Hälfte der zwanzigtausend Florine unter uns auf. Noch nie hatte ich soviel Gold besessen, und noch nie hatte ich mich so arm gefühlt.

Am nächsten Morgen überquerte ich den Marktplatz und ging ins Hospital.

Das Wort »Hospital« läßt einem das Blut in den Adern erstarren, es klingt nach Verwesung und Tod. Das Hospital zur Unbefleckten Empfängnis schien erbaut worden zu sein, um dieses jahrhundertealte Schreckgespenst Lügen zu strafen, es war ein filigranes Gefüge aus rosa Backsteinen und Pilastern, dessen Abschluß eine mit Hohlziegeln überdachte, breite Galerie aus braunem Holz bildete. Im Namen der Prinzessin übergab ich dort ein Geschenk und verließ das Gebäude auf der anderen Seite, deren ehrwürdige Fassade prächtige Portale mit steinernen Säulen schmückten.

Catalina lauerte mir hinter einem der Portale auf.

»Geh weg«, fuhr ich sie an.

Sie schob den Schleier, der ihr Gesicht verbarg, beiseite und wandte mir ein schmales, schmerzerfülltes Gesicht zu.

»Luis ...«

»Geh weg«, sagte ich noch einmal, »geh zu deinem Ehemann.«

Ihre Hände umklammerten mein Gewand.

»Luis, Liebster ...«

»Schweig!«

Catalina stampfte mit dem Fuß auf.

»Du behauptest etwas, du verurteilst mich, aber du weißt überhaupt nichts! Führt man einen Prozeß ohne Beweisstücke? ... Mein Ehemann! Antón rührt mich nicht an, wir leben wie Bruder und Schwester. Luis, ich habe dich so gern, du bist so empfindsam, so klug ...«

»Dein Ehemann rührt dich nicht an? Und das willst du mir weismachen?«

»Es ist die Wahrheit. Eine Scheinehe. Seit fast einem Jahr bin ich die Geliebte von Prinz Fernando.«

Die Empörung half mir, diesen neuerlichen Schock leichter zu ertragen.

»Das ist ja eine tolle Geschichte, wo er doch die Prinzessin Isabel heiraten will!«

Catalina lächelte sanft.

»Luis, Lieber, glaubst du denn, daß Liebe und Ehe immer zusammentreffen? Außerdem handelt es sich um eine politische Verbindung, und nach allem, was man hört, hat die Prinzessin andere Dinge im Kopf, als sich zu verlustieren.«

»Warum hast du nie auf meine Briefe geantwortet? Das wäre redlicher gewesen. Mich wie einen Dummkopf hoffen zu lassen!«

»Nein, du bist nicht redlich. Du klagst mich an, du behandelst mich wie eine Schuldige, habe ich dir jemals irgend etwas versprochen?«

»Du hättest nein sagen müssen.«

»Ich bin zwanzig Jahre alt, sollte ich etwa warten, bis du es zu Reichtum und Ehren gebracht hast? Du wirst es erreichen, aber jetzt bist du noch nicht soweit. Und welche Frau könnte wohl einem Prinzen widerstehen? Fernando liebt mich, der Beweis ist, daß er diese Heirat mit Antón arrangiert hat. Wie sollte die Prinzessin sonst meiner Anwesenheit zustimmen, wenn sie verheiratet sind?«

»Großartig eingefädelt! Und ein großartiger Ehemann, dein Antón!«

»Er hat seine Gründe.«

Ihr Schleier war verrutscht und enthüllte ihren runden Busen.

»Ich verachte dich!« sagte ich wutentbrannt. »Komm mir nicht mehr unter die Augen, sprich nicht mehr mit mir, du existierst nicht mehr für mich.«

Sie fing an zu weinen.

Gewöhnlich machen Tränen eine Frau häßlich. Mit dem ihr eigenen Genie, ihr Äußeres zu vervollkommnen, verstand es Catalina indessen, sie sich zunutze zu machen. Was könnte entzückender sein als dieser Tränenfluß, der den glänzenden Schimmer in ihren veilchenblauen Augen noch verstärkte, was aufregender als dieser rührende kleine Schmollmund!

Ich kämpfte mit mir. Ein Duell zwischen Liebe und Eigenliebe. Die Eigenliebe trug den Sieg davon. Sie war nicht so leicht zu verletzen.

»Es ist zwecklos, weiter Theater zu spielen, ich habe das Stichwort vergessen, ich spiele nicht mehr mit. Adieu.«

Sie holte mich auf der Straße ein, kurz vor der Kirche San Nicolo.

»Luis, sei nicht so hart. Jetzt, da Álvaro uns wegen König Enrique verlassen hat, habe ich nur noch dich.«

»Du tätest besser daran umzukehren. Und für den Prinzen keusch zu bleiben, sicherlich hat man deinem Gatten geraten, wachsam zu sein, und wenn er uns zusammen sehen würde …«

»Antón weiß, daß wir uns kennen, Fernando auch. Und dann wollte ich dir noch sagen, wenn du dich weiterhin so aufführst, wird sich Antón Fragen stellen, er wird sich irgendwas zusammenreimen und davon dem Prinzen berichten. Das wäre weder für mich noch für dich gut.«

13

Die Anwesenheit der Aragonier blieb nicht unbemerkt.

Von Andalusien wehten die Vorboten eines Sturms heran. König Enrique, der nun endlich vom Vorhaben seiner Schwester unterrichtet war, verlor nicht die Fassung, vielmehr sprach er davon, sie in Gewahrsam zu nehmen. Bestärkt wurde er darin von Pacheco, diesem Verräter, der erst mit Carrillo nach Segovia gekommen war, um Isabel den Thron anzubieten, und nun den Zorn desselben Mannes gegen sie schürte, den er hatte entmachten wollen.

Vor und zurück, vor und wieder zurück, Pacheco tanzte immer im selben Schritt, und es war noch niemandem gelungen, ihm einen falschen Tritt nachzuweisen, der ihn zu Boden strecken würde.

Unter dem Schutz von hundert Lanzen, die uns der Erzbischof mitgegeben hatte, verließen wir mit unseren Aragoniern Madrigal. In Valladolid, einem Lehen von Fadrique Enríquez, Admiral von Kastilien und Großvater von Fernando, wo uns der liebenswürdige Juan de Viveros die Bequemlichkeiten seines Herrensitzes anbot, würde die Prinzessin in Sicherheit sein.

In der darauffolgenden Woche entschloß sich Isabel, ihrem Bruder zu schreiben, um sich für ihre Heirat mit Fernando, dem Kronerben von Aragón und König von Sizilien – 1468 hatte Juan II. seinem Sohn diesen Titel verliehen, da Sizilien zu Aragón gehörte –, zu rechtfertigen.

Tatsächlich aber machte dieser Brief den Bruch offiziell, und als unsere Gefolgsleute von der Absicht der Prinzessin erfuhren, befürchteten nicht wenige von ihnen Repressalien.

Beatriz de Bobadilla verließ uns.

Isabel verbarg ihren Kummer und machte nur diese eine Bemerkung:

»Und du, mein lieber Luis, würdest du mich auch verlassen?«

Niemals. Ich glaubte an sie, ich hatte mein Schicksal mit dem ihren verbunden und nahm die Risiken in Kauf. Und abgesehen von solchen gefühlsmäßigen Erwägungen wußte ich sehr wohl – in einem wachen Gehirn ist der Eigennutz nie ganz ausgelöscht –, daß ich dank der Jugend Isabels, ihrer Isolation und der Umstände mit einer außerordentlichen Geschwindigkeit von der Stellung eines Sekretärs zu der eines Ratgebers aufgestiegen war. Isabel war meine Chance, und auf die Gefahr hin, Wunden und Beulen davonzutragen, hielt ich diese fest umklammert. Über kurz oder lang hängt der Erfolg auf Gedeih und Verderb von der Wahl ab, die man trifft, und die meine war getroffen.

Während ein Kurier gen Süden aufbrach, um König Enrique den Brief zu übergeben, machte ich mich mit Gutierre de Cardenas in Richtung Zaragoza auf. Die Zeit drängte. Unsere Mission bestand darin, Prinz Fernando nach Valladolid zu geleiten, damit so schnell wie möglich Hochzeit gefeiert werden könnte. Den König vor das Unvermeidliche zu stellen würde vielleicht seine Zornesausbrüche ersticken. Zumindest hofften wir es.

Ursprünglich war vorgesehen, daß der Prinz, von aragonischen Lanzen begleitet, einen feierlichen Einzug in Kastilien halten sollte, wo ihn Monsignore Carrillo unter seinen Schutz nehmen würde. Doch dieser Plan wurde aufgegeben. Wir erfuhren, daß die Sippe der Mendozas, die die Rechte der kleinen Infantin Juana unterstützte, an der Grenze Truppen zusammengezogen hatte. Überdies standen manche Vertreter des aragonischen Adels einer Vereinigung, die, wie sie meinten, ihr kleines Königreich seinem reichen Nachbarn unterwerfen würde, feindselig gegenüber.

Es gab also von zwei Seiten Widerstand. Da bot es sich an, zu einer List zu greifen. Wir, Cardenas und ich, gebrauchten sie, und niemals ist ein Bubenstreich romanhafter verlaufen als dieser, bei dem sich ein Prinz zu einer Hochzeit auf und davon macht, zu einer Hochzeit freilich, die jegliches Liebesgefühl vermissen lassen sollte.

Unter strengster Geheimhaltung sprachen wir in der Kapelle des Klosters San Francisco in Zaragoza mit Fernando.

Sobald ich ihn erblickte, stiegen die Enthüllungen Catalinas, begleitet von anstößigen, quälenden Bildern, in mir hoch. Ich riß mich zusammen, verjagte die Bilder. Wenn schon das Herz schwach geworden war, hielt mein Verstand, Gott sei Dank die Zügel noch immer fest in der Hand!

Der Prinz nahm unseren Plan begeistert auf.* Ich fand Fernando offener, heiterer als in Cervera. Er hatte beschlossen zu handeln, ohne die Zustimmung seines Vaters abzuwarten, der noch immer in der Gegend von Urgel in Katalonien kämpfte, und mit Hilfe von ein paar zuverlässigen Vertrauten und dem Erzbischof von Zaragoza die Vorbereitungen für die Hochzeit zu treffen.

Wir logierten im Kloster. Was für eine Überraschung und Freude, als ich dort auf einmal Buitrago auftauchen sah.

»Seine Hoheit war so gütig, einen Diener zu schicken, um mir Bescheid zu sagen.«

* Dieses Abenteuer, das der Fiktion zu entsprungen zu sein scheint, entspricht ganz und gar der Wahrheit, ebenso wie alle Details, die den politischen Werdegang von Isabel der Katholischen nachzeichnen. Auch ihr Äußeres und ihre Charakterzüge sowie die der historischen Personen aus ihrer Umgebung, wie König Enrique IV. von Kastilien, Juan II. von Aragón, Fernando, Erzbischof Carrillo, Kardinal Mendoza u.a., habe ich mich bemüht, genauestens wiederzugeben, wobei ich mich auf die Berichte zeitgenössischer Chronisten gestützt habe. (Anm. d. Autorin)

Anas gute Küche hatte seine Figur etwas fülliger werden lassen, ansonsten schienen diese letzten Jahre ihn kaum verändert zu haben. Mich ja. Ich merkte es an meiner Verwirrung, als ich ihn Monsignore Carrillo und das Königshaus von Aragón in den Himmel heben hörte. Ich behielt meine Meinung für mich: Er hätte es nicht verstanden, er troff vor Dankbarkeit wie am ersten Tag, man hätte ihm jeden beliebigen Befehl erteilen können, er würde sich stets verpflichtet fühlen, ihm nachzukommen. Juan II. hatte einen guten Griff getan.

Als ich Álvaros Namen erwähnte, stieg ihm das Blut bis in die Haarwurzeln.

»Ich habe nur noch einen Sohn«, brach es wütend aus ihm heraus.

Und mit einer Gefühlsaufwallung, die mich erstarren ließ, drückte er mich an sich.

Je mehr ich in einer Welt verkehrte, wo die Kontrolle über sich selbst eine elementare Regel der Vorsicht, ja fast des Überlebens darstellt, desto schwerer kamen mir die Worte über die Lippen, die sagten, wie sehr ich ihn liebte.

Am fünften Oktober verließen drei Gruppen Zaragoza.

Die erste, mit Prinz Fernando in militärischer Ausrüstung an der Spitze, nahm die Straße nach Norden, was vermuten ließ, daß er sich nach Katalonien begab, um seinem Vater beizustehen. Die zweite unter Führung von Don Pedro Vaca, einem engen Freund des Prinzen, zog in großer Aufmachung durch die Stadt, und die Menge, die zusammengeströmt war, um den Aufzug zu bewundern, flüsterte sich zu, daß es sich um eine Gesandtschaft handle, die mit reichen Präsenten für den König von Kastilien beladen sei. Die dritte Gruppe schließlich, eine Handvoll Kaufleute, war bei weitem bescheidener, und in dieser bereits auf dem Hinweg gewählten Verkleidung erreichten wir die Höhen des Moncayo.

Berdejo, ein kleines, an einem Berghang klebendes Dorf,

war unser Sammelpunkt. Dort trafen wir auch den nun als Maultiertreiber ausstaffierten Fernando wieder. Der Pfad schlängelte sich zwischen niedrigen Felsmauern und steil abfallenden Schluchten entlang bis zu einer elenden Herberge, wo wir haltmachten.

Obwohl Unser Herr Jesu uns dazu anhält, an die Redlichkeit unseresgleichen zu glauben, würde ich nicht für unser Leben einstehen, wenn der Wirt gewußt hätte, was in unseren Kisten steckte: prächtige Hochzeitsgewänder, Schmuckkästchen und die Königskronen von Sizilien. Der Prinz spielte seine Rolle perfekt. Er bediente uns bei Tisch und versorgte unsere Maultiere. Fröhlich, verschmitzt, für eine Weile der Zeit und den Verpflichtungen seines Ranges entflohen, strahlte er im jugendlichen Charme seiner siebzehn Jahre. Ich habe ihn so nie wieder erlebt.

Wir passierten ohne Zwischenfall die Grenze zu Kastilien.

Je mehr wir uns Valladolid näherten, desto größer wurde Fernandos Ungeduld. Das sollte ihm beinahe zum Verhängnis werden. Pedro Vaca war uns nach Burgo de Osma vorausgeeilt, um dem Statthalter unser Kommen anzukündigen. In dem Moment, da die Stadtwälle vor uns aufragten, stürmte der Prinz voller Begeisterung vorwärts. Es war Nacht. Als die Wache hin und her schaukelnde, verdächtige Schatten bemerkte, begann sie uns mit Steinen zu bombardieren. Hätte ich Fernando nicht nach hinten gerissen, würde ihm einer den Schädel zertrümmert haben. Wovon der Lauf der Geschichte doch abhängt!

Gutierre de Cardenas schrie sich die Kehle aus dem Leib, um den Namen unseres Gefährten zu verkünden. Schließlich öffneten sich unter Trompetenstößen die Tore des Marktfleckens, und wie es uns zustand, wurde uns ein grandioser Empfang bereitet, mit einem Festmahl, das für meinen Magen, der gegen die ewigen Kichererbsen und Omeletts in unseren Zwischenstationen schon aufbegehrte, geradezu ein Labsal war.

Am neunten waren wir in Dueñas im Tal des Duero angekommen, sechs Meilen von Valladolid entfernt. Stadt und Festung waren im Besitz des Bruders von Monsignore Carrillo. Obwohl wir halb Kastilien, das unter dem Banner König Enriques in den Händen des Adels war, gegen uns hatten, herrschte in den Straßen ausgelassenes, festliches Treiben, sogar mit Lanzenstechen wie bei einem Ritterturnier.

Ich nahm nicht daran teil. Gleich nachdem man uns zur Festung geführt hatte, wo der Prinz wohnen würde, holte ich seine Erlaubnis ein, nach Valladolid reiten zu dürfen, um die Prinzessin zu beruhigen.

»Geh, mein Freund. Wirf dich an meiner Statt Ihrer Hoheit zu Füßen, und vergiß nicht, ihr zu sagen, daß ich dir mein Leben verdanke.«

Ich nahm mir vor, nichts dergleichen zu tun. Aus seinem Munde hätte das eine unschätzbar größere Wirkung.

Der Bericht von unserem kühnen Unternehmen entzückte Isabel.

»Ein Trastámara als Maultiertreiber! Man muß schon von hoher Geburt sein, um sich mit einer solchen Gelassenheit selbst zu erniedrigen.«

Ich verbeugte mich.

»Beim Prinzen verbindet sich Scharfsinn mit dem Mut und dem Ungestüm seines Alters. Ich hatte die Ehre, eine Woche lang an seiner Seite zu sein, und ich beglückwünsche Eure Hoheit zu ihrer Wahl.«

»Möge doch auch der König, mein Bruder, sich dazu verstehen! Luis, arbeite weiter zu meiner Zufriedenheit, und mit Hilfe Gottes des Allmächtigen werde ich dir ein Bistum beschaffen, wenn ich an der Macht bin. Die Sitten des hohen Klerus verkommen immer mehr, wir brauchen Prälaten, die wegen ihrer Fähigkeiten und Tugenden ernannt werden und nicht aus Gefälligkeit, wie es leider nur allzuoft der Fall ist.«

Aufgebläht vor Stolz bei dieser Vorstellung, stieg ich die Treppe hinunter und sah mich bereits mit der Mitra auf dem Kopf und dem Bischofsstab in der Hand, als ich plötzlich auf Catalina stieß.

»Antón ist auf dem Weg nach Dueñas, um den Prinzen zu begrüßen. Luis, ich habe dich gesucht. Hat Fernando dir eine Botschaft für mich übergeben?«

Ihr Haarknoten war zerzaust, ihre Wangen verschwanden fast hinter den Augenringen.

»Du siehst nicht gut aus«, sagte ich.

»Luis, antworte mir. Hat Fernando …?«

»Du bist wohl wahnsinnig! Als wenn ich von eurem Verhältnis etwas wissen dürfte! Für wen hältst du mich? Wende dich an deinen Gatten.«

»Luis, Luis, schimpf nicht mit mir, ich bin so unglücklich, ich habe solch eine Angst, daß Fernando genug von mir hat.«

»Daran hättest du denken sollen, bevor du dich mit ihm eingelassen hast. Es ist doch bekannt, wie lange die Laune eines Prinzen anhält.«

»Ich hatte es dir nicht gesagt, aber er hat in Katalonien eine Geliebte, eine Frau von Stand, sie erwartet ein Kind von ihm, sie wird es in den nächsten Tagen zur Welt bringen.«

»Ich weigere mich, dir weiter zuzuhören, und sei es nur aus Respekt vor der Prinzessin.«

»Auch ich war schwanger von ihm, aber ich habe mich arrangiert.«

»Arrangiert?«

»Die Mauren, die bei Mama arbeiten, haben Kräuter für alles mögliche.«

»Und du sprichst darüber, als wenn es darum ginge, eine Fliege zu zertreten! Ein kleines Wesen von deinem eigenen Fleisch umzubringen …«

Catalina zuckte mit den Schultern.

»Red keinen Unsinn, es war doch noch gar nicht geboren,

es war noch gar nichts, und wenn ich dann unförmig und häßlich geworden wäre ... Aber siehst du, ich hatte unrecht, ein Kind wäre ein Mittel gewesen, Fernando zu halten. Die Dame aus Katalonien ist schlauer gewesen als ich. Sie hat es richtig gemacht.«

»Du widerst mich an.«

»Luis!«

Dieses eine Mal hatte sie sich nicht verstellt, ihre Angst brach sich in Schluchzern und echten Tränen Bahn, ein Schauspiel, eigens mir zur Freude. Aber nein! Wie soll ich es erklären? Selbst mit diesen entstellten Gesichtszügen war mir Catalina noch teuer, ich mußte es mir mit pochendem Herzen eingestehen.

»Wenn Fernando mich verläßt, was soll dann aus mir werden? Antón wird seine Rechte einfordern, er fängt schon an, um mich herumzuschleichen, ich verabscheue ihn, er ist mir zuwider!«

»Tatsache ist ...«

Ich unterbrach mich. Ein Diener kam vorbei, verschwand wieder.

Ich holte ein Taschentuch hervor.

»Putz dir die Nase und hör auf zu weinen, man könnte darüber tuscheln. Hier, in diesem Milieu, in das du so gern aufgenommen werden wolltest, stellt man nur sein Glück zur Schau, seinen Kummer vergräbt man im Kopfkissen.«

Aber Catalina hörte nicht auf zu schluchzen.

Wie einem kleinen Mädchen putzte ich ihr die Nase und wischte ihr das Gesicht ab. Sie roch gut, ihr Duft erhitzte mir die Lenden.

»Luis, Liebster, du bist der einzige, der mich liebt«, murmelte sie.

Ich drückte ihr das Taschentuch in die Hand und stahl mich davon.

14

Die Begegnung zwischen Isabel von Kastilien und Fernando von Aragón fand am 14. Oktober 1469 in Viveros' Palast statt. Es war Nacht. Kerzenleuchter erhellten das Zimmer der Prinzessin, die, ein maurisches Kissen unter den Füßen, auf einem holzgeschnitzten, prunkvollen Sessel mit Intarsien aus Silber und Elfenbein saß. Sie hatte ein sehr schlichtes weißes Kleid gewählt, von dem sich das berühmte Halsband aus Perlen und Rubinen prachtvoll abhob. Wenig Leute. Zu ihrer Rechten und zu ihrer Linken stehend Gutierre de Cardenas und ich. Dahinter im Halbkreis ein paar Edeldamen, darunter die Gattin von Juan de Viveros. Im Hintergrund des Raums, unter den Aragoniern, die uns seit Madrigal folgten, Antón Valdez de la Joya mit Catalina. Antón hatte ihr von seiten Fernandos wohl beruhigende Zusicherungen übermittelt, denn sie strahlte in ihrer erlesenen rosafarbenen Robe, und ich nannte mich ein kriechendes Insekt und einen bedauernswerten Idioten, der angesichts ihrer Tränen schwach geworden war.

Monsignore Carrillo empfing Fernando auf der Schwelle des Hauses. An der Seite seiner Ratgeber betrat der Prinz das Zimmer und ging auf Isabel zu. Ich bin sicher, daß der erste Eindruck bei ihr wie bei ihm günstig ausfiel. Bei dieser Art von Eheschließungen, bei denen eher politische Interessen als Personen miteinander vereint werden, sind die Betroffenen höchst selten gleichermaßen jung, gesund und von angenehmer Erscheinung. Der Prinz wäre beinahe über das maurische Kissen gestolpert, und alle beide lachten. Das löste die

Spannung. Man tauschte Geschenke aus und ging dann zu den ernsthaften Dingen über.

Ich verlas den Text des Ehevertrags, der im vergangenen Januar unterzeichnet worden war, las ihn noch einmal.

Fernando versprach darin insbesondere, die Gesetze Kastiliens zu befolgen und sich dort niederzulassen. Jede zivile oder militärische Ernennung bedurfte der Zustimmung Isabels, ebenso konnte er ohne ihr Wissen keine kirchlichen Pfründe gewähren. Alle Anordnungen würden ihrer beider Unterschrift tragen, und der Kampf gegen die Mauren würde fortgesetzt werden.

Diese Klauseln betrafen ganz offensichtlich nicht die Gegenwart, denn die Beteiligten lagen ja mit dem herrschenden König in Fehde, vielmehr regelten sie eine Zukunft, an der sie überhaupt nicht zu zweifeln schienen, so sehr beherrschte die Frage, »wer das Zepter führen sollte«, die Diskussion. Vor der Entschiedenheit Isabels gab Fernando schließlich nach. Dennoch war ich mir sicher, so wie ich es bei der Rückkehr aus Cervera bereits angedeutet hatte, daß sich der Stolz des Prinzen im geeigneten Augenblick zeigen und sein erstaunliches Anpassungsvermögen plötzlich umschlagen würde.

Die Kirchenglocken hatten schon lange zwölf geschlagen, als Fernando mit seinen Begleitern nach Dueñas aufbrach. Antón und Catalina schlossen sich ihnen an.

Am übernächsten Tag ließ mich Monsignore Carrillo zu sich rufen. Nach einem erbitterten Wortgefecht mit Isabel hatte er am Abend zuvor, hochrot im Gesicht und mit wütenden Schritten, Viveros' Haus verlassen.

»Luis, Freund, es empfiehlt sich, daß du Ihrer Hoheit ins Gewissen redest. Gestern habe ich versucht, mit ihr den Tag der Hochzeit auszuhandeln – aber soll einer erraten, was sie im Schilde führt, jedenfalls zögert sie. Ein Irrsinn! Der Prinz ist da, und wie viele Hindernisse haben wir überwunden, um ihn nach Kastilien zu holen! Sie sind über den Wortlaut des Vertrags übereingekommen, der die Prinzessin weitgehend begünstigt, kurzum, ihr ist in allen Punkten Genüge getan, und jetzt kneift sie und stellt sich bockig. Die Pest soll die Weiber holen! Sprich du mit ihr, damit sie begreift, daß jedes Hinauszögern verhängnisvoll für uns wäre.«

Wir wußten sehr wohl, er und ich, wo sie der Schuh drückte, aber da dies ein zu heikles Thema war, als daß Carrillo es ansprechen konnte, übertrug er stillschweigend mir die Sorge, ein energisches Wort mit ihr zu reden, wozu ich mich bereit erklärte, sobald sich die Gelegenheit dazu böte.

»Du kommst vom Erzbischof?«

»So ist es, Eure Hoheit.«

»Und hat er dir eine Lektion erteilt?«

»Mit allem Respekt, der Eurer Hoheit gebührt, ich glaube nicht, daß ich eine solche Bemerkung verdient habe. Seitdem ich Euch diene, führe ich nur Eure Anweisungen aus. In diesem Fall stimmt allerdings meine Meinung mit der von Monsignore Carrillo überein. Es ist dringend geboten, die Hochzeit Eurer Hoheit in allernächster Zeit zu feiern, Ihr kennt die Gründe, die uns die Vernunft befiehlt.«

»Über uns befiehlt Gott, und ihm gegenüber fühle ich mich nicht bereit.«

Ich ließ sie einen Augenblick nachdenken, die Hände wie zum Gebet gefaltet, dann brachte ich hervor:

»Wird Eure Hoheit es mir nachtragen, wenn ich mit aller Ergebenheit für Eure Person ausspreche, was ich denke?«

»Sprich.«

»Es handelt sich um die Bulle, nicht wahr?«

Isabel und Fernando, durch ihren Vorfahr Trastámara Verwandte zweiten Grades, durften ohne den päpstlichen Dispens nicht heiraten. Vergeblich hatten die Gesandten Juans II. in Rom versucht, Papst Paul II., der König Enrique wohlgesinnt war, für sich einzunehmen. Carrillo hatte daraufhin erklärt, eine Bulle von Papst Pius II., dem Vorgänger des jetzigen Papstes, zu besitzen, die Prinz Fernando ermächtigte, sich eine Verwandte bis zum vierten Grad zur Gemahlin zu wählen. Es genügte, den Namen der Auserwählten darin einzutragen. Dieses Detail war mit einem Federstrich entschieden worden.

Isabel hob den Kopf.

»Ich war immer im reinen mit dem Herrn, und diese Bulle ... Wenn es sich nun herausstellen würde, daß sie nicht echt ist?«

»Der päpstliche Legat hat die von Monsignore Carrillo vorgelegte Bulle beglaubigt. Ist die Anerkennung durch zwei so hohe Würdenträger der Kirche nicht Garantie genug? Sie verbürgen sich dafür vor Gott. Es besteht also kein Anlaß, dem weiter nachzugehen. Aber gehen wir der Sache trotzdem nach, nehmen wir einmal das Schlimmste an. Eure Hoheit scheint unschlüssig, diese Skrupel ehren Euch, sie sind jedoch unbegründet. Das Schlimmste liegt woanders. Das Schlimmste ist die Zeit, die uns davonrennt und König Enrique zugute kommt. Seine Agenten tummeln sich nur so in Valladolid. Wenn Eure Hoheit sich nicht entschließt, wird der König Euch für immer ins Kloster sperren lassen, und nach seinem Ableben werden die Infantin Juana und der Gemahl, den er für sie bestimmt hat, vielleicht dieser Franzose, der Bruder von Ludwig XI., die Herrschaft übernehmen. Hier liegt meiner Ansicht nach die eigentliche Gewissensfrage, die sich Eurer Hoheit stellt: Habt Ihr das Recht, die Fähigkeiten, mit denen der Allmächtige Euch ausgestattet hat, in einer Klosterzelle zu vergraben, habt Ihr das Recht, die Mission, mit der Er Euch betraut hat, zurückzuweisen, habt Ihr das Recht, Kastilien und sein Volk dem Unglück zu überlassen? Eure Hoheit möge selbst urteilen.«

Das war bereits geschehen. Ich hatte nur ausgesprochen, was Isabel zu hören wünschte. Die Hochzeit wurde auf den achtzehnten Oktober festgelegt, also vier Tage nach ihrer ersten Begegnung mit Fernando. Carrillo beglückwünschte mich und überreichte mir von Juan II. eine Geldbörse. Ich lehnte bescheiden ab. Manch großzügiges Geschenk von zweifelhafter Herkunft kann einen sehr teuer zu stehen kommen.

Am achtzehnten, abends um sieben Uhr, wurden im Hause von Juan de Viveros die Dokumente und der Vertrag im Beisein des Notars unterzeichnet. Danach zeigte Carrillo die Bulle vor, verlas noch einmal die Ehevereinbarungen und schritt zur Trauzeremonie. Isabel wurde Königin von Sizilien. Außer dem Admiral von Kastilien, der zusammen mit der Hausherrin Trauzeuge der Prinzessin war, war kein Vertreter des Hochadels zugegen.

Unter den Hochrufen einer Menge, die stets geneigt ist, rasch in Begeisterung und Jubelgeschrei auszubrechen, begab sich der Brautzug am nächsten Morgen zur Kirche Santa Maria la Mayor, wo die kirchliche Trauung vollzogen wurde. Anschließend begannen die Festlichkeiten. Bei Einbruch der Nacht zog sich das Paar zurück.

Ich hatte ein seltsames Gefühl.

Die fleischliche Seite einer Vereinigung, die bis dahin nichts als beschriebenes Pergament gewesen war, erschienen mir jetzt in ihrer brutalen Roheit. Beinahe ein Frevel, sich darüber auszulassen. Doch über die Lustgefühle einer Prinzessin wacht die Tradition.

Am Morgen öffneten sich die fest verschlossenen Türen des Schlafgemachs, in das die Zeugen eindrangen, um den Vollzug der Ehe festzustellen und das blutbefleckte Laken herauszutragen. Ich halte diesen Brauch für verabscheuungswürdig, aber notwendig. Hätte König Enrique diese Regel bei seiner Vermählung mit der Königin Juana, Mutter der kleinen Juana, befolgt, wäre er niemals als impotent bezeichnet worden, mit all den Folgen, die daraus für ihn entstanden.

Während fahrende Spielleute mit Pauken und Trompeten den Beweis von Isabels Jungfräulichkeit feierten, beobachtete ich Catalina.

Sie war weit weg und wie versonnen. Dachte sie an eine andere Entjungferung, die nicht soviel Aufruhr ausgelöst hatte, oder daran, wann sie das nächste Mal mit dem Jungvermählten herumhuren würde?

Das darauffolgende Jahr erwies sich als äußerst hart.

Die Prinzen schickten dem König unter Führung von Don Pedro Vaca eine Gesandtschaft. Meines Erachtens ein Fehler, ein solches Unternehmen einem aragonischen Granden anzuvertrauen, aber da ich auch dabei war, sagte ich nichts. Vaca übergab dem König von seiten Ihrer Hoheiten einen Brief, worin Liebes- und Loyalitätsbeteuerungen einander ablösten, sowie eine Abschrift des Ehevertrags, damit sich Enrique mit eigenen Augen davon überzeugen konnte, daß Kastilien in keinem Fall Aragón unterworfen sein würde. Der König berief seinen Rat ein und erklärte Vaca, daß er ohne Pacheco und andere hohe Edelleute nicht darüber entscheiden könne.

In der Woche, die wir am Hof verbrachten, sah ich auch Álvaro wieder.

Als ich ihn erblickte, schwemmte die Zuneigung meinen Groll hinweg. Ich mußte zugeben, daß er in einer guten Stellung war und sein saphirblauer Samtanzug ihm besser stand als die Livree der Aljafería. Der König, sagte er mir, sei immer zufriedener mit ihm und überlege, ihn zum Ritter zu schlagen.

»Und diese junge Frau, Francisca, die so verliebt in dich war?«

»Sie ist es immer noch. Ein Engel! Ich frage mich, wie sich ein so reines Wesen an einem Hof, wo es von kleinen Teufelsweibern nur so wimmelt, entfalten konnte. Im Moment lebt sie mit der Infantin Juana im Alcázar in Madrid und verzehrt sich nach mir, die Arme.«

»Und du?«

»Ich schwanke hin und her, ich möchte nicht, daß sie leidet. Was Rahel anbetrifft, bin ich ihr gegenüber offen gewesen, aber du kennst ja die Frauen ...«

Ich lächelte.

»Nur schlecht, ich habe Angst vor ihnen.«

»Francisca ist sich sicher, daß ich Rahel bei ihr vergessen werde. Unlogik der Liebe! Francisca schwört, daß es für sie niemals einen anderen Mann außer mir geben wird, und sie kann sich nicht vorstellen, daß ich für jemand ein ebenso starkes Gefühl hege ... Ja, Luis, man hat mir in der Tat von Catalinas Heirat berichtet. Ich war sprachlos. Für eine so ehrgeizige junge Person, die davon geträumt hatte, sich einen Herzog oder einen Marqués zu schnappen, ist Antón Valdez de la Joya nicht mehr wert als ein Kanten Schwarzbrot! Der jüngste Sohn, also von seiten der Familie überhaupt nichts zu erhoffen, ein paar Ländereien, die er von einem Onkel geerbt hat ... Er war oft mit dem Prinzen auf der Jagd, als ich in der Aljafería war. Dich für diesen Antón sitzenzulassen ... Catalina hat den Verstand verloren!«

»Catalina hat mich nicht sitzenlassen, sie hatte mir nichts versprochen. Bitte, reden wir nicht mehr darüber.«

Álvaro nahm mich an den Schultern.

»Bruder, ich bin so froh, daß du hier bist! Warum willst du nicht hierbleiben? Die Prinzessin Isabel hat einen schweren Fehler begangen, als sie Prinz Fernando gegen den Willen des Königs geheiratet hat, ihre Zukunft ist mehr als ungewiß, es heißt sogar, daß die Bulle von Papst Pius II. eine von Carrillo und Juan II. fabrizierte Fälschung und die Ehe damit ungültig ist.«

»Hat man nicht auch viel über König Enrique geredet, und hast du das alles geglaubt?«

»Luis, bestreite es nicht, diese Heirat war ein wohlüberlegter Coup, der sich nicht mit dem bisherigen Verhalten Isabels verträgt, und dieses unlautere Gebaren hat sie eine Menge Anhänger gekostet. Nein, reg dich nicht auf! Ich hatte zu große Gewissensbisse nach unserem Streit in Los Toros de Guisando, ich möchte auf keinen Fall, daß uns die Politik wieder entzweit, ich liebe dich, und ich bin nicht der einzige, der deine Gewandtheit und deinen Scharfsinn lobt, ein Gelehrter wie du findet überall einen Platz. Deshalb, ich sage es noch einmal, komm zu uns.«

»Die Falknerei ist ein Gebiet, das sich sehr von dem unterscheidet, in dem ich tätig bin. Der König ist ein ausgezeichneter Jäger, und ich kann verstehen, daß ihr auf diesem Gebiet übereinstimmt. Aber wie sollte ich einem Herrscher Achtung entgegenbringen, wenn er sich von seinem Adel manipulieren läßt, insbesondere von diesem hundertfach eidbrüchigen Pacheco, der von einer Seite zur anderen hüpft und sich am Ende hoffentlich den Hals brechen wird, es sei denn, er wird ihm schon vorher umgedreht!«

»Die Mendozas haben eine hohe Moral.«

»Laß sein. Das Beste von sich gibt man nur im Gefühl des Stolzes, der Achtung und des Vertrauens. Was Gott auch immer mit uns vorhaben mag, ich werde das Lager nicht wechseln.«

Zwei Tage vor unserer Abreise bemerkte ich an der Biegung eines Korridors eine schmale, sehr schmale Gestalt, deren Getrippel mir vertraut vorkam. Ich lief darauf zu.

»Don Fadrique, Don Fadrique!«

Ich küßte ihm die Hand, er küßte mich auf die Stirn.

Hocherfreut und entzückt über diesen Zufall sahen wir uns an.

Ich richtete mich auf.

»Du bist ja noch größer geworden, Junge. Warte, laß mich mal zählen, es sind ...«

»Vor fast vier Jahren bin ich aus Salamanca weggegangen, Don Fadrique.«

»Trotz der Botschaften, die du mir freundlicherweise geschickt hast, hast du mir gefehlt.«

»Ihr habt mir auch gefehlt.«

»Ich habe von dir gehört. Du bist schnell aufgestiegen.«

»Dank Eures Wissens und Eurer Güte, Don Fadrique.«

»Wir essen zusammen Abendbrot, du wirst etwas Besseres zu essen bekommen als an der Tafel des Königs. Ich bin in der Herberge am Marktplatz abgestiegen. Man wollte mich im Bischofssitz haben, aber ich habe die Herberge vorgezogen, es gibt Streitigkeiten zwischen dem Bischof und meinem Sohn Iñigo, dem ältesten, der Vikar ist. Schön wie seine verstorbene Mutter und das gleiche Spatzenhirn. Er hat seine Bettgeheimnisse ein bißchen zu laut ausposaunt, als Kirchenmann muß man achtgeben, daß man eine saubere Soutane behält. Das Ende vom Lied: Eine hochstehende Person hat sich beschwert, und der Bischof hat Iñigo mit Sanktionen gedroht. Ich habe Seine Exzellenz heute nachmittag getroffen und ihn an ein paar kleine Geheimnisse erinnert, die ihm das Maul gestopft haben. Die Affäre ist erledigt – bis zur nächsten. Kinder machen ist ja ganz schön, aber das ist auch alles. Schon halbtot, treibt man mich noch raus auf die Straße, los, Alter, sammle deine Knochen ein, und vorwärts!«

»Ich finde, Ihr seht prächtig aus, Don Fadrique.«

»Der Magen, die Gedärme, das geht ja noch, der Kopf auch, aber ich habe keinen Mumm mehr in den Knochen, ich befriedige die Schönen nicht mehr so wie früher.«

Don Fadrique bewegte sich nie ohne Antonio und Paco von der Stelle, seinen beiden Dienern, die durch lange Erfahrung mit all den seltsamen Eigenheiten ihres Meisters vertraut waren.

Das Abendessen, das im Hinterzimmer des Wirtshauses serviert wurde, war ein Hochgenuß. Paco übertraf in puncto

Saucen und Gewürze bei weitem den Koch von Isabel, zu dessen Entschuldigung man allerdings sagen muß, daß die Prinzessin ihn nicht gerade zu kulinarischen Höchstleistungen ermunterte: sie hatte einen mäßigen Appetit, der sich gewöhnlich mit einem Hähnchenflügel, einem Stück Obst und einem Glas Wasser zufriedengab. »Zuviel Essen schadet dem Denken«, pflegte sie zu sagen. Zuviel ist zuviel, gewiß, aber zuwenig ist nicht genug.

Wir schlangen lustvoll Pasteten, gefüllten Fisch, gewürzte Ochsenzunge und ein paar Scheiben Wild hinunter, machten uns dann ans Dessert, mit Honig überzogene Beignets und Mandelküchlein, und begossen das Ganze mit erlesenem Wein, dem wir auch nach beendetem Mahl noch zusprachen.

»Erzähle, erzähle«, forderte mich Don Fadrique auf.

Ich berichtete ihm alles über mein Leben seit meiner Abreise aus Salamanca. Das heißt, fast alles.

Seine Äuglein blitzten.

»Was für eine Frau, diese Prinzessin Isabel! Was für ein Temperament! Und Alfonso Carrillo, wie stehst du dich mit ihm?«

»Sehr gut.«

»Ich verstehe.«

Er knabberte einen Keks, leerte sein Glas, stand auf, setzte sich und schnellte dann mit einem Satz wie ein Stehaufmännchen in die Höhe.

»Junge, ich habe eine Idee. Wann reist du ab?«

»Übermorgen. Und Ihr, Don Fadrique?«

»Ich habe den Bischof mundtot gemacht, meinen Sohn abgekanzelt und den König begrüßt, jetzt hält mich hier nichts Zwingendes mehr. Dieser Hof ist mir unerträglich. Man wird von allen Seiten bestürmt, die Komplizen von Pacheco, die Anhänger der Mendozas. Jeder versucht an dir herumzuzerren, damit dich nicht der andere in die Tasche steckt, und man weiß nie, ob derjenige, der dir heute zulächelt, dir am nächsten Tag nicht den Hintern zeigt. Weißt du, mit dem jüngsten

Mendoza, mit Pedro Gonzáles, verbindet mich eine alte Brieffreundschaft. Er hat in Salamanca studiert, ein höheres Wesen und ein ausgemachter Schürzenjäger. Heute ist er Bischof von Sigüenza ... Luis, was würdest du dazu sagen, wenn ich dich nach Valladolid begleitete?«

»Nichts würde mir mehr Freude bereiten, aber befürchtet Ihr nicht, Euch zu kompromittieren?«

»Was denkst du denn! Das wäre ja noch schöner, wenn man einen alten Mann behelligen wollte! Und da ich weder nach Ehren noch nach Pfründen trachte, brauche ich mich auch vor niemandem in den Staub zu werfen, alles wird allein von meinem Willen bestimmt, und ich bin ganz begierig, das junge Prinzenpaar kennenzulernen. Und schließlich hat dich der liebe Gott, gelobt sei er, zu mir geschickt, ich habe etwas davon und du auch. Dein Körper und dein Einfluß sind gewachsen, aber mit deiner Fröhlichkeit ist es nicht weit her.«

Auf einmal ertappte ich mich dabei, wie ich unter der Wirkung des Weins mit ihm lachte, was nicht mehr vorgekommen war, seit ..., ich erinnerte mich nicht mehr, seit wann.

15

Don Fadrique quartierte sich im Kloster San Benito ein.

Gemäß der Regel des heiligen Benedikt hatte jedes Kloster des Ordens eine »offene Tür«, das heißt, es nahm jeden Reisenden, vom ärmsten bis zum begütertsten, bei sich auf. Man empfing dort auch den König und seinen Hofstaat, wenn er nach Valladolid kam. Denn zu jener Zeit hatten die Könige von Kastilien noch keinen festen Sitz, und da sie viel umherzogen, residierten sie entweder in den Herrenhäusern ihrer Vasallen oder eben in Klöstern, was sie meist vorzogen.

Isabel zeigte sich sehr zuvorkommend. Don Fadrique achtete darauf, vor ihr im Talar zu erscheinen und ihrer Frömmigkeit Genüge zu tun. Sie vermochte sogar, über seine beißenden Beschreibungen so mancher mit uns verfeindeter Granden zu lächeln. Mit Fernando nahm die Unterhaltung einen lockereren Ton an, doch bei ernsthaften Themen schätzte der Prinz Don Fadriques Kunst, mit wenigen Worten viel zu sagen, eine sprachliche Fertigkeit, die sie miteinander teilten.

Jeden Abend fand ich in San Benito ein Gedeck vor. Die Anwesenheit Don Fadriques hellte die düsteren Tage, die wir durchmachten, ein wenig auf. Denn außer den Aragoniern ließ uns einer unserer Anhänger nach dem anderen im Stich und wechselte ins Lager des Königs. Die Prälaten ebenso. Allein Monsignore Carrillo blieb uns treu – was aber auch nicht sicher war. Die Beziehungen zwischen ihm und dem Prinzen verhärteten sich. Auf seine geleisteten Dienste verweisend, gedachte er die Zügel in die Hand zu nehmen, aber dem widersetzte sich Fernando entschieden.

In Gesellschaft Don Fadriques sah ich den Erzbischof verschiedene Male. Sein mächtiger Körper bebte vor Empörung.

»Diese Undankbaren! Zusammengerechnet bringen es die beiden noch nicht einmal auf siebenunddreißig Jahre und weigern sich, auf einen erfahrenen Mann zu hören, der immerhin achtundfünfzig zählt! Fernando pinkelt noch die Milch seiner Amme aus den Nasenlöchern und glaubt alles zu wissen, und Isabel ist nicht viel besser. Geduld, Geduld, meine Schönen! Ohne Alfonso Carrillo – ade Krone von Kastilien! Ich bin ein gutmütiger Kerl, aber man muß mir auch ein wenig entgegenkommen. Sonst kann sie sich wieder an ihr Spinnrad setzen, und er wird mit eingezogenem Schwanz nach Aragón zurückkehren.«

Er stieß solche Drohungen in der offenkundigen Absicht vor mir aus, daß ich sie den Prinzen übermittelte. Was ich tat, wenn auch in gemildeter Form. Wie ein Sprichwort sagt: Wer Wind sät, wird Sturm ernten.

Ich liebe Valladolid. Die Wasser des Pisuerga und des Esgueva, von Brücken überspannt, verleihen dieser Stadt Poesie und Licht, es ist eine wahrhaft königliche Stadt, reich an Kirchen, Klöstern und aus behauenem Stein erbauten Herrenhäusern, überquellend von Reichtum, in einer tonhaltigen, von den Steinbrüchen weit entfernten Ebene gelegen. Mit Valladolid verbindet sich auch eine meiner schönsten Erinnerungen. Hier habe ich mit Buitrago einen ganzen Winter verbracht und – wie unsäglich stolz war ich! – meine ersten Maravedís verdient, als ich meine Feder den Verliebten jeglicher Art lieh. Dieser Knirps, der die Wörter, deren Bedeutung ihm zumeist entging, so geschickt handhabte, versetzte mich noch immer in Rührung. Wenn ich zum Kloster San Benito ging, machte ich oft einen Umweg über das Wirtshaus. Es hatte sich nicht verändert: die gleiche verblichene Fassade aus gestampftem Lehm, die schmalen vergitterten Fenster, und, daran anschließend, der Pferdestall mit den Klapptüren, auf die zwei Kreuze gemalt waren, die die Passanten davon abhalten sollten, dort ihr Bedürfnis zu verrichten. Fehlte nur noch die verwegene Gestalt Buitragos, um das Bild der Vergangenheit vollständig zu machen.

Ich ging auch oft am jüdischen Viertel, der Judería, entlang. Wenn ich mich den hohen Mauern näherte, die es umschlossen, empfand ich gleichzeitig Faszination und Unbehagen. Dahinter lebte eine andere Rasse, abgesondert durch ihre Religion, ihre Sitten und Gesetze, die Rasse meines Vaters, also auch die meine, und dieselben Fragen bedrängten mich aufs neue: Wer oder was hatte diesen Konvertiten bewogen, weiterhin nach den jüdischen Gesetzen zu leben, obwohl sein Übertritt doch lange zurücklag, der ausgezeichneten Kenntnis der christlichen Bräuche nach zu urteilen, in denen er mich unterwiesen hatte? Warum diese Kehrtwendung, warum dieser überstürzte Aufbruch aus Toledo, warum dieses Verheimlichen meiner Herkunft? Ich würde es sicherlich niemals erfahren. Wollte ich es denn wirklich, brauchte ich Erklärungen, um mich zu rechtfertigen? Gewiß nicht. Den Glauben wählt man nicht, er kommt uns von Gott. Aber die Verletzung blieb.

Ich hatte vergessen, daß Rahel in Valladolid lebte. Eines Nachmittags bemerkte ich sie unter den Juden des Viertels und hielt sie an.

»Señora, erkennt Ihr mich wieder? Luis de Soca. Wir sind uns im Alcázar von Segovia begegnet.«

»Und ob ich mich erinnere. Ihr seid der Bruder von Álvaro.«

Ich wurde rot.

Silberringe umspannten ihren Hals, ein Umhang aus perlgrauem Samt hüllte sie bis zu den Füßen ein. Sie war immer noch dieselbe, derselbe dunkle Blick, dieselbe ein wenig abwesende Anmut und dieser volle rote Mund, auf dem sie nach jedem Satz herumbiß, wie um sich einen Augenblick zum Nachdenken zu verschaffen.

»Ich vermute, daß Ihr mit der Prinzessin Isabel hier seid?«

»So ist es, Señora.«

»Und Euer Bruder ist am Hof.«

»Ich meinte zu verstehen, daß Ihr ihn dazu bewogen habt, Señora.«

»Ich habe ihm nur geraten, nach einer aussichtsreicheren Zukunft zu streben. Ich empfinde Freundschaft für Álvaro, sein Posten in der Aljafería hätte ihn überhaupt nicht weitergebracht, das hat mich sehr bekümmert. Habt Ihr ihn seither wiedergesehen?«

»Ich gehörte zu einer Gesandtschaft, die die Prinzen zum König geschickt haben. Dort habe ich Álvaro wiedergesehen. Er scheint zufrieden und denkt daran zu heiraten.«

»Die Gräfin Francisca hat ein weites Herz, sie wird ihn ganz sicher glücklich machen.«

»Ihr kennt sie?«

»Sie ist die Erzieherin der Infantin Juana, und mein Mann wacht über ihre Gesundheit ebenso wie über die Seiner Majestät. Die Infantin beehrt mich mit ihrer Sympathie und verlangt nach mir, sobald wir im Alcázar von Madrid sind. So begegne ich zwangsläufig der Gräfin Francisca.«

Ich hatte auf einmal genug von diesem wohlgesetzten Zwiegespräch.

»Álvaro liebt Euch«, sagte ich.

Rahel schlang den Umhang fester um sich.

»Ich bitte Euch, mich zu entschuldigen, Señor, die Natur wartet nicht, ich habe eine Patientin, die gleich niederkommt.«

Sie machte sich auf den Weg und ließ mich mit meiner Vorwitzigkeit allein.

Im März brachen in Valladolid plötzlich Unruhen aus, und wir zogen uns auf die Festung von Dueñas zurück. Isabel hatte keine Einkünfte mehr aus ihren Lehen, es fehlte an Geld, und sie war schwanger.

Als wir Viveros' Palast verließen, schlugen die Prinzen Don Fadrique vor, sie zu begleiten.

Er zögerte nicht.

»Diese kleine Prinzessin ist so großartig in ihrem Mut, wie sollte ich mich ihrer Sache nicht anschließen! Wo ich angelangt bin, zählt man nicht mehr nach Jahren, sondern nach Tagen, was riskiere ich schon, wenn ich sie aufs Spiel setze, was hat das Leben mir schon noch zu bieten? Nach Salamanca zurückzukehren, um meine Beerdigungszeremonie zu regeln? Es gibt Aufregenderes, und der Gedanke, mit dir meine letzten Tage zu verbringen, gefällt mir.«

»Don Fadrique! Warum macht Ihr Euch ein Vergnügen daraus, diejenigen, die Euch mögen, zu verspotten? Wenn man Euch so reden hört, könnte man meinen, Ihr liegt auf dem Sterbebett, dabei seid Ihr lebendiger und frischer als wir alle zusammen.«

Die Festung von Dueñas bot wenig Zerstreuung. Die Gesellschaft der Damen hatte Catalina nie gemocht, und die Männer waren von unserer Situation so in Anspruch genommen, daß sie darüber jegliche Galanterie vergaßen. Fernando machte da keine Ausnahme: Catalina gab es schamlos zu, er erinnerte sich an sie lediglich, wenn ihn gewisse natürliche Bedürfnisse ankamen, und schickte sie danach sofort wieder weg, aus Angst, Isabel könnte etwas von ihrer Liaison erfahren.

»Ohne Spiegel wäre das Dasein hier eine Wüste«, beklagte sie sich.

In dieser Wüste errichtete Don Fadrique eine Oase.

Von seinem Umgang mit den Frauen hatte er sich ausgezeichnete Manieren bewahrt, und seine Anwesenheit in der Festung trug Catalina etwas Kostbareres ein als Essen und Trinken: nämlich Bewunderung.

Auf den ersten Blick hatte sie ihn bezaubert und erobert.

»Diese Augen! Amethyste, reine Juwelen! Gelobt sei der

Herr, der solche Wunder geschaffen hat, damit wir uns daran erfreuen. Man möchte lieber sie als den Ring eines Bischofs küssen! Und diese Händchen, wie zuckersüß! Ich hör schon auf. Aber daran seid Ihr schuld, mein Herzchen, hat man das Recht, so hübsch zu sein? Einen Greis zu ermuntern, Sachen zu sagen, die sich für sein Alter nicht mehr gehören ... Gebt Ihr mir die Ehre, mit mir und Luis zu speisen?«

Catalina klatschte in die Hände, so als hätte er ihr ein Diamantenhalsband umgelegt.

»Ihr ladet mich zum Essen ein, Don Fadrique? Wie nett von Euch!«

»Wenn Euer Gatte sich uns anschließen möchte ...«

»Antón? Don Fadrique, wollt Ihr mir den Abend verderben? Antón und ich, wir ertragen uns, mehr nicht, jeder atmet die Luft, die ihm entspricht.«

Der Ton war angeschlagen.

Es brauchte keine Woche, bis Catalina ihm von ihrem Kummer erzählte.

»Luis ist mein einziger Freund.«

»Wenn Ihr erlaubt, meine reizende Schöne, trage ich mich in die Liste ein. Zwei aufrichtige Freunde sind mehr wert als hundert, denen der Teufel aufgeblasenes, hochtrabendes Gebalze einflüstert, um damit die Begierde, die Ihr in ihnen weckt, zu befriedigen.«

Als sie lachend und strahlend das Zimmer verlassen hatte, schalt Don Fadrique mich:

»Woran denkst du? An deiner Stelle hätte ich mir dieses anbetungswürdige Geschöpf schon längst ins Bett geholt. Ich wette, daß sie dich sehr liebt, und sie langweilt sich. Ein ganz entscheidender Punkt! Eine Frau, die sich langweilt, ist reif, man pflückt sie wie eine Feige mit zwei Fingern. Du bist wirklich ein Dummkopf.«

»Ihr sagt es, sie langweilt sich, und sie liebt mich sehr, obwohl man in dieser Hinsicht nie sicher sein kann. Aber was sie

Euch nicht gesagt hat, ist, daß ich sie ebenfalls liebe, und das seit langem, und daß ich sie heiraten wollte. Sie hat mir einen anderen vorgezogen, wie Ihr wißt, und jetzt die Nebenrolle in dieser Posse übernehmen, nein danke!«

»Sie heiraten? Was für eine verrückte Idee! Frauen, die wunderbare Mätressen abgeben, sind unausstehliche Ehefrauen.«

»Meint Ihr, ich wäre blind? Ich kenne Catalinas Fehler, aber für mich ist sie einzigartig.«

»Eine Frau ist einzigartig, solange man nicht mit ihr geschlafen hat.«

»Don Fadrique!«

»Ist ja gut, ich bin schon still. Dann vergeh weiter vor Verlangen, mein Junge, und warte ab.«

»Abwarten? Worauf soll ich warten? Ein Geliebter, ein Ehemann, sie ist versorgt.«

»Wie der Vater, so der Sohn! Schon als junger Mann zappelte Juan II. in seinen Beinkleidern und durchbohrte jeden Unterrock, der sich bewegte. Fernando wird Catalina einer Neuen wegen fallenlassen, wenn nicht heute, dann morgen. Noch am selben Tag töte den Ehemann und heirate deine Allerliebste, ich werde dir höchstpersönlich die Absolution erteilen und dir die Buße erlassen, denn die Hölle hast du dann mit ihr schon hier auf Erden.«

16

Im September besiegelte ein heftiger Streit den Bruch zwischen den Prinzen und Monsignore Carrillo. Im wesentlichen hatte Fernando erklärt, weder die Prinzessin noch er würden jemals Untertanen eines ihrer Vasallen sein und nicht dulden, daß man an ihrer Statt regierte, und wenn es der Erzbischof von Toledo wäre.

Carrillo zog sich auf seine Ländereien zurück, wir verloren unsere letzte Stütze.

Als wenn das noch nicht genug wäre, erfuhren wir, daß Juan II. mit Pacheco folgende Abmachung ausgehandelt hatte: Sollte das zu erwartende Kind der Prinzessin ein Junge sein, würde man ihn mit der kleinen Juana vermählen, und sie wären die Erben Kastiliens, während man die Prinzen dazu verdammen würde, ins Exil zu gehen. Im Oktober kam Isabel mit einem Mädchen nieder, der Plan platzte, aber ein tiefer Groll gegen ihren Schwiegervater setzte sich in ihr fest.

Ein paar Tage nach der Geburt der Infantin, die denselben Namen wie ihre Mutter erhielt, zog König Enrique im Triumph in Valladolid ein.

Isabel rief mich zu sich.

»Du gehst nach Valladolid. Ich möchte, daß du das Schreiben, das wir gleich aufsetzen werden, dem König persönlich überreichst. Sieh zu, wie du das zustande kriegst. Komm nicht zurück, ohne ihn gesprochen zu haben.«

Ein Diener geleitete mich zu den Gemächern der Infantin Juana und übergab mich einem Dienstmädchen.

Francisca erschien. Das Gesicht ganz ungeschminkt, die Haare zu einem geflochtenen Knoten hochgesteckt, ihre rundlichen Formen von einem malvenfarbenen Kleid gebändigt, dazu dieser unschuldige Ausdruck, der mich schon in Los Toros de Guisando so berührt hatte.

»Señora, ich bitte, mein Eindringen zu entschuldigen. Man hat mir gesagt, daß Álvaro nicht in Valladolid ist?«

»Er bereitet in der Nähe von Medina del Campo eine Jagd für Seine Majestät vor. Kann ich Euch mit irgend etwas dienen? Wir heiraten nächsten Monat.«

»Meinen allerherzlichsten Glückwunsch, Señora.«

»Danke. Ich hoffe, daß Ihr zur Hochzeit kommt.«

»Leider nein, Señora, wenn sich die Beziehungen zwischen der Prinzessin Isabel und ihrem Bruder nicht verbessern ... Das ist übrigens auch der Grund meines Hierseins. Wäre es nicht ein Beweis Eurer Güte, die Álvaro nicht aufhört zu preisen, für mich eine Privataudienz bei König Enrique zu erwirken? Es ist bekannt, daß Seine Majestät Euch sehr zugetan ist, und diese Audienz ist von allerhöchster Wichtigkeit.«

Franciscas Miene verdüsterte sich.

»Ihr überschätzt mein Ansehen, Señor. Ich befasse mich nicht mit Politik, aber ich weiß, daß der König sehr verärgert über Eure Herrin ist.«

»Ich beschwöre Euch, Señora. Indirekt betrifft meine Bitte übrigens auch Euch und Álvaro.«

»Ich verstehe nicht.«

»Ihr seid im Begriff, eine Familie zu gründen. Ist es nicht bedauerlich, daß uns, Álvaro und mich, noch immer Mißhelligkeiten trennen, die weniger mit dem König als mit dem Einfluß der jeweiligen Partei etwas zu tun haben? Stellt Euch seine Freude vor, wenn ich mit Eurer Hilfe am Tag seiner Hochzeit dasein und diesen im Leben eines Menschen so kostbaren Augenblick mit ihm teilen könnte?«

»Daran hatte ich nicht gedacht. Ihr habt recht, Álvaro leidet sehr unter dieser Situation. Ich verspreche es Euch, ich werde das Unmögliche versuchen.«

Ihre Augen wurden feucht, sie lächelte.

»Nennt mich Francisca, wir sind bald Bruder und Schwester.«

Trotz meiner Angst tat mir ihr Lächeln weh. Arme Frau. Was würde auf sie zukommen?

Im Vorzimmer standen Mauren Wache, ein Gemisch aus Ambra- und Weihrauchdüften machte die Luft schwer, von irgendwo wehten Lautenklänge heran, ein Mann sang. »Der König«, flüsterte ein Maure. Ich wartete. Für mich sind Worte, der harmonische Gleichklang eines Satzes, ein Text in perfektem Rhythmus Musik, aber ich kann weder über Musik reden, noch weiß ich sie zu würdigen. Diese hier erschien mir schön und traurig, schließlich quälend und todlangweilig, je weiter die Stunde vorrückte. Endlich brach sie ab, endlich führte man mich in einen mit schweren Stoffen verhangenen Raum. Der König saß nach Art der Araber »im Schneidersitz« auf einem der niedrigen Sofas, die mit den Teppichen und einer Unmenge von Kissen die ganze Ausstattung bildeten. Ein weites Kleidungsstück von unbestimmter Farbe und Form umhüllte ihn, eine gerade aufgesetzte Filzkappe umrahmte sein ausgehöhltes Gesicht, in dem die Backenknochen wie zwei Huckel hervorsprangen.

Da ich mich daran erinnerte, daß er es neben anderen Eigenarten verabscheute, wenn man ihm die Hand küßte, und sich ebenso weigerte, jedermann zu duzen, kniete ich nieder. Mit einer Handbewegung forderte er mich auf, mich wieder zu erheben. Seine Augen waren sehr blau und sehr sanft, seine Stimme schleppend und gleichfalls sanft.

»Man hat mir Gutes von Euch berichtet, Luis de Soca, deshalb habe ich eingewilligt, Euch zu empfangen.«

»Ich danke Eurer Majestät unendlich und bitte Euch, das

Schreiben, mit dem mich die Prinzessin Isabel betraut hat, mit Wohlwollen aufzunehmen.«

Er ließ das von zwei Seidenbändern gehaltene Siegel aufspringen, las das Schreiben und warf es auf das Sofa.

»Phrasen, nichts als Phrasen! Meine Schwester macht sich lustig! Sie behauptet, meine treueste Untertanin zu sein, dabei hat sie nur nach ihrem Kopf gehandelt und sich gegen ihren Souverän aufgelehnt. Um diese Heirat mit dem Prinzen Fernando zu legitimieren, behauptet sie, er sei vom selben Geschlecht wie wir, und die Vorstellung, einen Franzosen in unser Land zu holen, widerstrebe ihr. Hat sie die Zwistigkeiten vergessen, die mich gegen Juan II. von Aragón aufgebracht haben? Da sie mit dem Sohn von diesem Schurken, dessen ganzes Trachten schon immer auf Kastilien gerichtet war, eine Verbindung eingegangen ist, hat sie mich beleidigt, ja verraten, das kann ich ihr nie und nimmer verzeihen!«

Anderen, die ihn auf unverschämte Weise behandelt hatten, hatte er vergeben und sie mit Wohltaten überhäuft, so wie Pacheco, aber das durfte man nicht laut aussprechen, und so erwiderte ich:

»Ich kann Euch versichern, daß Ihre Hoheit sich nie von einem persönlichen Beweggrund hat leiten lassen noch von der Absicht, die angestammten Vorrechte Eurer Majestät, in welcher Weise auch immer, anzutasten. Hat sie Euch nicht bei so mancher Gelegenheit ihre Geradheit und ihre Verbundenheit bewiesen? Deshalb flehe ich Eure Majestät an, laßt Milde walten, es würde Eure Größe noch mehren und den Frieden im Königreich wiederherstellen.«

Mit solchen Argumenten setzte sich das Gespräch fort, bis Enrique es abbrach.

»Luis de Soca, ich hätte Euren Eifer und Eure Wortgewandtheit gern mit einer günstigen Antwort belohnt, aber ich kann es nicht. Warum solltet Ihr Eure Talente nicht für mich einsetzen? Ihr würdet dabei zu Ansehen und Reichtum gelangen, während Ihr sie jetzt für eine verlorene Sache vergeudet.«

»Der Vorschlag Eurer Majestät schmeichelt mir, aber was hieltet Ihr davon, wenn einer Eurer Getreuen Euch verlassen würde?«

Er murmelte: »Ohne Illusionen sterben ist unser Los«, dann streifte er einen mit einem großen Rubin geschmückten Ring vom Finger und überreichte ihn mir.

»Nehmt dies, Luis, als Erinnerung an Euren König.«

Ein paar Tage später empfing der Hof im Beisein nahezu des gesamten Hochadels in Medina del Campo neuerlich eine prächtige französische Gesandtschaft.

In Anwesenheit des Kardinals von Albi und des Grafen von Boulogne und der Auvergne, die Ludwig XI. von Frankreich beziehungsweise den Herzog von Berry vertraten, enterbte König Enrique seine Schwester Isabel, die somit ihrer Rechte auf die Thronfolge, auf ihre Privilegien und Lehen beraubt war, und erklärte die kleine achtjährige Infantin Juana zur Kronerbin von Kastilien und León. Auf Verlangen des Kardinals von Albi schwor er unter Eid, daß Juana sehr wohl seine Tochter sei, und versprach sie dem Herzog zur Frau. Darauf wurde die Heirat mittels Stellvertreter vollzogen. Der Graf von Boulogne trat als Bräutigam auf, der, wie es dem zukünftigen Souverän gebührte, sofort zum Fürsten von Asturien erhoben wurde.

Als uns diese Nachrichten erreichten, empfand ich sie als persönliche Niederlage. Ich kochte vor Wut.

Isabel, vom Wochenbett bereits wieder aufgestanden, tippte mir auf die Schulter.

»Du bist zu stolz, mein guter Luis. Der König hat dich in Valladolid mit liebenswürdigen Worten überschüttet, und du warst überzeugt, daß sich das Nein in ein Ja verwandeln würde. Als ich dich zu ihm schickte, wußte ich schon von seinen Machenschaften mit Frankreich.«

»Und Eure Hoheit hat mich nicht davon in Kenntnis gesetzt!«

»Du hättest deine Mission nicht mit demselben Eifer betrieben, ich aber habe auf diesen letzten Schritt Wert gelegt, er hat mein Gewissen befreit. Der König denkt uns mit diesem Geniestreich den Gnadenstoß zu versetzen. In Wirklichkeit begeht er eine gewaltige Ungeschicklichkeit. Zwar ist er sich der Unterstützung des Hochadels sicher, doch hat er dabei die Meinung der großen Mehrheit, des niederen Adels, der Städte und des Volkes, außer acht gelassen. Und ebendieses Kastilien wird einen Franzosen auf dem Thron und eine Einmischung von außen nicht zulassen, denn das hieße für das Land noch mehr Unterdrückung. Es ist müde, unser Kastilien, und angewidert von den Günstlingen und den inneren Zerwürfnissen. Wenn die Ochsen eines Gespanns halsstarrig sind und sich weigern weiterzugehen, sind sie kraft ihrer Masse schließlich mächtiger als der Hirt, und er wird ausgewechselt, nicht sie.«

Ich habe diesen Moment noch immer vor Augen, vor allem sehe ich noch genau Isabel vor mir.

Niemand hätte auch nur einen Krug Oliven auf ihre Zukunft gesetzt, sie aber blieb standhaft, unbezähmbar und biß die Zähne zusammen.

Magdalena

17

Kaum zehn Meilen trennten Dueñas von Valladolid. Wir zogen uns nach Medina de Rioseco zu Admiral Enríquez zurück.

Seitdem König Enrique seine Schwester enterbt hatte, hielten sich unsere Gegner nicht mehr zurück. Carrillos bischöfliche Bulle als Zielscheibe benutzend, verkündeten sie die Nichtigkeit der Ehe, woraufhin Isabel als Konkubine galt und ihr die Exkommunikation drohte. Ihr Bruder, von seinen Granden hin und her gezerrt, genoß dagegen fast einhellige Anerkennung. Ich trug seinen Ring nicht mehr, um mich für die Sympathie, die er mir eingeflößt hatte, zu bestrafen.

Beunruhigt über die zwischen Enrique und den Franzosen ausgehandelten Verträge, erhoben sich die baskischen Provinzen im März 1471, schlugen die königlichen Truppen und schlossen sich mit ihrer mächtigen Marine, die den Golf von Gascogne und einen Teil des Atlantik beherrschte, den Prinzen an. Nach so vielen Anwürfen und Rückschlägen war das unser erster Erfolg.

Im Frühling verließ uns Don Fadrique.

»Mach nicht ein solches Gesicht, Junge! Ich habe in Salamanca ein paar Dinge zu erledigen, vor allem muß ich mich mit dem Bischof ins Benehmen setzen, und danach komme ich zurück.«

Begleitet von einer verläßlichen Wache, die die Prinzen ihm mitgegeben hatten, brach er mit seinen beiden Dienern und dem Notwendigsten für unterwegs auf. In Anbetracht seines

Alters und seiner Verfassung hatte ich ihm geraten, mit einem Ochsengespann zu reisen, aber er hatte mich nur ausgelacht.

»Was für eine Logik! Ich höre dich unaufhörlich meinen soliden Korpus loben: ›Ihr werdet uns noch alle zu Grabe tragen, Don Fadrique …‹, und jetzt umhegst du mich wie einen Sterbenskranken.«

Voller Sorge sah ich ihn behende seinen Apfelschimmel besteigen und blickte dem Konvoi hinterher, bis er in einer Staubwolke verschwunden war.

Nach einem Monat kehrte er zurück. Straffe, rosige Haut, frische Gesichtsfarbe, drei Diener zusätzlich, eine Unmenge von Körben und Taschen für seinen persönlichen Bedarf und Geschenke. Jede Edelfrau erhielt ein besticktes Kissen, Catalina ein feines, mit drei kleeblattförmigen Perlen verziertes Golddiadem, mit dem sie gleich zu einem Spiegel lief, um seine Wirkung zu beurteilen, während Don Fadrique mir einen prächtigen Band Aristoteles auf Latein in die Hand drückte. Sprachlos vor Freude, bewunderte ich den Einband und die kostbaren goldenen und farbigen Miniaturen auf jeder Seite.

»Das ist zuviel, Don Fadrique, das ist zuviel!« wiederholte ich.

»Nichts ist jemals zuviel für den, der es zu schätzen weiß. Dieser Aristoteles gehörte meinem Großvater, der ein Converso war, wie ich dir schon erzählt habe. Er hat mir seine Bibliothek vermacht. In der Stunde, die Gott bestimmen wird, gehört sie dir. Ich habe mich also auch mit solchen Dingen befaßt.«

Er hatte selbst die Prinzen nicht vergessen.

»Von meiner Mutter habe ich ein großes Landgut in der Nähe von Salamanca geerbt, Getreide, Olivenbäume, Weiden, Viehherden, ich habe mich jetzt davon getrennt. Ihre Hoheiten sind sehr knapp bei Kasse, und die Summe aus dem Verkauf, die sie gütigerweise angenommen haben, können sie besser gebrauchen als ich.«

»Eine schöne Geste, Don Fadrique.«

»Reiner Egoismus, mein Junge! Ich war immer besorgt um mein Glück, und Glück ist käuflich. Mit euch werde ich noch einmal jung, ich habe mein Vergnügen, ich bin mittendrin im Geschehen, ich brauche nur zuzugreifen. Wenn man nichts mehr erwartet, ist man nur noch einen Schritt von der Grube entfernt.«

»Auch ohne diese Großzügigkeit habt Ihr die Prinzen sofort erobert, sie mögen Euch sehr.«

»Ja, ja, sie mögen mich, in ihrer Isoliertheit würden sie jedermann mögen, wenn er nur auf ihrer Seite ist. Aber eines Tages würden sie sich fragen: ›Warum sollen wir diesen Tattergreis mit uns herumschleppen, wozu ist er noch nütze?‹ Die Liebe der Großen muß bezahlt werden, die der Kleinen ebenfalls, alles hier auf Erden muß bezahlt werden, vergiß das nicht, und gottlob kann ich zahlen.«

Im November unterzeichneten Isabel und Fernando ein Abkommen mit Burgund. Diese Allianz brachte ihnen über die Landesgrenzen hinaus Anerkennung und wies sie als Verteidiger der Unverletzlichkeit ihres Herrschaftsgebietes aus, war Karl der Kühne doch der erklärte Feind des französischen Königs.

Noch bedeutsamer war die Resonanz in der Öffentlichkeit, als Papst Sixtus IV. am Ersten des darauffolgenden Monats die Bulle *Oblatae nobis* bekanntgab, worin den Prinzen völlige Absolution vom Vergehen gegen das kanonische Recht erteilt und ihre Ehe von der Kirche bestätigt wurde. Das Vertrauen Roms wiederzugewinnen hatte zwei Jahre gekostet, die Hartnäckigkeit Isabels hatte triumphiert.

»Endlich, endlich!« sagte sie.

Und ohne daß sie noch etwas hinzuzufügte, enthüllte mir jeder ihrer Seufzer ihre Gewissensqualen.

Daraufhin versöhnten wir uns mit Monsignore Carrillo,

verließen Medina de Rioseco und begaben uns auf seine Ländereien in Torrelaguna, das ungefähr gleich weit von Segovia und Madrid entfernt lag. Dort wurde uns für den kommenden Februar der Besuch von Kardinal Rodrigo de Borja*, dem Gesandten des Papstes, angekündigt, ausgestattet mit umfangreichen Machtbefugnissen und einem Kardinalshut für den Prälaten seiner Wahl.

Fernando begab sich nach Katalonien, um sich bei seinem Vater Rat zu holen, und rief mich nach seiner Rückkehr zu Isabel.

»Luis, ich habe beschlossen, nach Valencia zu reisen und dort den Kardinal zu empfangen, und du wirst mich begleiten. Es geht nicht allein darum, Seine Eminenz zu begrüßen, es geht vielmehr um die Mendozas. Selbst wenn uns Carrillo nun erneut Beweise seiner Redlichkeit liefert, werden unsere Beziehungen nie wieder das sein, was sie einmal waren. Einer zerbrochenen Vase sieht man an, daß sie geklebt ist. Auf diese Person ist kein Verlaß mehr, und so bedarf es ernsthafter Unterstützung, wenn man sich die, wie es scheint, günstigen Umstände zunutze machen will. Deshalb die Mendozas. Unnötig, dir zu sagen, was für eine Macht sie im Königreich darstellen, nicht nur in bezug auf die Menschen, sondern auch, was ihren Einfluß und ihre Reichtümer angeht, das weißt du so gut wie ich. Bis jetzt haben sie ganz eindeutig auf der Seite der kleinen Juana gestanden, aber in der Politik verfolgen sie die gleiche Linie wie wir: der Monarchie ihre eigentliche Rolle und dem Land seine Einheit wiedergeben. Man hat uns darauf hingewiesen, daß Pedro Gonzáles de Mendoza der Jüngere, Bischof von Sigüenza, Borja in Valencia treffen wird. Er trachtet nach dem Kardinalshut. Rodrigo Borja stammt aus Valencia, er ist also ein Untertan von Aragón.** Mit Hilfe Gottes und des

* Italienisiert zu Borgia, der zukünftige Papst Alexander VI., Vater von Cesare und Lucrezia Borgia.

** Das Fürstentum Katalonien und das Königreich von Valencia waren der Krone von Aragón unterworfen (Anm. d. Autorin).

Königs, meines Vaters, werde ich mich dafür einsetzen, daß Mendoza den Hut bekommt. Das wäre eine ausgezeichnete Einführung in seine Familie.«

»Gestatten mir Eure Hoheit, einen Vorschlag zu machen?«

»Schieß los.«

»Don Fadrique hat Pedro Gonzáles de Mendoza gut gekannt, als der in Salamanca studierte. Sie waren eng miteinander verbunden und haben ihre Freundschaft über Briefe erhalten. Don Fadrique spricht mir oft in den höchsten Tönen von ihm. Was würde Eure Hoheit dazu sagen, wenn wir ihn nach Valencia holten? Würde eine solche Wiederbegegnung nicht von Beginn an eine herzliche Atmosphäre schaffen?«

»Großartig!« rief Fernando aus. »Der Domherr könnte ein kostbarer Trumpf in unserem Spiel sein. Sag ihm Bescheid, daß er sich für Anfang Februar bereithält.«

Die Abreise wurde fieberhaft vorbereitet. Die Aragonier und ihre Ehefrauen würden mit auf Reisen gehen; in Valencia zu sein, vor unbekannten Blicken zu glänzen regte die Phantasie dieser Frauen an, die während all der langen Monate immer mehr versauerten, jedenfalls meinte das Don Fadrique.

In allerhöchster Aufregung zählte Catalina wieder und wieder ihre Garderobe, probierte von morgens bis abends neue Frisuren aus und schalt mit den Dienstmädchen, die bis in die tiefe Nacht wach blieben und sich beim Kerzenschein die Finger zerstachen, um ihre Kleider nach der neuesten Mode herzurichten.

Dieses alberne Getue reizte mich.

»Hoffst du, Kardinal Borja oder Bischof Mendoza zu verführen?«

»Alle beide, liebster Luis, alle beide! Ich habe mich erkundigt, es heißt, daß sie ganz begierig auf Schönheit sind. Und wie praktisch, wenn ich gesündigt habe, knie ich nieder zur Beichte und komme mit reiner Seele zurück.«

Catalina lachte und Don Fadrique mit ihr.

Inmitten dieser Fröhlichkeit gab es für mich keinen Platz. Der Gegenstand unserer Mission in Valencia schien mir äußerst gewichtig zu sein, er war es auch, und ich ertrug es nur schwer, daß man damit so locker umging.

»Eifersüchtig!« sagte Don Fadrique zu mir. »Catalinas Liebschaft und Heirat hast du geschluckt, weil der Geliebte zu hoch steht, als daß du dir erlauben würdest, gekränkt zu sein, und der Ehegatte nur eine dekorative Funktion erfüllt. Aber die günstigen Gelegenheiten, die Valencia diesem charmanten Kind für galante Spiele bietet, nagen an deinen Eingeweiden, schon im voraus fühlst du dich in der Haut des Gehörnten.«

»Ihr täuscht Euch, Don Fadrique.«

»O nein! Sieh mal, es gibt zweierlei Arten, das Leben zu betrachten: von der guten und von der schlechten Seite. Du jedenfalls schielst auf die schlechte, du besudelst deine Seele mit Ängsten. Hast du denn nicht alles, um glücklich zu sein? Wie alt bist du jetzt?«

»Sechsundzwanzig im nächsten Sommer.«

»Sechsundzwanzig Jahre, privilegierter Ratgeber der Prinzen, ein gefestigter Ruf und trotzdem mürrisch, trübsinnig, unzufrieden!«

»Noch einmal, Don Fadrique, Ihr täuscht Euch, ich erwarte viel von dieser Reise, und daß Ihr dabei seid, macht mich überglücklich.«

»Und mich erst! Ich habe die Politik immer gemieden, heute fasziniert sie mich. Jedem Alter sein Vergnügen. Junge, dein Problem sind die Frauen. Nur im Kopf eine zu haben, ist gegen die Natur. Mach zehn, mach Hunderten den Hof, das wird dich von deiner Trübsal heilen. Was hält dich zurück, schön, wie du bist? Die Mißbilligung der Prinzessin? Auch die Frauen haben ein Interesse an Diskretion und sind in diesem Punkt mit allen Wassern gewaschen, selbst die dümmsten würden es, was derlei Tricks angeht, mit einem Winkeladvokaten aufnehmen, glaub mir, ich weiß Bescheid. In deinem Alter war ich mickrig, eher häßlich, und doch haben sie mir aus der Hand gegessen. Die Anziehungskraft der Soutane, meinst du? Ja, unbestritten. Trotzdem, du mußt vor allem kühn vorgehen, wenn du ihre Aufmerksamkeit erregen, sie amüsieren und betören willst. Der eigentliche Schlüssel, mit dem du auch die am heftigsten verteidigten Schlösser knackst, ist jedoch das Lachen. Und in der Beziehung fehlt es dir in der Tat an Übung, dein Äußeres, dein Ruf machen das allerdings wieder wett, nutze es.«

»Sich einer Frau zu nähern mit dem einzigen Ziel, sie umzulegen und sich daran zu berauschen, verzeiht, aber damit würde man sich meiner Meinung nach selbst herabsetzen und mit den Tieren auf eine Stufe stellen.«

»Ich protestiere. Die Tiere paaren sich nur zum Zweck der Vermehrung und nur zu bestimmten Zeiten. Dagegen ist für uns jede Stunde angemessen, und wenn der Körper den Drang verspürt, kann unser Verstand Begierde und Lust noch steigern. Tiere! Spar dir diese Bezeichnung für diejenigen auf, die sie verdienen!«

Catalina unterbrach unseren Disput.

Sie setzte sich, betrachtete ihre Fingernägel und seufzte. Paco, der Diener, wandte sich ihr zu und bot ihr eine Erfrischung an, aber sie lehnte ab.

»Aber was denn, mein Schatz, was ist los?« fragte Don Fadrique.

»Nichts, überhaupt nichts.«

»Na los, was verbergt Ihr Eurem alten Freund?«

»Nichts, ich schwöre es Euch.«

»Und weiter?«

»Ich würde es ja sagen, aber Luis ist in letzter Zeit so grimmig zu mir, er würde schimpfen, daß ich nur Stroh im Kopf habe.«

Sie stand auf.

»Entschuldigt mich bitte, ich muß mit Antón sprechen.«

Dabei brach sie in Tränen aus. Don Fadrique schälte sich aus seinen Kissen, hüpfte zu Catalina, faßte ihre Hand und zwang sie, sich wieder zu setzen.

»Na, meine kleine Schöne, weint nicht, erzählt uns lieber Euren großen Kummer!«

»Ja, sprich«, bekräftigte ich, erpicht darauf, ihr auf die Schliche zu kommen.

Catalina rieb sich die Augen, blinzelte, als würde sie erst jetzt unsere Anwesenheit bemerken.

»Oh, ich ... Oh, entschuldigt, ich bin ganz durcheinander, ich ...«

Ich fürchtete, daß sie uns noch einmal mit Tränen überschütten würde, aber sie richtete sich auf und berichtete in einem Zug:

»Meinen Pelzumhang kann man den Hunden zum Fraß vorwerfen, die Mäuse haben damit ein Festmahl veranstaltet. Juana de Valera, die dem Geld nachjagt – ihr Ehemann ist ein Spieler und schlägt die Zeit mit Würfeln tot –, Juana also hat mir versprochen, mir einen ihrer Pelze zu verkaufen, einen ganz prachtvollen, und zu einem wirklich bescheidenen Preis, aber das meinem Antón auseinandersetzen, heilige Jungfrau, ich komme um vor Demütigung!«

»Warum wendest du dich nicht an den Prinzen?« fragte ich.

»Fernando? Hast du schon einmal erlebt, daß er auch nur einen Maravedí herausrückt, der ihm nicht zwanzig wieder einbringt? Er hatte mir diesen Umhang aus Eichhörnchenfell geschenkt. Was bin ich dumm gewesen! Wenn er mir wenigstens einen Zobelpelz geschenkt hätte, aber Eichhörnchen! Und dann hat er so getan, als hätte er sich für mich völlig verausgabt ... Mich an Fernando wenden? Er würde mir die Schwierigkeiten aufzählen, die er gerade durchmacht, und mir raten, diesen Fetzen wieder zusammenzuflicken, ohne sich darüber

Gedanken zu machen, daß ich mit einem abgewetzten Pelz nach Valencia gehen muß und bis auf die Knochen frieren werde.«

»Wie ist denn der Umhang von Doña Juana?«

»Schön, wunderschön, Don Fadrique! Dicker blauer Samt, und so seidig, so flauschig, daß man ihn einfach so zum Vergnügen streicheln möchte, und dieses Blau zu meinen Augen, nicht wahr, und so ein weiches Otternfutter ...«

»Wieviel verlangt sie?«

Catalina nannte mit gehauchter Stimme eine Zahl.

Don Fadrique ging zu einer Schatulle, öffnete sie und griff hinein. Die Goldmünzen klimperten. Ich starrte auf meine Füße, um nicht Catalina ansehen zu müssen, und ich starrte auch dann noch darauf, als Don Fadrique den Deckel zuklappte und mit seinen kleinen, schlurfenden Schritten zu uns zurückkehrte.

»Nehmt diese Börse, mein Kind, lauft geschwind und schmückt Euch mit diesem hübschen Pelz.«

»Aber ... aber Don Fadrique, was macht Ihr? Nein, das ist wirklich zu gütig, das kann ich nicht annehmen.«

»Von einem alten Mann ist das nicht kompromittierend, und außerdem bleibt es ein kleines Geheimnis unter uns dreien. Gebt mir einen Kuß, und damit ist es bestens abgegolten.«

Ich holte sie auf der überdachten Galerie ein.

»Herzlichen Glückwunsch. Ich wette, daß du niemals daran gedacht hast, Antón etwas von diesem Pelzmantel zu erzählen?«

»Er hätte es abgelehnt.«

»Und wie willst du ihm deine Anschaffung klarmachen?«

Sie zuckte mit den Schultern.

»Ganz einfach. Ich werde ihm sagen, daß es eine Aufmerksamkeit von Fernando ist.«

»Und dem Prinzen?«

»Daß es ein Geschenk von Antón ist. Sie sind alle beide so geizig, daß sie nicht weiter fragen werden, weil sie heilfroh sind, so gut davongekommen zu sein.«

»Du hast das also im voraus geplant.«

»Ja, natürlich!«

»Und du bist stolz auf dich?«

»Bitte, fang nicht wieder damit an. Deine Moralpredigten würden mich unterwegs nicht wärmen. Von wegen Moral! Sie hat dich ja wohl auch nicht umgebracht, als deine Prinzessin mit einer falschen Bulle geheiratet hat! Und Isabel übrigens auch nicht. Aber den lieben Gott hinters Licht führen ist ja vielleicht etwas schwerwiegender als das, was du mir vorwirfst.«

Mein Zorn verlangte geradezu danach, sich zu entladen.

»Ich verbiete dir das! Du erlaubst dir ein Urteil …! Du, die sich wie eine Dirne aufführt, aber eine Dirne ist rechtschaffener als du, sie bezahlt mit ihrer Person. Mach nur weiter so, mein Kind, mach weiter so, du bist auf dem richtigen Weg, bald wirst du dich für ein neues Kleid und aus Gefallsucht verkaufen, ganz gleich, an wen.«

Catalina lachte höhnisch.

»Ach, wie dumm du bist, mein armer Luis! Als wenn ich ein neues Kleid brauchte, damit die Männer Lust haben, mit mir zu schlafen!«

Ich gab ihr eine Ohrfeige.

Ich hätte mich nicht so lange zurückhalten sollen; aber sobald sie verschwunden war, hatte ich mit dem mir eigenen Mangel an Logik den Impuls, dem ich gefolgt war, bereits bedauert.

Die Ankunft Kardinal Borjas wurde auf Juni verschoben.

Eine Woche vor der Abreise entschied der Prinz, vielleicht auf Anraten Isabels, daß die Damen nicht mitkommen würden.

Ich nahm Salvedra mit. Obwohl ich unseren judaisierenden Sekretär fest am Zügel hielt, blieb ich mißtrauisch. Die Rechnung ging nicht auf, aber wie hätte ich vorhersehen können, daß ich in Valencia Magdalena begegnen würde, mit allem, was das nach sich ziehen sollte?

18

Als wir die üppigen, mit frischem Grün bedeckten Ebenen vor Valencia erreichten, war Don Fadrique nicht mehr zu halten:

»Seid gegrüßt, ihr Gärten Eden! Was für ein Erbe haben uns diese Mauren ungewollt hinterlassen! Du stillst am bernsteinfarbenen Fleisch der Aprikose deinen Durst und erfreust dich an den rubinroten Kernen eines Granatapfels, du beißt in eine grüne Feige und bestaunst eine Schale mit Obst, in der Orangen, Zitronen, Pampelmusen einträchtig nebeneinander liegen, und denkst kaum mehr daran, daß es die Ungläubigen waren, die uns diese Köstlichkeiten aus ihrer Heimat mitgebracht und hier angepflanzt haben, ebenso wie all das viele Gemüse, Artischocken, Auberginen, Mohrrüben, Spargel, Spinat und auch Reis, Safran und Zuckerrohr, und das ist noch nicht einmal alles! Schau nur, Luis, schau mal, wie üppig es auf den Feldern wächst, wie phantastisch ebenmäßig die Obstgärten angelegt sind, und dann die Schöpfräder und die Brunnen, die die Bewässerung der Ländereien regulieren, Wasser zu jeder Jahreszeit, nicht zuviel und nicht zuwenig. Ach, die Wissenschaft, der Erfindungsgeist des Menschen! Gelobt sei der Herr, der in seiner Güte auch diejenigen nicht gänzlich unbekleidet lassen wollte, die der Glaube noch nicht mit seinem Lichtmantel umhüllt!«

Landschaften erregen nun mal ganz und gar nicht meine Aufmerksamkeit. Für mich verschmelzen die unterschiedlichen Arten der Bäume, die Vielfalt der Pflanzen zu einer Kulisse, durch die Pferde oder Maulesel laufen. Meine Gedanken waren anderswo.

»Woran denkst du?« fragte Don Fadrique ungeduldig.

An die besten Argumente, um Kardinal Borja zu überzeugen und die Mendozas zu umgarnen. Als wir jedoch mit den zivilen und kirchlichen Würdenträgern von Valencia zum Hafen gingen, um Seine Eminenz zu empfangen, vergaß ich für einen Moment alles, ich entdeckte das Meer.

Seit der Hochzeit hatten sich Fernandos Erscheinungsbild und seine Sprache verfeinert, er war jetzt der perfekte kastilische Edelmann. Zwischen ihm, dessen zwanzigsten Geburtstag wir im März gefeiert hatten, und Kardinal Borja, der doppelt so alt war, herrschte gutes Einvernehmen. Hochstehende Persönlichkeiten erkennen sich an der Gewandtheit des Geistes, und das diplomatische Geschick des Prinzen, dem seine angeborene Verschlagenheit zugute kam, stand dem des Vatikans in nichts nach. Nach jeder Verhandlung, nach jeder Festlichkeit verlor König Enrique an Punkten. Hinzu kam, daß der Papst daran dachte, gegen den osmanischen Eroberer einen Kreuzzug zu entfachen, und Juan II., der über die mächtigste Kriegsflotte im Mittelmeer verfügte, war ein Souverän, mit dem man hierbei rechnen konnte.

Und dann traf Pedro Gonzáles de Mendoza ein. Der Bischof von Sigüenza, kaum älter als Borja, hatte feine Gesichtszüge, fast gänzlich verdeckt von einem beachtlichen tiefschwarzen Bart und einem faszinierenden, vor Geist und Entschlossenheit sprühenden Blick, der mich sofort in seinen Bann schlug.

Nach nicht enden wollenden Umarmungen stellte mich Don Fadrique vor:

»Luis de Soca, mein geistiger Sohn.«

Mendoza lächelte.

»So wie ich Don Fadrique kenne, kannst du dir keine bessere Empfehlung wünschen, Luis. Übrigens spricht man schon am Hof von dir.«

Ich erinnerte mich an meine erste Begegnung mit Monsignore Carrillo, als man mich ans Tischende verbannt hatte, wie es meiner damaligen Bedeutungslosigkeit entsprach, und meine Brust schwoll vor Stolz. Ich beeilte mich, Gott und Unserer Heiligen Jungfrau zu danken, um ihrem Wohlwollen ein wenig von der Sünde anzuempfehlen, die ich immer häufiger beging.

Die Junitage an diesem sonnigen Küstenstreifen sind schön.

Abends, wenn meine Pflichten es erlaubten, überließ ich Salvedra die Aufgabe, den Tagesbericht abzufassen, den ich noch überprüfen würde, bevor ein Kurier ihn zu Isabel brachte, zog abgetragene Kleider an und flüchtete mich zum Hafen.

Valencia hatte von dem Bürgerkrieg, der Katalonien in den Ruin stürzte, profitiert. Keine Stadt in Kastilien erreichte eine so hohe Dichte der Bevölkerung, unter der es einen bedeutenden Anteil an Sklaven gab, die sich auf die Wohnhäuser und die verschiedensten Werkstätten verteilten. Kein Hafen im Königreich konnte sich mit dem ihren messen. Regelmäßige Handelsverbindungen brachten Baumwolle und Seide, die wie eh und je nach muselmanischer Tradition gesponnen wurden, prachtvolle Keramiken und Leder, Barchent, Vieh, Getreide und Fisch nach Italien, Frankreich und in die Berberei.

Ich lief ein Weilchen an der Mündung des Turia entlang oder streifte durch das Hafenviertel El Gráo. Die Schiffswerften, die sich seit der Mitte des Jahrhunderts zusammengeschlossen hatten, prosperierten. Dort wurden Ruderschiffe jeglicher Größe und Bestimmung gebaut, für den Handel, für Wettkämpfe oder auch für den Krieg, gigantische Schiffe mit einer Traglast von 800 bis 1200 Tonnen, bei denen für jedes Ruder acht Ruderer erforderlich waren.

Ich hörte mich bei den Arbeitern um, sie sind hier in Valencia freundlich und mitteilsam, dann ging ich bis zum Strand hinunter. Die Stille, begleitet vom leisen Schlag der Wellen, umfing mich, ich blieb stehen. Im Angesicht des Meeres, dieser unendlichen Weite, deren Grenzen das Auge nicht zu erfassen vermag, verharrte ich ein paar Minuten in tiefer Demut und reinigte meine Seele.

Schon im Umkehren begriffen, bemerkte ich auf einmal zwei einsame Gestalten, ein junges Mädchen und ein Kind; sie saßen am Fuße eines der Wachttürme, die erst kürzlich zum Schutz gegen die Überfälle der Genueser, Kastilier und Berber dort hingesetzt waren. Die beiden weckten meine Neugier.

Eines Abends ging ich auf sie zu.

Sie standen auf und schüttelten ihre Röcke zurecht. Das junge Mädchen, eingehüllt in ein großes Umschlagtuch, war kräftig und hochgewachsen.

Ich setzte meine Mütze ab.

»Guten Abend.«

»Guten Abend ... Pilar, sag guten Abend zu dem Herrn. Pilar ist meine kleine Schwester.«

Das junge Mädchen lächelte.

»Ihr seid nicht von hier«, meinte sie.

»In der Tat, wir sind erst seit drei Wochen in Valencia.«

»Seid Ihr im Handel tätig?«

»Ich gehöre zum Gefolge des Prinzen Fernando.«

»Oh ...! Dann seid Ihr ja jemand ganz Bedeutendes!«

Sie starrte mich mit wachsender Neugier an.

»Ein einfacher Sekretär«, antwortete ich, entschlossen, meine Anonymität zu wahren.

»Da muß man schon recht gelehrt sein. Ich kann noch nicht einmal meinen Namen schreiben ... Also dann, adieu, Señor, ich habe mich gefreut, Euch kennenzulernen.«

Gegenüber den aufreizenden Manieren der Frauen meiner Umgebung, der Gattinnen von Edelleuten, der Kammermädchen oder Dienstmägde, ihrer Art, ein Spiel zu eröffnen, an dem man nicht umhinkonnte teilzunehmen, war ich in jener

Zeit meist der Unterlegene. Die Schlichtheit Magdalenas dagegen machte mich wagemutig.

Am dritten Abend tauchte sie ohne das kleine Mädchen auf.

»Du hast deine kleine Schwester nicht mitgebracht?«

»Meine Großmutter hat sie für ein paar Tage zu sich genommen.«

»Und deine Eltern erlauben dir, zu dieser Stunde allein auszugehen?«

»Sie denken, daß ich bei einer Nachbarin bin. Außerdem, wenn sie sich streiten, könnte eine Herde Ochsen die Tür einrammen, sie würden es nicht einmal bemerken. Ich habe keine Lust, mir das anzuhören, hier am Strand ist es viel schöner.«

Ich brauchte sie nicht lange zu bitten, mir ihr Leben zu erzählen. Ihr Vater, ein Fischer, war bei einem Unwetter umgekommen. Ihre Mutter hatte darauf einen Maurer geheiratet. Die kleine Pilar wurde geboren, und die Streitereien begannen.

»Sie haben alle beide eine Stimme, die die Wände zum Bersten bringt, sie zanken sich um ein Nichts, das ist ihre Zerstreuung. O nein, wir sind nicht zu bedauern, das Haus gehört uns, meine Mutter hat es von meinem Vater geerbt, sie kümmert sich um den Haushalt, ich mache Näharbeiten, und Antonio, das ist mein Stiefvater, bekommt einen anständigen Lohn. Aber begreife einer, warum sich die Leute unbedingt die Suppe versalzen müssen!«

Magdalena sagte das alles ohne Bitterkeit, sie stellte es lediglich fest.

»Hast du nicht daran gedacht, dich zu verheiraten?«

Sie lachte.

»Da wäre ich ja schön dumm. Ich habe Zeit. Wenn ich heirate, dann einen friedlichen Jungen, der mir zu Hause das Kommando überläßt. Seid Ihr denn verheiratet?«

»Nein.«

»An Gelegenheiten mangelt es Euch doch wohl nicht.«

»Ich habe nicht die Absicht, mich zu verheiraten.«

»Warum sagt Ihr das? Verzeiht, wenn ich zu indiskret bin ...«

»Ich habe eine Frau geliebt, und sie hat einen anderen Mann geheiratet.«

»War sie schön?«

»Die schönste Frau von ganz Kastilien, und sie ist es immer noch.«

Magdalena seufzte.

»Was habt Ihr leiden müssen!«

So erfuhr ich, daß man ein empfindsames Herz leichter erobert, wenn man eine unglückliche Liebe erwähnt, als wenn ein Mann von Welt einer Dame mit Bravour den Hof macht.

Magdalena hatte eine lange Nase, vielleicht allzu stark entwickelte Brüste, aber schön geschwungene Hüften, einen weichen Gang und prächtiges kupferfarbenes Haar, das mich an Catalinas Haar erinnerte. Vielleicht gab dieses Detail den Ausschlag.

In ihrem Eifer, mich über meine Liebesenttäuschung hinwegzutrösten, noch verstärkt durch das Entzücken, die Aufmerksamkeit eines Mannes errungen zu haben, der mit den Mächtigen dieser Welt verkehrte, dachte Magdalena nicht einmal daran, Widerstand zu leisten. Das Schwierigste war, sie davon zu überzeugen, ihr Umschlagtuch abzulegen. Aus ihrem Haar stieg ein starker, animalischer Duft auf. Ich vergrub mich darin, knüpfte tastend ihr Korsett auf und schob ihren Rock hoch. Als ich fertig war, richtete sie sich auf und suchte fragend meinen Blick: »Bist du zufrieden?«

Nein, ich war es nicht, eher ernüchtert und beschämt. Dieses liebe, gute Mädchen hatte etwas Besseres verdient. Und obwohl ich am liebsten geflohen wäre, blieb ich.

Am folgenden Tag wurde ich von Fernando und Mendoza zurückgehalten. Tags darauf aber überkam mich das

Verlangen, diesen weichen, willfährigen Körper zu besitzen, von neuem.

Als Magdalena mich bemerkte, stürzte sie mir entgegen und drückte sich an mich: »Ich hatte eine solche Angst, dich nicht mehr wiederzusehen.« Ich fand ihr Benehmen abstoßend. Mein Körper aber scherte sich nicht darum, daß es Magdalena an Zurückhaltung mangelte, er spürte nur dieses pulsierende, sich hingebende Fleisch, alles andere war ihm egal.

Das Ende der Woche rückte heran. Am Samstagabend nahm ich mir vor, Magdalena zu verlassen, ein stets gefürchteter Augenblick, mein Verlangen war erloschen und erzeugte im selben Moment ein anderes: das Verlangen, wie ein Aal ihren Händen zu entgleiten, die mich umklammert hielten. Und als ich sie zum Abschluß küßte – obligatorischer Tribut, den der Liebesakt fordert –, bemerkte ich auf einmal einen Schatten, der mit großen Schritten auf uns zukam. Ich machte mich von Magdalena los und sprang auf.

»Luis!« schrie Salvedra.

»Du spionierst mir nach?«

»Seine Hoheit verlangt nach dir. Ich bin zur Werft gegangen, da haben sie mich zum Strand verwiesen. Ich dachte, es richtig zu machen, ich wußte nicht, daß du in Begleitung bist.«

»Vergiß das«, sagte ich, »ich komme mit dir.«

Bevor er umkehrte, verneigte sich Salvedra in Magdalenas Richtung.

Am Sonntag, nach einer majestätischen Prozession durch die mit Gräsern und Blumen geschmückten Straßen der Stadt, bei der ich als Dank für die während unseres Aufenthaltes erzielten Ergebnisse in den ersten Reihen defilierte, fand in der Kathedrale eine feierliche Messe statt. Darauf brachen Kardinal Borja und Bischof Mendoza, jeder mit seiner Eskorte, nach Kastilien auf. Mendoza nahm das Versprechen mit, im nächsten Jahr den Kardinalshut aufsetzen zu können.

Vor dem Palast standen schon die Wagen bereit, im Innern nahm die Dienerschaft die Behänge ab und rollte die Teppiche aus. Wir würden am nächsten Tag im Morgengrauen aufbrechen.

Mir blieben nur ein paar Minuten, um von Magdalena Abschied zu nehmen. Ich hatte ihr bei einem Juwelier eine Korallenbrosche aus Sardinien gekauft.

Sie sagte:

»Das ist zuviel, ich werde sie nicht tragen können, aber ich werde sie zur Erinnerung aufbewahren.«

Und dann:

»Heute morgen habe ich mir mit meiner Mutter die Prozession angesehen. Ich hätte dich beinahe nicht erkannt, so schöne Gewänder hattest du an, ein richtiger Herr!«

Ich hatte kaum ein Ohr für ihre Worte und ihre Stimme, der Gedanke an eine bevorstehende tränenreiche Szene ließ mich nicht los. Magdalena aber weinte nicht. Sie stand würdig, etwas distanziert da. Und da der Mensch ein widersprüchliches Wesen ist, ärgerte mich ihr Verhalten sogar ein wenig.

19

Ich hatte Catalina aus Valencia lange goldene Ohrgehänge mitgebracht, an deren Enden ein Amethyst schaukelte. Sie fiel mir um den Hals: »Luis, Liebster, was für eine Tollheit, aber ich bin dir nicht böse, ich mag Tollheiten für mein Leben gern, ich bete dich an!« Man betet nur Gott an, aber ich wies sie nicht zurecht. Ich war voller Nachsicht zurückgekehrt. Ja, sie war kokett, egoistisch, unmoralisch, aber mit wieviel Vorzügen schmückte sie diese Fehler, was vermochte nicht allein der bloße Zauber ihrer Gegenwart! Ich konnte nicht genug bekommen vom melodischen Klang ihrer Stimme, vom Wohlgeruch, den sie verströmte, vom unvergleichlichen Glanz, den ihre kleine Person ausstrahlte und der jede ihrer Gesten in ein Meisterwerk an Grazie verwandelte. Von Catalina zu verlangen, mit der gemeinen Herde zu traben, hieße, sich selbst zu verleugnen, es wäre irrsinnig, nein, schlimmer noch, ein Frevel. Sie hatte einmal zu mir gesagt: »Ich bin so, wie Gott mich geschaffen hat, nämlich allerbestens.« Widersetzt man sich etwa den Plänen Gottes?

Gleich zu Beginn des Herbstes zogen wir, ewige Wanderer, von Torrelaguna nach Alcalá de Henares, gleichfalls ein Lehen von Monsignore Carrillo, während Fernando zu seinem Vater stoßen würde. Nach zehn Jahren Kampf ging der Krieg in Katalonien dem Ende zu, und in Barcelona traf man Vorbereitungen für den triumphalen Einzug Juans II. und des Prinzen.

Catalina beklagte sich:

»Fernando wird seine Katalanin besuchen, die Edeldame

Aldonza Roig und ihren Bastard. Und wie sollte ich ihn auch daran hindern? Er hat mich fest in der Hand. Wenn ich aufmucke, überläßt er mich Antón. Eine dumme Gans war ich in Zaragoza, strohdumm! Was für Ehren, was für Vorteile hat mir dieser Handel bisher eingebracht? Eine dumme Gans, sag ich dir! Nur die Witwenschaft würde mich befreien, aber dieses Schwein ißt für vier und läßt sich's wohlsein, und ich dagegen ... Luis, sei ehrlich, hat meine Schönheit bei all dem Leid nicht schon gelitten?«

Sie zu beruhigen kostete mich nichts, und um sie noch mehr zu beruhigen, versicherte ich ihr, daß Fernando während unserer ganzen Mission in Valencia nicht eine Frau angeschaut hätte.

Eine Lüge zieht die nächste nach sich.

Auch wenn sie improvisiert und zugegebenermaßen eher schlecht eingefädelt war, verstärkte diese zweite Lüge noch die Wirkung der ersten. Ich sagte:

»Hör zu, eines Abends hat der Prinz verkündet: ›Juwelen gibt es nur in Kastilien, Luis!‹ Ich will es nicht beschwören, aber ich hatte den Eindruck, daß er dir über mich eine Botschaft zukommen lassen wollte, da er ja von unserer Beziehung zueinander weiß.«

»Wie denn das?«

»Heißt dein Ehemann nicht Valdez de la Joya, *Juwel?* Die Anspielung ist eindeutig.«

»Glaubst du wirklich?«

»Hab Geduld, Catalina. Verlange von einem Prinzen nicht, daß er sich wie ein gemeiner Mann verhält. Sieh mal, heute in Valencia, morgen in Katalonien, und überall warten Probleme auf ihn! Er liebt dich. Laß ihm Zeit, es dir zu beweisen.«

Luis de Soca, der sich für Fernando einsetzt? Ich war klüger geworden. Alles in allem stellte Fernando meine einzige Garantie dar, gewissermaßen den Schutz gegen mögliche Verirrungen Catalinas, die unsere Beziehung in Gefahr gebracht hätten. Es war ein wackliges Glück, das ich derzeit genoß, aber immerhin Glück.

»Und du?« fragte sie.

»Ich?«

»Hast du dort nicht irgendeine Dame verführt?«

Statt einer Antwort lächelte ich nur.

»Wie war sie? Hübsch? Hübscher als ich?«

»Fischst du noch immer nach Komplimenten?«

Catalina stampfte mit dem Fuß auf.

»Du bist unerträglich! Ich sage dir alles, alles, sogar das, was ich nicht einmal mir selbst sage, und du ... Also los, Luis, erzähle.«

»Es gibt nichts zu erzählen, eine nette Person.«

Die Annäherung an die Mendozas kam in Gang.

Isabel tauschte bald schon Briefe mit dem Marqués de Santillana, dem Ältesten und Oberhaupt der Mendoza-Sippe. Während Fernandos Abwesenheit beschloß sie, mich zu ihm zu schicken, der gerade auf seinem Landgut in Guadalajara weilte, weniger als fünf Meilen von Alcalá entfernt. Manche Themen konnten nur mündlich angesprochen werden, eine offizielle Begegnung schien noch verfrüht, und wir hatten auf Carrillo, der die Mendozas haßte, Rücksicht zu nehmen. Die Mission reizte mich. Dem Marqués de Santillana gegenüber kündete sie von dem Vertrauen, das Isabel in mich setzte, und mir bot sie eine gute Gelegenheit, auf einem Gebiet zu glänzen, auf das ich mich – ohne falsche Bescheidenheit – ausgezeichnet verstand.

Am Abend vor der Abreise blieb ich lange bei Isabel. Als ich ihre Gemächer verließ, stieß ich auf Salvedra.

»Luis, da unten ist jemand, der nach dir verlangt. Du warst bei Ihrer Hoheit, ein Diener hat mich gerufen.«

»Jemand? Wer?«

»Ein Bauer. Er war sehr hartnäckig.«

»Sicherlich ein Gesuch. Kümmere dich darum, ich habe es eilig. Ich muß noch meine Unterlagen zusammensuchen und meine Sachen packen.«

»Dieser Bursche will nur mit dir sprechen. Er ist der Überbringer eines Briefes, der an dich gerichtet ist. Er hat mir gesagt, daß er der Bruder einer gewissen Magdalena ist, die in Valencia wohnt. Ist das vielleicht das Mädchen, mit der ich dich am Strand gesehen habe?«

»Wo ist er?«

»Im Verschlag neben den Pferdeställen. Man muß sich vor der Neugier der Dienerschaft stets in acht nehmen.«

Wie hatte Magdalena meinen Namen erfahren? Ja, verdammt, bei der Prozession! In der Menge gibt es immer jemand, der die Namen der Personen in den ersten Reihen verkündet. Aber was hoffte sie aus mir herauszuholen? Während ich zu den Ställen lief, kochte ich vor Wut.

Der Junge, der auf dem Lehmboden hockte, stand auf und zog die Kapuze seines Mantels herunter. Er hatte ein derbes Gesicht, eine speckige, lederne Haut, die lange Nase von Magdalena, eine niedrige Stirn und eine Lockenmähne.

»Was soll dieser Überfall?« fragte ich ihn.

»Verzeiht, Señor, ich habe nichts damit zu tun, ich habe es bereits dem anderen Señor gesagt, es ist meine Schwester Magdalena. Händler aus unserer Stadt sind nach Madrid gezogen, da hat sie mich mit ihnen geschickt. Weil ... Seht, Señor, sie erklärt Euch alles darin.«

Ich riß ihm den Brief aus den Händen.

Die Schrift war fein und wohlgesetzt.

»Das hat nicht deine Schwester geschrieben.«

»Unsereiner kann nicht schreiben, es war die Nonne aus dem Kloster.«

Ich las:

Lieber Luis, Schwester Maria de los Ángeles besteht darauf, daß Du es erfährst. Die Schwestern sind sehr gütig zu mir gewesen, sie haben mich aufgenommen, nachdem mich meine Mutter vor die Tür gesetzt hat, als sie merkte, daß ich schwanger bin. Ich erwarte ein Kind von Dir. Laß mich wissen, was Du zu tun gedenkst. Ich bete für Dich und küsse Dich. Deine unglückliche und Dir sehr ergebene, Dich liebende Magdalena.

Mir dröhnte der Schädel, mein Verstand bäumte sich auf, verließ mich. Ich las den Brief noch einmal langsam durch.

Der Junge trat von einem Bein aufs andere.

Ich warf ihm einen vernichtenden Blick zu.

»Hör auf, hin und her zu schaukeln! Weißt du, was los ist mit deiner Schwester?«

»Sie ist sehr unglücklich, Señor. Ein Kind ist ein Segen, aber das hier bringt Schande über unsere Familie.«

»Daran hätte Magdalena vorher denken sollen. Ich habe sie nicht gezwungen, sie war sehr willig, ja mehr als das!«

»Das ist eine Angelegenheit zwischen Euch, Señor, und ihr, damit habe ich nichts zu tun, aber unsere Familie …«

»Deine Familie, deine Familie! Du hast sie verlassen, deine Familie, weil du es nicht mehr ausgehalten hast, Magdalena hat es mir erzählt, also bitte, lassen wir deine Familie aus dem Spiel!«

»Gestattet, Señor, kann sein, daß man sich nicht versteht, aber trotzdem, wenn es um den Namen geht, das ist eine Frage der Ehre.«

Unmöglich, vor diesem verdreckten Bauernlümmel, der mich aus seinen hündischen Augen anschaute und mir etwas von Ehre erzählte, einen Gedanken zu fassen!

»Warte hier, ich komme gleich wieder.«

Ich widerstand dem Bedürfnis, alles Don Fadrique zu erzählen. Er hätte mich ausgelacht: »Ein Mann, der sich wie ein Fisch in den Strömungen und Gegenströmungen der Politik bewegt, ertrinkt in einer Wasserpfütze! Bist du überhaupt sicher, daß das Mädchen noch Jungfrau war? Die klassische Kriegslist. Man ist auf einmal schwanger, wird sitzengelassen und schaut sich nach einem Trottel um, dem man die Vaterschaft anhängen könnte.«

Was bewies mir tatsächlich, daß Magdalena noch Jungfrau gewesen war?

Sie hatte mir ohne den üblichen Widerstand mit einer solchen Willfährigkeit nachgegeben. Hätte ich vielleicht ihre Röcke nach Blutspuren untersuchen sollen?

Ein leichtes Mädchen? Meine Eigenliebe, mein Selbstbewußtsein zögerten.

Ich entschied mich für eine Lösung, die mir ehrenwert erschien.

Der Bursche hatte sich nicht vom Fleck gerührt.

»Bei wem arbeitest du?«

»Mein Herr hat in der Gegend von Valencia Maulbeerbaumplantagen, für die Seidenraupen, versteht Ihr.«

»Wie denkst du zurückzukehren?«

»Magdalena hat die Brosche, die Ihr ihr geschenkt habt, verkauft, dafür hat sie mir einen Maulesel gekauft. Und etwas zu essen und eine Stelle zum Schlafen findet sich immer, wenn man den Händlern die Pferde in Ordnung hält. Ein Teller Kichererbsen, ein Strohballen, unsereiner ist nicht anspruchsvoll!«

Ich holte eine Geldbörse hervor. Ich hatte die Summe genau berechnet, nicht zuwenig und nicht zuviel, um eine mögliche Erpressung zu verhindern.

»Nimm das für deine Schwester. Damit soll sie die Pension bei den Nonnen bezahlen. Wenn das Kind geboren ist und lebensfähig ...«

»Lebensfähig?«

»Na, eben richtig am Leben ... dann soll Magdalena mir Bescheid geben, danach werden wir weitersehen.«

»Werdet Ihr sie heiraten?«

»Hat dir das deine Schwester eingeredet?«

»Wie könnt Ihr das annehmen, Señor! Aber ich dachte ...«

»Denk lieber nicht soviel. Ich bin offen zu Magdalena gewesen, ich habe sie gewarnt, ich bin nicht für die Ehe geschaffen. Und im übrigen, deine Schwester heiraten ... Man heiratet in den eigenen Kreisen, mein Junge! Und jetzt geh, ich habe wichtige Dinge zu erledigen.«

»Ja, genau das hat sie gesagt!«

»Was?«

»Daß sie sehr stolz darauf sei, daß der Vater ihres Kindes ein so gewichtiger Herr ist.«

Salvedra lauerte mir auf dem Treppenabsatz auf.

»Ist er weg?«

»Ja.«

»Was wollte er?«

»Nichts, was dich interessieren könnte.«

Ich schlug die Tür meines Zimmer zu, trank zwei Glas Wasser, knöpfte meinen schwarzen Samtanzug auf und machte mich daran, ihn auszubürsten. Das Seidenfutter des Umhangs war zerschlissen, der Samt der Tunika hatte seinen Glanz verloren. Ich müßte mir endlich einen Diener nehmen und den Schneider in Alcalá aufsuchen. Über diesen materiellen Sorgen beruhigte ich mich nach und nach. Ich setzte mich. Unnötig, mir den Kopf zu zermartern, das Kind (vorausgesetzt, es würde ein Kind geben und es wäre von mir!) war noch nicht einmal geboren. Ich würde nach Lage der Dinge entscheiden. Wie viele Männer setzten in allen Himmelsrichtungen Bastarde in die Welt, allen voran die Prinzen und die Bischöfe. Und gerade letztere zogen sich stets elegant aus der Affäre, ich würde versuchen, es ihnen gleichzutun.

Nachdem ich derweise Klarheit in meine Gedanken gebracht hatte, konzentrierte ich mich wieder auf die Mendozas.

20

Ich spüre instinktiv, wem ich gefalle und wem nicht (dieser erste Eindruck beeinflußt übrigens auch den meinen), und ich wußte, daß ich Pedro Gonzáles, dem künftigen Kardinal Mendoza, gefallen hatte. Er war denn auch, mehr als sein Bruder, der Marqués de Santillana, mein eigentlicher Gesprächspartner in Guadalajara.

Bis auf die Frauen, an denen Seine Exzellenz einen hübschen Verschleiß hatte, teilten wir dieselben Leidenschaften: das Studium der alten Schriften und die Politik. Er sagte: »Der Jüngste in der Familie kann nur im Schoß der Kirche Karriere machen, mein Freund.« In der Tat hatte ich sehr rasch begriffen, daß die in diesem Bereich erworbenen Pfründe und Titel dem außergewöhnlichen Mann nur als Sprungbrett für seine Pläne dienten, Pläne, die dem Leitsatz der Mendozas folgten: ohne Umsturz die Monarchie wiederherzustellen. Selbst wenn er König Enrique treu blieb – wie hätte er ihn nicht mit den Prinzen vergleichen sollen, deren Standhaftigkeit angesichts so großer Feindseligkeit von dem Stoff war, aus dem Herrscher gemacht sind! Sein Platz war an ihrer Seite, so wie es der meine war, abgesehen davon, daß meine Ergebenheit und meine Fähigkeiten natürlich niemals die Unterstützung einer der mächtigsten Adelsfamilien Kastiliens aufwiegen konnten. Ich erkannte es ohne die geringste Bitterkeit an. Mit Mendoza zusammenzuarbeiten bedeutete eine Ehre und konnte nur von Vorteil für mich sein.

Wir beschränkten uns darauf, diese Zukunft in Gedanken – soweit sie übereinstimmten – heraufzubeschwören, und ließen die Zeit für uns arbeiten.

Als ich mich zum Abschied herabbeugte, um seinen Amethystring zu küssen, murmelte er:

»Sag Don Fadrique, daß wir uns bald wiedersehen werden.«

Das klang fast wie eine Verpflichtung.

Der Übertritt der baskischen Provinzen, der Vertrag mit Karl dem Kühnen, die Bulle von Papst Sixtus IV., das Ende des Krieges in Katalonien, das Wohlwollen Kardinal Borjas, all diese für Isabel und Fernando günstigen Umstände veranlaßten eine Reihe von Städten, darunter Burgos, Moya, Agreda, Aranda de Duero, sich mit ihnen zu Beginn des Jahres 1473 zu verbünden.

Aranda, im Süden von Burgos und im Norden Madrids gelegen, ist ein strategischer Punkt, an dem sich die wichtigsten Straßen des Königreichs kreuzen, darunter auch jene, die nach Aragón führt. Dort ließen wir uns nieder.

Lächelnd sagte Isabel:

»Hast du schon einmal daran gedacht, Luis? Seit meiner Hochzeit bin ich nur von einer Burg zur nächsten, von einem Unterschlupf zum anderen gezogen, immer abhängig von anderen. Es tut gut, endlich wieder frei atmen zu können, ohne dafür jemandem etwas schuldig zu sein!«

Mein Frühjahr verging damit, die Beziehungen zwischen Isabel und Mendoza enger zu knüpfen und Monsignore Carrillo, der sich darüber empörte, zu beruhigen.

Keine Nachricht von Magdalena. Ich schloß daraus, daß das Kind tot geboren oder die Schwangerschaft nur ein Trick gewesen war, um mir Geld zu entlocken.

Eines Junimorgens, als ich gerade aus dem Palast kam, sah ich eine Bäuerin in einer grauen Kutte auf einem Maultier direkt auf mich zureiten. Sie stieg so behende, wie es ihre Körperfülle erlaubte, von ihrem Reittier, und nahm das baumwollene Tuch ab, das ihre Stirn bis zu den Augenbrauen verhüllte.

»Na, Luis de Soca, erkennst du mich nicht?«

Ich fuhr hoch.

»Señorita Beatriz!«

»Melde mich dringend bei der Prinzessin. Aber unauffällig.«

»Woher kommt Ihr denn in diesem Aufzug?«

»Von zu Hause, aus Segovia. Beeil dich.«

Ich führte sie in eine kleine Kammer, legte dort meine Akten ab und lief, um Ihre Hoheit zu benachrichtigen.

Beim Wiedersehen fehlten weder die Tränen von Beatriz noch die Gefühlsbekundungen Isabels. Hatte sie ihrer Jugendfreundin die Flucht verziehen? Ich vermute eher, daß – ebenso wie meine – auch ihre Neugier geweckt worden war und sie das Spiel mitspielte, um zu erfahren, was uns dieses überraschende Auftauchen einbrachte. Dazu muß erwähnt werden, daß Beatriz de Bobadilla inzwischen Andrés de Cabrera geheiratet hatte, einen Neuchristen, Statthalter von Segovia und dem Alcázar, wo der Kronschatz aufbewahrt wurde, und dieses herausragende Amt erforderte es nun mal, daß man seine Frau wohlwollend empfing, auch wenn einem nicht der Sinn danach stand.

Nachdem Isabel Beatriz genügend Zeit gelassen hatte, sich in der überschwenglichen Art, die wir an ihr kannten, selbst anzuklagen, hielt sie es für richtig, die Szene zu beenden:

»Würdest du uns vielleicht den Grund für diese Verkleidung nennen?«

»Andrés und ich, meine Prinzessin, möchten Euch mit dem König versöhnen, ein Vorhaben, das im Moment noch geheim bleiben muß. Angestachelt von Pacheco, trägt sich Euer Bruder mit der Absicht, die kleine Juana, die durch den kürzlichen Tod des Grafen von Guyenne jeder Verpflichtung ledig ist, zu verheiraten, und er hat die Wahl, die er für Euch in der Person des Königs Alfonso von Portugal getroffen hatte, auf die Infantin übertragen. Stellt Euch bitte das Unheil vor, meine Prinzessin, das die Vereinigung Kastiliens und Portugals bedeuten würde, wenn Juana die Thronerbin bliebe! Deshalb muß es uns gelingen, Seine Majestät davon zu überzeugen, daß er seine letzten Entscheidungen widerruft und jene von Los Toros de Guisando wieder in Kraft setzt, also Euch als Fürstin von Asturien anerkennt. Um das zu erreichen, gibt es nur ein Mittel: den König dem unseligen Einfluß Pachecos zu entziehen. Andrés erfreut sich des vollen Vertrauens Seiner Majestät ...«

»Ist dein Gatte nicht eng befreundet mit Pacheco?«

»Er war es, er ist es nicht mehr. Pacheco versucht, ihm den Alcázar von Segovia wegzunehmen, wodurch der Kronschatz in seine Hände fiele. Er hat sich sogar die nach wie vor bestehende Feindseligkeit gegenüber den Juden zunutze gemacht, um die Bevölkerung der Stadt gegen meinen Mann, der aus einer konvertierten Familie stammt, aufzuhetzen. Andrés konnte die Meute in Schach halten, aber das beweist, daß dieser infame Mensch vor nichts zurückschreckt. In Eurem eigenen Interesse, meine Prinzessin, ist es von vorrangiger Bedeutung, zu verhindern, daß Pacheco noch weiteren Schaden anrichtet.«

Interesse! Das Wort war gefallen! Cabrera zitterte um sein Amt, das Paar wandte sich an uns, Beatriz hatte ihre Gefühle aufgefrischt und war in den alten Klamotten einer Bäuerin bei uns aufgetaucht, um uns ein Tauschgeschäft anzubieten: ihre Hilfe gegen unsere künftige Dankbarkeit.

Die Strecke von Aranda nach Segovia wurde mir bald vertraut.

Isabel beabsichtigte nicht, sich ohne die gebotene Vorsicht in dieses Abenteuer zu stürzen. Zuvor wünschte sie, daß ich Andrés de Cabrera ausforschte. Die ersten Male begab ich mich also allein nach Segovia, selbstverständlich begleitet von einer Eskorte, die die Wegelagerer abschrecken sollte, die – Folge des jammervollen Zustands des Landes – einen für einen Kanten Brot um die Ecke brachten.

Die Cabreras empfingen mich äußerst zuvorkommend. Es war nicht mehr die Zeit, da sich Beatriz mir gegenüber böswillige Unterstellungen herausnahm, ich hatte sie allerdings nicht vergessen, ich vergesse nichts, aber ich habe die Fähigkeit, mit meinem Gedächtnis hauszuhalten, wenn es erforderlich ist. Ich zeigte mich ebenso liebenswürdig wie sie und ihr Gatte. Ich habe es schon einmal gesagt, aber ich wiederhole es: Die Neuchristen erregen mein Mißtrauen. *Roß oder Maultier?* frage ich mich stets. Aber darum ging es jetzt nicht, jetzt ging es darum, den Mann, der sich hinter dem Statthalter von Segovia verbarg, in einen politischen Rahmen einzuordnen.

Eine breite, mächtige Stirn, winzige Augen, die ab und zu kurz aufblitzten, der Mund ein dünner Strich, ein hervorspringendes Kinn. Stolz, berechnend, willensstark, ein kalter Charakter. Ein Verstandesmensch und Ehrgeizling. Das war das Ergebnis der Beobachtungen, die ich Isabel übermittelte.

»Das Porträt weckt nicht gerade Sympathie.«

»Die Sympathie erweist sich oft als schlechter Ratgeber. Cabrera versucht weder die Tatsachen zu dramatisieren noch sein Bild zu verfälschen. Ich habe mich an Ort und Stelle überzeugt. Es stimmt, Pacheco hat sich ihm gegenüber sehr übel verhalten, und Cabreras Haß flammt auf, wenn er darüber spricht. Er will Pachecos Kopf, bevor der den seinen hat, und um seinen Feind ins Verderben zu stürzen, setzt er auf das politische Gewicht, das Eure Hoheit genießen wird, wenn sie sich mit Seiner Majestät verbündet und ihren Anspruch auf den Thron zurückerhält. Übrigens hat er im stillen Verbindung zu den Mendozas und Monsignore Carrillo aufgenommen. Sie warten nur auf Eure Zustimmung.«

»Mit einem Wort, du bist der Meinung, daß wir uns mit Andrés de Cabrera zusammentun sollen? Ist das nicht sehr gewagt? Wir kommen voran, aber ein Sprichwort sagt: ›Besser der Spatz in der Hand als die Taube auf dem Dach.‹ Mein Bruder ist unberechenbar. Wenn wir uns nach Segovia begeben, sind wir ihm ausgeliefert.«

»Cabrera ist Herr über seine Stadt, er bürgt für Eure Sicherheit, und was böte mehr Garantie als gemeinsame Interessen? Und was den König angeht – wir werden es natürlich so einrichten, daß dieses Wiedersehen ohne Pacheco stattfindet, Seine Majestät selbst wird erst nach unserer Ankunft in Segovia von Eurer Anwesenheit erfahren, und ich weiß, daß Ihr, verzeiht mir diesen Ausdruck, Señora, verführerisch genug aufzutreten versteht, ja, verführerisch, wenn es das Wohl des Königreichs erfordert, das heißt, wenn es gilt, die Zuneigung Enriques zurückzugewinnen und Eure Ziele zu erreichen. Denkt daran, daß wir erledigt wären, wenn die Vereinigung Kastiliens und Portugals über die Infantin Juana zustande kommen würde.«

Mit Mendoza oder Carrillo tauchte ich noch mehrmals bei den Cabreras auf. Dieses eine Mal marschierten die beiden Prälaten in die gleiche Richtung. Fernando, der seinem in Perpignan von den Franzosen belagerten Vater Beistand leistete, gab gleichfalls seine Zustimmung. Andere Edelleute, und nicht die unbedeutendsten, traten auf unsere Seite. Es bildete sich eine Koalition gegen Pacheco und zugunsten Isabels, von der sich jeder Beteiligte Vorteile erhoffte, allen voran Cabrera, der sich die zum Marquisat erhobenen Ländereien von Moya versprechen ließ. Solche Gelüste beruhigten mich: Solange der Hunger nicht gestillt ist, verlassen die Gäste nicht die Tafel.

Fehlte nur noch ein günstiger Augenblick, um den Zeitpunkt festzulegen.

21

Ende Dezember, noch vor Morgengrauen und bei eisiger Kälte, trafen die Prinzessin und ich mit ein paar Wachsoldaten an einem der Tore von Segovia ein. Man öffnete uns und führte uns zum Alcázar, wo die Gemächer für uns schon bereitet waren. Die Cabreras empfingen uns. Nachdem Andrés sich lange mit Isabel unterhalten hatte, ließ er den König benachrichtigen, der vor der Stadt auf der Jagd war.

Wir hatten die Begegnung minutiös eingefädelt. Und sie verlief ganz nach unserem Wunsch.

Erstaunt und gerührt, hielt Enrique den Vorstoß seiner Schwester für ein Zeichen der Unterwerfung. Isabel ließ ihn in diesem Glauben, und so mischten sich in ihre Umarmungen reichlich Freudentränen. Wir ließen sie allein, damit sie ihre Erinnerungen austauschen konnten, vornehmlich solche an die Kindheit der Prinzessin, die besser geeignet waren, Rührung hervorzurufen, als die Erinnerungen an die letzten fünf Jahre, in denen sie sich tunlichst aus dem Weg gegangen waren.

Im Laufe des Tages trafen Carrillo, Mendoza, Don Fadrique, das Gefolge der Prinzessin, ihre Hofdamen, die Sekretäre, unsere aragonischen Edelleute, ihre Ehegattinnen und die Diener mit den Gepäckwagen ein. Sie alle wurden im Alcázar untergebracht.

Der König residierte wie gewöhnlich im Kloster Santa Cruz. Am nächsten Tag gab er ein prunkvolles Bankett, zu dem wir alle geladen waren.

Enrique und Isabel, sehr miteinander beschäftigt, gaben ein bezauberndes Familienbild ab.

In Voraussicht des Ereignisses hatte Catalina ihre Waffen geschärft und stellte ihre Schönheit in einem karmesinroten, mit großen mattweißen Blumen bestickten seidenen Kleid zur Schau. Der von einem Reifen, dem letzten Modeschrei, an den Hüften aufgebauschte Rock betonte ihre irrsinnig schmale Taille. Um ihre geflochtenen, glatten Haare, aus denen eine ganze Flut von goldenen Bändern flatterte, hatte sie ein gerades Stirnband aus weißem Samt geschlungen.

»Wie findest du mich?« flüsterte sie mir ins Ohr.

»Ein richtiges häßliches Entlein.«

Sie lachte und kniff mich.

Das Glück, das in ihren Augen blitzte, wog die Ausgaben für ihre Garderobe ganz und gar auf.

Seit Zaragoza war es das erste Mal, daß wir, Catalina, Álvaro und ich, uns wiedersahen.

Als Hochzeitsgeschenk hatte der König Álvaro zum Falknermeister ernannt und ihn, da er der Bastard eines Marqués war, durch eine Ausnahmeregelung befugt, den Titel der Grafen von Valenzuela zu tragen, entfernter Verwandter von Francisca, die Mitte des Jahrhunderts ohne Erben verstorben waren. Solche Ehren schienen Álvaros Elan etwas gebremst zu haben, aber wenn er auftauchte, leuchteten die Augen der Damen noch immer ganz begehrlich. Melancholie oder Fröhlichkeit, zu seinem Äußeren paßte alles.

Jetzt kündigten sich die Musiker an. Man brachte dem König eine Laute, und er trug mit seiner schönen Stimme Gedichte vor, während Isabel, in wassergrünen Satin gekleidet und Rosen aus Perlmutt im Haar, für ihn tanzte. Sie haßte diese Art der Zurschaustellung, aber sie entledigte sich ihrer mit großer Anmut, wenn es darum ging zu siegen, und siegen hieß in diesem Augenblick gefallen.

Die Festlichkeiten zogen sich bis weit in die Nacht hinein. Ich nutzte das, um mich mit Álvaro zurückzuziehen.

»Hat dich Francisca nicht begleitet?«

»Sie ist mit der Infantin im Alcázar von Madrid.«

Ich wagte nicht, von Rahel zu sprechen. Er tat es selbst.

»Rahel ist hier. Seine Majestät hat Doktor ha-Levi in seine Dienste genommen, er und Rahel folgen uns überallhin. Eine Folterqual, Bruder! Wir leben unter einem Dach, wir begegnen uns auf den Gängen, im Vorzimmer des Königs, und sie verwehrt mir, sie zu berühren. Das schlimmste ist, daß sie mich liebt.«

»Hat sie es dir gesagt?«

»Kannst du dir vorstellen, daß Rahel mir das sagen würde? Sie verstellt sich nur nicht mehr, aber die Ehre und ihre Religion verbieten ihr, Ehebruch zu begehen, und davon wird sie nicht abrücken. Als ich noch dachte, sie würde nur Freundschaft für mich empfinden, habe ich mich damit abgefunden, jetzt weiß ich, daß sie mich liebt, und das bringt mich um, Bruder!«

»Und Francisca?«

»Ihre Pflichten binden sie an die Infantin, und ich bin ständig unterwegs, um eine Jagd nach der anderen zu organisieren. In gewissem Sinne ist es mir lieber so. Francisca ist so redlich, so liebenswert und zärtlich, es quält mich, daß ich ihre Liebe nicht so erwidern kann, wie sie es verdiente! Gewiß, sie wußte darüber Bescheid, als sie mich geheiratet hat, ich habe sie nicht hinters Licht geführt, aber sie stellt sich vor ... Auch ich habe geglaubt, daß ich, weit weg von Rahel ... Man glaubt, man glaubt, und dann mischt sich das Schicksal ein! Sie ist so nahe und so unerreichbar ... Ich habe sogar nicht mal mehr Lust auf eine andere Frau, ich habe nur noch Lust auf sie. Mein Gott! Ich, der sich vorher auf jeden Frauenarsch gestürzt hat, egal, wie er beschaffen war!«

»Álvaro, Bruder, anstatt zu fluchen und dich zu beklagen, halte dir die Wohltaten vor Augen, die Gott dir erwiesen hat. Man kann im Leben nicht alles haben, und du hast schon viel.«

Álvaro lachte nur bitter.

»Viel? Eine Stellung am Hof, einen Titel, den besten Schneider Kastiliens, einen prächtigen Pferdestall ... Was bedeutet das alles, wenn ich Rahel nicht habe?«

»Vielleicht ist wahre Liebe ja lieben und keine Gegenleistung erwarten.«

»Wer hat denn einen solchen Schwachsinn verkündet?«

»Du.«

»Ich?«

»Ja, du, als du nach Ávila kamst, um der Prinzessin Falken von König Juan zu überbringen. Das ist kein Schwachsinn, im Gegenteil, es ist sehr schön.«

Catalina kam auf uns zu.

Sie nahm uns am Arm.

»Ich habe euch gesucht. Die beiden verführerischsten Männer der ganzen Gesellschaft! Hast du es schon bemerkt, Álvaro? Unser Luis hat sich endlich für Eleganz entschieden. Dieser Marderkragen sieht doch einfach edel aus!«

Álvaro lächelte.

»Du bleibst doch immer die gleiche, Catalina. Immer fröhlich und bezaubernd.«

Sie erwiderte in schroffem Ton:

»Lieber lachen als weinen, das verdirbt den Teint.«

Am nächsten Nachmittag lud König Enrique Isabel zu einem Spaziergang durch Segovia ein. Die verdutzten Bürger konnten in aller Muße Seine Majestät neben Isabel einherschreiten und ihr Maultier am Zügel führen sehen. Die Jubelrufe ließen nicht lange auf sich warten, und in den in aller Eile mit Tapisserien und kostbaren Stoffen geschmückten Straßen ergötzte sich das Volk und klatschte angesichts der Versöhnung von Bruder und Schwester, die gestern noch verfeindet waren, laut Beifall.

Unsere Angelegenheit schien also auf dem richtigen Weg, als am Neujahrstag unverhofft Fernando auftauchte.

22

Dennoch hatten wir Angst. Wie würde der König den Prinzen empfangen? Alle beide hatten ernsthafte Gründe, einander zu hassen. Aber davon war nichts zu spüren. Enrique umarmte Fernando feierlich und überschwenglich, was dieser zwar nicht spontan, da ein solcher Zug nicht seinem Charakter entsprach, so doch voller Eifer erwiderte.

Die Festlichkeiten dauerten an. Am Dreikönigstag wurde im Alcázar gefeiert. Seiner Majestät fiel es schwer, den reichhaltigen Speisen zu widerstehen, aber noch mehr, sie zu verdauen. Nichtsdestoweniger machte er eine unbeschwerte Miene.

Am nächsten Tag rief ich den Statthalter Cabrera, Kardinal Mendoza, Erzbischof Carrillo und einige weitere herausragende Vertreter des Adels zusammen und ergriff im Namen der Prinzen das Wort:

»Die Vergangenheit, Señores, hat uns gelehrt, wie wankelmütig Seine Majestät ist und wie sehr er dazu neigt, die Meinung, die man ihm gerade einflüstert, zu übernehmen, ich denke dabei insbesondere an Juan Pacheco, Marqués de Villena. Daß er noch nicht aufgetaucht ist, macht mich stutzig und zugleich unruhig. Wir haben nach und nach das Vertrauen des Königs gewonnen, der Zeitpunkt ist günstig, seine Aufmerksamkeit auf seine Nachfolge zu lenken und ihn hier in Segovia die Prinzessin Isabel so schnell wie möglich zur Thronfolgerin des Königreichs erklären zu lassen. Nehmen wir in der Tat einmal an, er entschließt sich plötzlich, von einem seiner bekannten spontanen Impulse getrieben, wieder abzureisen, dann ist unser Vorhaben gescheitert. Marqués de Villena, da können wir sicher sein, wird darauf achten, daß sich eine solche Gelegenheit nicht noch einmal bietet. Daß die Prinzessin ihrerseits das Thema nicht anschneiden wird, versteht sich von selbst. Die zarten Bande, die sie zwischen sich und ihrem Bruder wieder zu knüpfen vermochte, würden zerreißen, sie legt es also in Eure Hände, Señores, sich unverzüglich in unser aller Interesse einzuschalten.«

Die Umsetzung dieser einmütig angenommenen Rede wurde durch eine Unpäßlichkeit des Königs, verursacht durch sein chronisches Magenleiden, verhindert. Drei Tage lang untersagte Doktor ha-Levi jeden Besuch. Am vierten Tag erklärte er seinen Patienten für geheilt, und Beatriz de Bobadilla machte sich zum Kloster auf. Enrique willigte ein, am Nachmittag in den Alcázar zu kommen, wo sich Musiker, Meister ihres Fachs, zu seiner Erbauung eingefunden hatten.

Beatriz hatte kaum den König verlassen, als ein lärmender Trupp die Straßen der Stadt erschütterte. An seiner Spitze ritt Pacheco. Er verschwand im Kloster wie jemand, der es nicht für nötig hält, sich anzukündigen.

Trotz unserer Bestürzung reagierten wir auf der Stelle.

»Die Einladung steht«, sagte Cabrera. »Wenn dieser Halunke von Pacheco den Wunsch äußert dabeizusein, dann möge er kommen. Einer von uns erhält die Aufgabe, seine Aufmerksamkeit zu fesseln, während wir uns mit dem König zurückziehen. Seine Majestät muß sich unbedingt mit uns zusammen zeigen. Heute oder nie!«

Isabel, die unruhig auf und ab lief, blieb vor mir stehen.

»Was Pacheco angeht, bist du genau der Richtige. Ihr habt noch nicht miteinander zu tun gehabt, er wird das ausnützen, um dir Informationen zu entlocken, und ich vertraue dir und deinem hellen Verstand, daß du ihn so lange wie möglich zurückhältst.«

Ich verbeugte mich.

»Zu Diensten, Eure Hoheit. Ich werde die Phantasie des Marqués de Villena schon beschäftigen, und anstatt ihm den Schierlingstrank zu reichen, werde ich ihn mit Weihrauch benebeln.«

Alle außer Isabel lächelten verschlagen. Ich hätte keine Schale Kichererbsen auf das Leben Pachecos gewettet, wenn nicht sein plötzliches Verschwinden alle unsere Pläne an diesem Abend über den Haufen werfen sollte.

Als der König eintrat, wurde er von Fernando, Cabrera, Mendoza und Carrillo umringt. Pauken und Trompeten ertönten. Nichts von Pacheco, außer einem kurzen, an Cabrera gerichteten Brief, worin er ihn bat, einige seiner Edelleute bei sich unterzubringen, da das Kloster überfüllt sei. Im Augenblick waren besagte junge Leute damit beschäftigt, die ständig lachende Catalina zu hofieren. Es war mir gleichgültig. Was heckte Pacheco aus? Sich aus dem Staub zu machen paßte ganz und gar nicht zu seinem Charakter.

Der Tag neigte sich. Die Diener trugen Kandelaber und Öllampen herein. Dutzende kleiner Sonnen erhellten den großartigen Empfangssaal, der schlecht und recht von Öfchen beheizt wurde, die man rings um das Sofa – eigens für den König bestimmt, der sich auf keinem anderen Sitz niedergelassen hätte – sowie um die niedrigen, mit bestickten Kissen ausstaffierten Estraden aufgestellt hatte, auf denen Isabel und ihre Hofdamen Platz genommen hatten. Man servierte Erfrischungen. Es gab alles, was Seine Majestät gern aß: frischen Käse, Butter, Weißbrot, Krapfen, Gebäck, in Honig Gebackenes und verschiedenste muselmanische Spezialitäten, Marzipan, mit Pistazien und Haselnüssen gefüllte Geleefrüchte.

Ich hatte keinen Hunger. Die Angst fraß an meinen Eingeweiden, ich belauerte jede Bewegung des Königs und betete zum Himmel, daß er mit dieser verdammten Nascherei aufhören möge, damit man endlich zu ernsthaften Dingen übergehen könnte, bevor Pacheco die schlechte Idee haben würde aufzutauchen. Aber Enrique griff immer wieder nach den Süßigkeiten und der Mandelmilch.

Er wollte sich gerade ein neues Stück Marzipan nehmen, als er plötzlich zusammenbrach.

Das Zuckerwerk fiel ihm aus der Hand, er schwankte, die Hände an der Gurgel, als ob er ersticken würde.

Man stürzte zu ihm. Die Prinzessin schlug vor, ihn in einen ruhigen kleinen Raum zu bringen, aber der König, der wieder zu sich zu kommen schien, ordnete an, daß man seine Sänfte zurechtmachen und ihn zum Kloster zurücktragen solle.

Wir sahen uns an.

Isabel sagte mit sanfter Stimme:

»Mein Bruder, das ist nur eine vorübergehende Unpäßlichkeit, ein wenig Ruhe, und es ist vorbei. Ich fürchte eher, daß der Transport in der Sänfte Eure Eingeweide erschüttern und Euren Zustand verschlimmern könnte. Folgt meinem Rat, wir bringen Euch in meine Gemächer, und ich selbst werde bei Euch wachen.«

»Ich will nach Hause«, wiederholte der König.

Kardinal Mendoza schlug vor, einen seiner Leute nach Doktor ha-Levi zu schicken. Diese Hartnäckigkeit erregte vollends den Unmut Enriques. Er drehte sich wütend um, erbrach sich ein paarmal über dem Rock seiner Schwester, und wenn man ihn nicht gehalten hätte, wäre er umgefallen.

Dienstboten eilten daraufhin wie ein Blitz davon, die Sänfte herbeizuholen. Man bettete ihn darauf, und Isabel deckte seinen langen, mageren Körper mit einer Decke aus Fuchsfellen zu. Er bedankte sich bei ihr, er litt nun weniger. Wir folgten den Fackeln des Zuges mit den Augen, bis ihr goldenes Flackern nicht mehr zu sehen war.

Isabel zog sich zurück, um ihre Garderobe zu wechseln, während Cabrera seine Wut über Beatriz entlud.

»Mein Kompliment! Es ist doch bekannt, wie gefräßig und inkonsequent Seine Majestät ist, und Ihr ... Ihm diese Unmengen von Speisen vor die Nase zu setzen, wie absurd! Eine kleine Erfrischung, eine Handvoll Rosinen, eine Kräutersuppe, das wäre das Richtige gewesen für einen Körper, der gerade gefastet hat. So viele Monate haben wir zur Vorbereitung dieser Unternehmung gebraucht, und jetzt stehen wir wegen Eurer Dummheit am Rande des Abgrunds!«

Dem gab es nichts hinzuzufügen.

Einer nach dem anderen verließen wir den Saal. Ich ging mit Don Fadrique zurück in das Zimmer, das wir miteinander teilten. Wir trösteten uns bei Wein und ein paar Scheiben Fasanenpastete, die sein Diener Paco in der Küche des Alcázar zubereitet hatte.

»Ich weiß, was diesen Unglücklichen erleichtert hätte«, erklärte Don Fadrique.

»Wenn Ihr es wußtet, warum habt Ihr es dann nicht gesagt?«

»Meine Wenigkeit ist nicht befugt, einem Souverän zu solcherart Hilfsmittel zu raten. Zwei Finger in den Hals, und er hätte alles rausgebracht.«

Ich stöhnte.

»So ein Irrsinn! Da hängt die Zukunft des Königreichs an einem Verdauungsproblem!«

»Gott entscheidet, mein Junge.«

»Ist Gott vielleicht auf Pachecos Seite?«

»Ich habe den König beobachtet, er geht bald auf die Fünfzig zu, aber sein Leiden schwächt ihn, er wird es nicht mehr lange machen; trotz Doktor ha-Levis Bemühungen. Ein ausgezeichneter Praktiker, wie übrigens alle jüdischen Ärzte. Nebenbei bemerkt, er hat eine wunderschöne Frau. Nach außen kalt, aber das sind oftmals die heißesten. Reichlich jung für einen so alten Ehemann.«

»Wenn der König stirbt, ohne daß er seine Absichten geändert hat, wird die Infantin Juana Königin.«

Don Fadrique lachte glucksend auf.

»So wie wir unsere Isabel kennen, wird sie ihm wohl eher die Krone vom Kopf reißen und den Kopf gleich mit!«

Wir leerten die Flasche. Ich schlief wie ein Murmeltier, als Don Fadrique, der einen leichten Schlaf hatte, mich weckte.

»Junge, Junge, es hat geklopft.«

Ich horchte und erkannte verblüfft Catalinas Stimme.

»Luis, mach auf, schnell!«

Ich sprang aus dem Bett.

»Dir zu dieser Stunde aufmachen? Du bist wohl von Sinnen! Wenn man dich sehen würde ...«

»Wenn man mich vor deiner Tür sieht, sind wir alle des Todes.«

Ich schob den Riegel zurück, stellte die Nachtlampe an. Catalina stürmte wie ein Wirbelwind herein und stieß mich dabei beinahe um. Ihre Haare waren aufgelöst und hingen in Strähnen herab, ihr Mieder war nur flüchtig zugeknöpft, ihr bleiches Gesicht tief verschattet.

Ich schob den Riegel wieder vor.

»Woher kommst du?«

Don Fadrique war mir in Nachthemd und Nachtmütze gefolgt. Er nahm einen Pelzumhang vom Haken und hüllte sich darin ein.

»Setzt Euch, mein Kind. Was ist Euch zugestoßen?«

»Was mir zugestoßen ist, was mir zugestoßen ist ... Don Fadrique, Ihr seid gut und verständnisvoll, ich werde Euch nichts verbergen. Einer von den jungen Edelleuten des Marqués de Villena, der auch hier wohnt, Pedro Manrique, ein liebenswürdiger und geistreicher Junge ... Luis, mach nicht solche Augen! ... Also, wir haben ein bißchen miteinander geschwatzt und fanden uns sympathisch, und später, als der König wieder im Kloster war, habe ich Pedro in seinem Zimmer aufgesucht ... Luis, ich bitte dich, keine Moralpredigt! Zwischen Antón, der nichts anderes im Sinn hat, als sich den

Bauch vollzuschlagen und sich zu betrinken, und Fernando, der stumm und taub und blind ist gegenüber allem, was nicht diese verdammte Politik ist, habe ich da nicht das Recht, mich ein bißchen zu vergnügen? Ihr, Don Fadrique, Ihr seid wirklich barmherzig und habt Verständnis für die menschlichen Schwächen, sagt es Luis. Im übrigen kannst du mir dankbar sein …«

Ich unterbrach sie:

»In der Tat! Aber du warst doch nicht etwa wegen deiner Bettgeheimnisse so vermessen, Don Fadrique mitten in der Nacht zu stören?«

Catalina lachte höhnisch.

»Ausgerechnet dir meine Bettgeheimnisse verraten? Ebenso könnte man jemandem, der nur trocken Brot mag, das Rezept für ein üppiges Mahl verraten!«

Don Fadrique mischte sich ein:

»Mein Herzchen, wenn Ihr uns erklären wolltet …«

»Wie immer habt Ihr recht, Don Fadrique. Luis mit seinen spitzen Bemerkungen … Wir plauderten also nett miteinander, Pedro und ich, als auf einmal einer von den Edelleuten, die Seine Majestät nach Santa Cruz zurückbegleitet hatten, auftaucht. Pedro sagt zu mir: ›Zieh dich an, verschwinde‹, und geht mit seinem Freund ins Nebenzimmer. Ich war wütend, ich zieh mich wieder an und gehe weg. Auf der Treppe merke ich, daß ich einen meiner Ohrringe liegengelassen habe, die mit den Amethysten, die du mir aus Valencia mitgebracht hast und die mir so gefallen. Ich kehre also ganz leise um, nehme meinen Ohrring, und was höre ich? Ihr erratet es nicht.«

»Catalina, bitte!«

»Nun also, Pacheco, der tolle Marqués de Villena, hat keine Zeit verloren. Kaum war der König wieder im Kloster, hat er dessen Unpäßlichkeit genutzt, um die Prinzen zu beschuldigen, sie hätten versucht, ihn zu vergiften.«

»Mein Gott! Dieser Schurke!«

»Dieser Schurke, wie du sagst, versucht anscheinend gerade, Seine Majestät davon zu überzeugen, Isabel und Fernando festnehmen zu lassen, die Cabreras zu töten und Kardinal Mendoza vom Hof zu weisen. Deshalb das Auftauchen von Pedros Freund, damit er sich bereithalte.«

Ich stürzte zu meinen Kleidern und zog irgendeinen Umhang über mein Nachthemd.

»Wir müssen Andrés de Cabrera auf der Stelle benachrichtigen, du wirst ihm sagen ...«

»Hast du den Verstand verloren? Um ihm was zu erzählen? Daß ich eine Ehebrecherin bin? Keine Ausrede würde in den Augen deiner tugendhaften Prinzessin diese liebenswerte Sünde entschuldigen, die so viele Frauen begehen. Und Fernando würde ich auch verlieren ... Ich setze mein Leben aufs Spiel, um dich zu warnen, und statt eines Dankes wirfst du mich den Löwen zum Fraß vor!«

»Catalina hat recht«, sagte Don Fadrique. »Du bist es dir schuldig, ihre Ehre zu wahren.«

»Die Ehre einer Hure, jawohl!«

Ich drehte mich um und schleuderte ihr das Wort mitten ins Gesicht. Sie saß, zwei Schritt von mir entfernt, zusammengekauert im Sessel, ihre kleinen Hände ineinander verschlungen, so schmal, so schmal ...

Ich seufzte auf.

»Verzeih. Ich bringe dich in dein Zimmer, danach gehe ich zur Prinzessin und zu Cabrera.«

»Was wirst du ihnen sagen?«

»Daß ich zufällig ein Gespräch zwischen zwei Edelleuten von Pacheco mit angehört habe ... Und Antón? Wo ist Antón?«

»Antón? Im Bett. Wenn ich will, daß er schläft, schütte ich ein bißchen Pulver in seinen Wein, dann schnarcht er bis zum Morgen.«

Cabrera ließ unverzüglich die Wache am Alcázar und an den Stadttoren verstärken. Isabel schickte mich, Kardinal Mendoza zu holen.

Bei Anbruch des Tages traf der Kardinal im Kloster ein. Er horchte Seine Majestät über dessen Absichten aus und machte ihm klar, daß der Bürgerkrieg erneut aufflammen würde, wenn man eine solche Anschuldigung gegen die Prinzen verbreitete. Die Entleerung des Magens hatte den König erleichtert, er beruhigte sich schließlich, aber die Stimmung hatte sich verändert. Noch in derselben Woche verließ er Segovia.

Wenn Isabel auch nichts bei ihrem Bruder erreicht hatte, so hatte sie doch in der Stadt, die zu den bedeutendsten Kastiliens zählte, eine außerordentliche Popularität errungen, sie hatte die uneingeschränkte Ergebenheit Cabreras gewonnen, der sich inzwischen schon zu sehr auf unsere Seite geschlagen hatte, als daß er sich noch zurückziehen konnte, und sie hatte schließlich das Bündnis mit den Mendozas gefestigt. Das war eine ganze Menge, aber die Partie war noch nicht gewonnen, Pacheco übte noch immer seine Allmacht aus.

Mein Ansehen ging gestärkt aus alledem hervor.

Eifersüchtig, aber nicht undankbar, schenkte ich Catalina ein purpurrotes Samtkleid mit einem Fuchskragen, der, passend zu ihrem Haar, einen kräftigen Stich ins Fahlgelbe hatte.

Am 4. Oktober dieses Jahres 1474 erfuhren wir, daß Juan Pacheco, Marqués de Villena und Großordensmeister von Santiago, verschieden war. Er war so verhaßt, daß niemand es unternahm, die genauen Ursachen seines Hinscheidens zu untersuchen.

In der Nacht zum 12. Dezember um zwei Uhr morgens starb König Enrique in Madrid.

Der Krieg der Königinnen

23

Wir hatten Woche für Woche die neuesten Nachrichten über den immer schwächer werdenden Gesundheitszustand des Königs erhalten, daß uns diese letzte, die uns am zwölften gegen Mittag in Segovia erreichte, nicht überraschte. Daß Fernando nicht dasein würde, da er bei seinem Vater in Zaragoza war, konnten wir jedoch nicht voraussehen. Isabel beschloß, sich darüber hinwegzusetzen. Ich glaube sogar, daß sie über dieses Zusammentreffen, das ihr erlaubte, ohne jeglichen Einspruch zu handeln, froh war.

Der Schlüssel zum Erfolg, so meinte sie, stecke im raschen Handeln.

Sie verlor nicht eine Minute, bestellte eine Messe zum Gedenken an den verstorbenen König, nahm am Nachmittag daran teil und begab sich darauf in den Alcázar, um die letzten Vorbereitungen zu überwachen. Auf dem Platz war bereits eine Gruppe Zimmerleute dabei, eine Tribüne zu errichten, und ihre Hammerschläge verkündeten von Haus zu Haus, daß ein außergewöhnliches Ereignis bevorstand.

Deshalb herrschte am nächsten Morgen, dem Tag der heiligen Lucia, vor dem Alcázar ein riesiger Andrang. Die Menschenmenge, die von überall herbeiströmte, schwoll an wie ein Fluß, breitete sich aus und kam schließlich hinter einem Ring von Soldaten, die mit Pfeifen, Trommeln und Trompeten ausgerüstet waren, zum Stehen. Man hörte der Musik zu, man wartete, den Blick auf die geschlossenen Tore der Festung gerichtet, manche suchten sogar den Himmel ab, als ob Gott mit im Spiel sein könnte, und man wartete weiter.

Worauf? Niemand hätte es zu sagen vermocht, man wartete eben.

Plötzlich rissen alle die Augen auf.

Trotz einer zurückgezogenen Kindheit und Jugend hatte Isabel doch so viel mitbekommen, daß ihr die Bedeutung des Zeremoniells bewußt war. Anspruchslos, wenn es um sie selbst ging, verstand sie es gleichwohl, auf vollendete Weise Pracht zu entfalten, wenn die Umstände es erforderten.

Die Tore öffneten sich.

Und dann erschien Isabel.

Sie kam auf einer mit goldenem Geschirr ausstaffierten weißen Stute angeritten, golden schimmerten auch ihre gewellten blonden Haare, und auf ihrem weißen Gewand aus Samt und Hermelin glänzten die Juwelen des Kronschatzes. Umgeben vom Glitzern der Edelsteine, strahlend vor Jugend und majestätischer Schönheit, gleichsam etwas Zauberhaftes und Wunderbares verkörpernd, das die Seele eines jeden menschlichen Wesens, ob gut oder schlecht, in Poesie verwandelte, ritt sie dahin, und ein Hauch von Verzückung huschte über alle Gesichter.

Getragen von der Begeisterung der Menge, ritt sie bis zum Hauptplatz, ließ sich von der Stute herabgleiten und schritt unter einem Baldachin, der von vier ebenfalls in Weiß gekleideten Edelleuten getragen wurde, auf die Tribüne zu, stieg leichten Fußes die Stufen hinauf, ergriff die Krone und setzte sie sich eigenhändig auf.

Isabel bemächtigte sich dieser Krone unter Mißachtung der Regeln, die die Zustimmung der Cortes und der wichtigsten Prälaten und Granden vorschrieben, und ohne sich um die Rechte zu bekümmern, auf denen die Infantin Juana bestehen könnte, und sie bemächtigte sich ihrer mit noch geringerer Sicherheit, als je ein Souverän gehabt hatte. Sie setzte auf ihren Titel als Königin, so wie man sein ganzes Vermögen mit einem einzigen Schachzug einsetzt, und hatte als Stütze doch nur ihre Entschlossenheit und die Überzeugung, daß sie niemandem außer Gott Rechenschaft schuldig war.

Nach dieser Inbesitznahme schwor sie vor den anwesenden Honoratioren der Stadt, den Geboten der Kirche Folge zu leisten, die Gesetze sowie die Freiheiten und Privilegien des Adels und der Städte zu achten, über das Wohl des Volkes und des Königreiches zu wachen und darüber, daß das Recht eingehalten würde. Als das vollbracht war, erschollen die Trompeten, und Isabel wurde zur Königin und *Besitzerin Kastiliens* erklärt und Fernando als ihr rechtmäßiger Gemahl anerkannt. »Kastilien! Kastilien!« schrien die Herolde, ihre Banner schwenkend, und die Menge fiel in die Rufe ein. Andrés de Cabrera übergab der neuen Königin die Schlüssel von Segovia – eine Geste, mit der er sich das Marquisat von Moya zu sichern hoffte –, dann kehrten wir schließlich in den Alcázar zurück.

Kein hochrangiger Vertreter des Adels hatte an der Zeremonie teilgenommen, keiner war davon in Kenntnis gesetzt worden, Isabel hatte es so gewollt aus Angst vor Ablehnung oder vor Machenschaften, die ihr Vorgehen gebremst hätten.

Nun galt es also, das gesamte Land mit dieser Tatsache vertraut zu machen.

Ich schickte in jede in den Cortes vertretene Stadt ein Schreiben mit der Order, die Proklamation der Königin zu verkünden und alle Abgeordneten nach Segovia zu entsenden, damit sie dort den Eid leisteten – unter Androhung der Amtsenthebung, sollten sie dem nicht nachkommen.

Drei Tage nach dem Ableben des seligen Königs entschloß sich Isabel endlich, Fernando zu benachrichtigen. Am 19. Dezember brach er von Zaragoza auf.

Die Situation war höchst angespannt.

Auf der einen Seite standen die in Madrid um die Infantin Juana gescharten unbeugsamen Gegner, auf der anderen unsere Anhänger, die das einsame Vorpreschen der Königin womöglich empört haben könnte. Ohne sie aber würden wir ins Verderben stürzen.

Isabels Gedanken galoppierten weiter. Sie ahnte den Zorn Fernandos voraus. Um sich dagegen zu wappnen, schmiedete sie ein Bündnis, dem, angelockt durch Versprechungen, Mendoza, Carrillo, Admiral Enríquez, der Herzog von Alba, der Graf von Benavente und andere Berühmtheiten beitraten. Sie hoffte, daß die Verstimmung ihres Gemahls, deren Echo schon bis zu uns gedrungen war, an diesem Wall abprallen würde.

Fernando hatte in Turegano, einem Städtchen ganz in der Nähe, haltgemacht.

Isabel erbat sich drei Tage, um seinen feierlichen Einzug in Segovia vorzubereiten.

24

Einen Abend zuvor sahen Mendoza und ich wieder und wieder den Ehevertrag der Prinzen durch, um eine Erwiderung parat zu haben, falls Fernando Einwände hätte.

Am Nachmittag, während sich der Kardinal stärkte, ging ich hinaus, ein wenig Luft zu schnappen. Salvedra begleitete mich. Wir liefen einmal um die Kathedrale herum. Ganze Bündel von roten Bannern leuchteten auf dem Platz.

»Schade, daß es so unfreundlich und kalt ist«, sagte ich. »Zum Glück werden morgen abend Fackeln das Auge erfreuen. Laß uns umkehren. Bevor wir mit Seiner Eminenz weiterarbeiten, will ich noch in den Pferdeställen bei Vulcanus vorbeischauen.«

Salvedra schüttelte den Kopf.

»Ihre Hoheit hat dich verwöhnt.«

Ich lächelte.

Mehr noch als die Eleganz des Pferdes, eines prachtvollen Braunen, hatte mich die Aufmerksamkeit, die Isabel trotz all ihrer Beschäftigungen mir erwiesen hatte, mit Stolz erfüllt, und ich stellte mir vor, daß ich, so ausgerüstet, eine gute Figur machen würde, wenn ich zusammen mit Mendoza und Carrillo auf Fernando träfe. Aber ich wurde in meinen Gedanken von einem heftigen Streitgespräch unterbrochen, das an mein Ohr drang.

An der Ecke einer der Straßen, die auf den Platz mündeten, beschimpften Soldaten den Fahrer eines Karrens, der die Schmähungen mit derselben Schärfe zurückgab.

»Was geht hier vor?«

»Ach, Señor de Soca! Meine Ehrerbietung, Señor«, sagte ein Soldat. »Dieser Kerl will zum Alcázar. Ich habe ihm gesagt, daß heute kein Fuhrwerk über den Platz fahren darf und er gefälligst dorthin zurückkehren soll, wo er hergekommen ist ...«

»Leicht gesagt, wenn man aus Valencia kommt!« rief der Wagenfahrer empört.

Auf einmal schälten sich aus dem Haufen Decken, die auf dem Karren lagen, ein Gesicht, ein Körper heraus. Plötzlich ein Aufschrei:

»Luis, ich bin's, Magdalena!«

Wenn sich der Glockenturm der Kathedrale in Luft aufgelöst hätte, wäre mein Entsetzen nicht größer gewesen. Ich erinnere mich nicht mehr, was ich zu den Soldaten gesagt habe, aber sie zogen sich zurück. Salvedra stieß mich an, und ich ging auf den Karren zu.

»Was machst du hier?«

»Du hast auf keinen meiner Briefe geantwortet ... Ich habe sie selbst geschrieben, ich kann jetzt lesen und schreiben.«

»Deine Briefe! Was für Briefe? Ich habe niemals auch nur einen Brief von dir erhalten. Und warum diese Briefe?«

»Um dir mitzuteilen, daß du Vater geworden bist.«

Magdalena wühlte in den Decken, richtete sich auf und hielt ein kleines Kind in den Armen.

»Er ist jetzt ein Jahr und zehn Monate alt. Er ist schön, nicht wahr?«

Salvedra kam näher.

»In der Tat, Señora. Wirklich ein schönes Kind.«

»Danke, Señor. Er ähnelt dir, Luis. Er heißt Luis, so wie du, mein kleiner Luis. Er ist sehr artig und sehr friedlich.«

Das Kind fing an zu schreien.

Magdalena küßte es heftig ab und wickelte es wieder in die Decken.

»Was für ein Wahnsinn, mitten im Winter eine solche Reise zu unternehmen«, sagte ich, um überhaupt etwas zu sagen.

Mich überfiel Wut, eine tierische Wut, die jedes Gefühl zunichte machte.

Magdalena seufzte.

»Ich konnte nicht mehr, ich habe so lange darauf gewartet, daß du auf meine Briefe antwortest.«

»Soll ich auf das Evangelium schwören? Ich habe nicht einen einzigen Brief erhalten. Ist das klar, hast du das begriffen? Nicht einen einzigen!«

»Weil du nicht gekommen bist, habe ich beschlossen, daß ich zu dir komme. Man hatte mir gesagt, daß du fast immer mit der Prinzessin Isabel zusammen bist.«

»Königin Isabel, bitte!«

»Warum hast du mich in Valencia belogen, warum hast du mir verheimlicht, daß du eine bedeutende Person bist?«

»Hat dich das zu der Reise bewogen?«

»Eine Reise ist teuer, und ich wollte gern, daß wir dir Ehre machen, mein kleiner Luis und ich. Die Schwestern haben mir die Seidenstickerei beigebracht, sie sticken Altardecken für Kirchen, ich sticke sehr gerne und verstehe etwas davon, ich habe sogar schon Kleider für die Damen aus dem Adel gestickt. O süßer Jesus, wie viele Nächte habe ich damit schon verbracht! Als ich genug Geld zusammen hatte, bin ich mit einem Handelstransport einig geworden, ich hatte Glück, denn im Winter gibt es nur wenige Händler, die sich auf die Straßen trauen.«

Die Glocken der Kathedrale läuteten.

»Entschuldige mich«, sagte ich, »Kardinal Mendoza erwartet mich.«

»Du verläßt mich?« rief Magdalena aus. »Aber was soll denn mit mir werden? Luis, Luis!«

»Laß dich zu einer Herberge bringen, es geht alles auf meine

Rechnung, und sobald sich eine Möglichkeit bietet, komme ich dorthin, und dann reden wir weiter.«

»Sehe ich dich morgen früh?«

»Nein, auf keinen Fall! Morgen bin ich in dem Gefolge, das Prinz Fernando empfangen wird.«

»Aber ich kenne diese Stadt überhaupt nicht, du kannst mich doch nicht einfach so allein lassen! Luis, ich flehe dich an, bei der Liebe zu unserem Sohn …«

»Zunächst muß sich erst einmal herausstellen, ob dieses Kind wirklich von mir ist. So unversehens hier aufzutauchen und noch dazu in einem für das Königreich so entscheidenden Augenblick! Du lieber Gott! Was hast du dir eigentlich vorgestellt? Daß ich vor Freude in die Luft springen und dir meine ganze Zeit widmen würde? Meine Zeit gehört nicht mir, sie gehört der Königin.«

»Luis!«

»Schrei nicht, tu, was man dir sagt.«

Ich vermied es, sie anzusehen, und eilte mit großen Schritten davon. Salvedra hielt mich an.

»Möchtest du, daß ich sie zur Herberge bringe? Bei diesen Ereignissen ein Zimmer zu finden …«

»Wenn es dir nicht allzuviel ausmacht.«

Ein kurzer Satz. Man spricht ihn aus, mit den Gedanken woanders, und ahnt nicht, was für ein Gewicht er hat …

Fernando hatte die Trauer umständehalber abgelegt. In Goldbrokat und Zobelpelz gekleidet, gab er eine königliche Figur ab – zweifellos das Bild, das er wecken wollte. Im Vorhof des Alcázar, den ein Dickicht von Fackeln illuminierte, kam Isabel ihrem Gatten entgegen.

Es folgte ein Festmahl. Catalina prunkte mit ihrem kleeblattförmigen Perlendiadem auf der Stirn. Sie hatte die Gruppe der Aragonier verlassen und gehörte nun zum begehrten Gefolge der Hofdamen der Königin, ein Privileg, das sie mit Schmeicheleien bei Beatriz de Bobadilla erwirkt hatte.

»Ich bringe mir selbst Manieren bei, mein lieber Luis, ich mache Fortschritte. Wenn Fernando mich fallenläßt, habe ich bereits eine Position am Hofe, und so niederträchtig er auch sein mag, vertreiben kann er mich dann nicht mehr.«

»Vorsicht! Tugend und Frömmigkeit sind die Eigenschaften, die die Königin als erstes von ihren Hofdamen verlangt.«

»Sei beruhigt. Meine Röcke haben keine einzige Falte mehr, außer zu den Betzeiten.«

Selbst wenn sie mich reizte, gelang es Catalina immer, mich zum Lachen zu bringen.

Nachdem die zahlreichen Desserts gereicht waren, zogen sich Isabel und Fernando zurück.

Auf einem Gang stieß ich auf Salvedra, den ich seit dem Vorabend nicht wiedergesehen hatte.

»Ich habe Magdalena in der Herberge untergebracht. Der Wirt, dem ich eine Zulage versprochen habe, hat ihr sein eigenes Schlafzimmer überlassen, da bereits alles besetzt war.«

»Ich danke dir. Du sagst mir noch, was du ausgelegt hast.«

»Wir rechnen später ab.«

Ich hatte Fernandos Denkweise lange genug und aus ziemlicher Nähe beobachten können, um zu wetten, daß er eine Unterredung verschieben und sich in dieser Nacht darauf beschränken würde, seine Überlegenheit auf einem anderen Feld zu beweisen und so Isabels Starrsinn zu brechen.

Am nächsten Morgen fanden wir uns in den Gemächern der Königin ein.

Ohne Umschweife erklärte Fernando, daß er nach Rücksprache mit den Rechtsgelehrten den Thron von Kastilien für sich beanspruche, da er zur Nebenlinie der Trastámara gehöre und der nächste männliche Verwandte des verschiedenen Königs sei.

Gerade aufgerichtet, mit starrer Miene, sagte Isabel zu mir: »Bitte, Luis, erkläre es Seiner Hoheit.«

Ich brauchte der Aufforderung nur nachzukommen, aber Fernando in seine Schranken zu verweisen würde mich in schreckliche Verlegenheit bringen. Die Mehrheit der Mächtigen vergißt nur die Dienste, die man ihnen erwiesen hat.

Ich wog meine Worte vorsichtig ab.

»Im Gegensatz zu Aragón schließt das Gesetz in Kastilien, wie Eure Hoheit weiß, die Frauen von der Thronfolge nicht aus.«

»Ein schlecht konzipiertes Gesetz muß geändert werden. Und welches Gesetz könnte besser sein als jenes, das sich zu allen Zeiten von unserem Schöpfer leiten läßt, der es in der Natur doch so eingerichtet hat, daß der Mann die Vorherrschaft übernimmt? Gleich, ob er nun in einer Hütte oder in einem Palast wohnt, Herr im Hause ist der Ehemann, und wenn ich in die zweite Reihe zurücktreten muß, reise ich ab.«

Fernando ließ endlich durchblicken, in welch geistiger Verfassung er den Ehevertrag unterzeichnet hatte, der in aller Deutlichkeit festgelegt hatte, was er heute ablehnte. Ich hatte es vorausgesehen, und er gab mir recht, aber das stimmte mich nicht froh.

Isabel ergriff das Wort.

»Fernando, habt Ihr daran gedacht, daß Ihr, wenn Ihr die Frauen vom Thron ausschließt, auch unsere Tochter, die Infantin Isabel, ausschließt? Wenn es nun Gottes Wille wäre, daß wir kein weiteres Kind bekommen, was würde dann aus Kastilien werden, wenn es erneut von niedrigen Ambitionen zerrissen würde? Ans Königreich und ans Volk denke ich, nicht an mich, und Ihr berührt ein sehr ernstes Problem. Würdet Ihr zustimmen, daß wir Kardinal Mendoza und Monsignore Carrillo zu Rate ziehen?«

Er stimmte zu.

Die beiden Prälaten unterstützten Isabel. Bei Carrillo erstaunte mich das, hatte er sich doch immer zugunsten Aragóns ausgesprochen. Vielleicht hatte er die Unverschämtheiten des Prinzen nicht verdaut? Fernando drohte erneut, nach Hause zurückzukehren.

Der große politische Verstand des Paares und das Geschick der Königin, die, wenn die Vernunft es verlangte, ihre Sätze durchaus gefällig und einschmeichelnd formulieren konnte, retteten uns. Isabel und Fernando wogen die Unsicherheit ihrer Lage ab, die unsere Gegner, aber auch unsere Anhänger bei den geringsten Zwistigkeiten untereinander weidlich für sich ausnutzen würden. Um zu bewahren, was sie erreicht hatten, und um den Widerstand zu brechen, mußten sie solidarisch bleiben. »Ein klarer Kopf auf zwei Körpern«, pflegte Isabel zu sagen.

Die Verhandlungen mündeten in eine Art Charta, die sogenannte *Übereinkunft von Segovia,* die Rechtsgelehrte beider Parteien aufgesetzt hatten. Die Klauseln des Ehevertrags wurden darin im wesentlichen beibehalten, Isabel blieb alleinige »Besitzerin« des Königreichs, Fernando dagegen wurde der Königstitel zuerkannt, doch in der Praxis teilten sich beide Herrscher die Macht.

Dieser Streit, einer der wenigen, die sie miteinander hatten, läßt sich in wenigen Zeilen zusammenfassen. Er brachte uns fast zwei Wochen lang Tag und Nacht ununterbrochene Arbeit ein. Es war mir unmöglich, mich dem zu entziehen, nicht einmal für ein paar Minuten, um mich zur Herberge zu begeben.

Über Salvedra, den ich damit beauftragt hatte, Magdalena die Situation zu erklären, ließ ich ihr mehrere Male Gebäck, Obst und Süßigkeiten zukommen, ich erkundigte mich nach ihrer Gesundheit, kurzum, ich war bemüht, ihr gegenüber ein untadeliges Benehmen an den Tag zu legen.

Unvorhergesehenes läßt sich nicht im voraus erledigen. Um

das Problem zu lösen, wollte ich abwarten, bis ich das Kind in Augenschein genommen hätte. In jedem Fall aber war ich fest entschlossen, Magdalena nach Valencia zurückzuschicken, selbst wenn es meinen Geldbeutel schröpfen würde. Ihr Platz war weder hier noch an irgendeinem anderen Ort, an dem auch ich wäre.

25

Ich habe ein Schubladengedächtnis, ich hatte Magdalena in einer solchen Schublade abgelegt und sie zugeschoben. Ich zog sie an dem Abend wieder auf, an dem die *Übereinkunft von Segovia* unterzeichnet wurde, und entschloß mich, am nächsten Tag in die Herberge zu gehen.

Ich gab Salvedra Bescheid.

Er legte das Schriftstück, das er gerade durchsah, aus der Hand.

»Magdalena ist nicht mehr in der Herberge.«

Ich spürte eine feige und zugleich köstliche Erleichterung.

»Wir hatten allerdings noch Vereinbarungen zu treffen, bevor sie nach Valencia zurückkehrt.«

»Wer spricht denn von Valencia? Ich habe für sie ein kleines Häuschen zur Miete gefunden, in einer Gasse neben dem Kloster.«

»Ein Haus? Es war niemals die Rede davon, daß sie in Segovia bleibt!«

Salvedra schob mir einen Stuhl zu.

»Setz dich, Luis. Es wird Zeit, daß wir miteinander reden. Ich wollte dich nicht behelligen, die letzten Wochen haben alle deine Kräfte in Anspruch genommen, aber anfangs war es nicht so einfach mit Magdalena. Sie war sehr aufgebracht gegen dich, dein Empfang hat sie wütend gemacht.«

»Und wer ist schuld daran? Sie platzt hier herein wie die Schabe in die Suppe!«

»Denk nicht, daß ich dir Vorwürfe mache, aber Magdalena ... Sie hatte eine sehr harte, beschwerliche Reise hinter sich, und Frauen, da ist unsere Königin eine rühmliche Ausnahme, verstehen nichts von Politik, das Universum dreht sich nur um ihre kleinen persönlichen Kümmernisse, der Ernst der Stunde ist ihr vollkommen entgangen. Hinter Magdalenas friedlichem Äußeren verbirgt sich ein aufbrausendes Temperament, und es hat mich unendliche Mühe gekostet, sie daran zu hindern, zum Alcázar zu laufen, um sich Ihrer Hoheit zu Füßen zu werfen und ihr ihr Mißgeschick zu erzählen.«

»Man hätte ihr nicht erlaubt, die Schwelle zu überschreiten.«

»Trotzdem, stell dir mal vor, was passiert wäre, wenn sie vor den Torwachen herausposaunt hätte, daß du sie entjungfert hast ...«

»Nichts ist weniger sicher.«

»Ganz gleich, sie hätte es gesagt! Entjungfert, entehrt, mit ihrem Kind sitzengelassen. Im Handumdrehen wäre der ganze Alcázar informiert gewesen und Ihre Hoheit auch. Dein Erfolg hat dir nicht nur Freunde geschaffen.«

»Wie hast du sie davon abgehalten?«

»Was sie so außer sich gebracht hat, ist der Umstand, daß sie ledige Mutter ist, sie hat gesagt, daß niemand sie mit einem Bastard heiraten würde. Du hast nicht daran gedacht, sie zu heiraten, nicht wahr?«

Ich lachte höhnisch.

»Du scherzt wohl! Im übrigen habe ich ihr, bevor wir unsere kurze Beziehung aufnahmen, eindeutig erklärt, daß ich nicht vorhabe, eine Ehe einzugehen. Ausgerechnet sie heiraten!«

»Nach dem, was sie mir kurz von ihrem früheren Dasein berichtet hat, hat sie sich sehr verändert, die Schwestern haben sie erzogen und ihr Anstand beigebracht, sie kleidet sich ordentlich und ist jetzt eine recht hübsche Frau, die man durchaus vorzeigen kann.«

»Willst du mich dazu bringen, ihr zuliebe die Ehelosigkeit aufzugeben?«

»Mit keiner Silbe habe ich daran gedacht, ich kenne dich doch, und selbst angenommen, dein Widerstand gegen die Ehe würde eines Tages brechen, dann würdest du dir eine Frau aussuchen, die deiner Karriere nützlich wäre. Dagegen kann ich, der ich nicht nach Höherem strebe, mich mit weniger begnügen.«

»Falsche Bescheidenheit, Salvedra«, erwiderte ich. »Kommen wir auf Magdalena zurück.«

»Aber wir reden von ihr, Luis, wir reden von ihr. Um dir einen Skandal zu ersparen und weil mein Verhältnis zu ihr gut ist, habe ich ihr angetragen, sie zu heiraten.«

Ich schrie auf:

»Das ist unsinnig, das wirst du nicht tun!«

»Es ist bereits geschehen, sie hat eingewilligt, am Montag haben wir geheiratet.«

Ich stand auf und packte ihn an seinem Umhang, ich gebärdete mich wie ein Verrückter.

»Sag die Wahrheit! Ich will die Wahrheit wissen! Warum hast du sie geheiratet?«

»Beruhige dich. Die Wahrheit? Ich habe sie dir gesagt, und ich sehe nicht, es sei denn, du wärst verliebt in Magdalena, weshalb dich unsere Heirat stören sollte. Ich habe sie dir abgenommen. Wäre es dir lieber gewesen, daß sie dich mit ihren Ausbrüchen vor der Königin zugrunde gerichtet hätte?«

»Mit einem Wort, ich sollte froh sein und dir danken!«

Salvedra lächelte.

»Es scheint so.«

»Sag mir, wo sich dieses Haus befindet«, erwiderte ich.

Draußen rannte ich fast. Mein Herz raste, und trotz der Kälte lief mir der Schweiß den Rücken herunter. Warum? Warum diese Heirat? Was heckte Salvedra aus? In der gemeinsamen Arbeit hatte sich mein Mißtrauen verflüchtigt, aber Salvedra hatte gewiß weder das Geständnis, das ich ihm am Rio Segre entrissen hatte, noch die Drohung, die ich über ihm schweben ließ, vergessen.

Ich blieb stehen.

Und das Kind, das Kind!

Plötzlich ging mir dieses Kind, an das ich bisher nicht einen einzigen Gedanken verschwendet hatte, nicht mehr aus dem Kopf.

Das Haus, auf einem Granitsockel errichtet, machte einen ehrbaren Eindruck. Die beiden Fenster im ersten Stock gingen auf den Klostergarten.

Die Dienstmagd sah mich neugierig an.

»Die Señora ist unterwegs, um der Frau von Meister Fajardo, dem Wirtsherrn, einen Schal zu bringen, den sie für sie gestickt hat. Jesus, Maria und Josef! Man muß die Señora bei der Arbeit gesehen haben, eine Zauberin! Wenn Ihr auf sie warten möchtet, Señor ...«

Sie führte mich in das Zimmer im Erdgeschoß.

Rechts und links vom Kamin standen zwei Truhen. Kissen in leuchtenden Farben, ein Tisch und drei Schemel vervollständigten die Einrichtung. An der Wand ein Kruzifix. Im Kamin ein kräftig prasselndes Feuer.

Ich reichte der Magd meinen Mantel, sie kam mit dem Kind an der Hand zurück. Es machte sich von ihr los und pflanzte sich vor mir auf, schon sicher auf seinen kleinen Beinen stehend. Ein sehr hübsches Kind. Ich hatte es kaum erblickt, da wußte ich, daß es mein Sohn war.

Die Magd sagte:

»Unser kleiner Luis, Señor. Im März wird er erst zwei und läuft schon so gut. Ein Kind Gottes, Señor! Luis, sag dem Herrn guten Tag.«

Wir waren, glaube ich, einer so befangen wie der andere.

Ich streckte die Hand aus, um ihm über seinen braunen

Haarschopf zu streichen, der ihm in dichten Locken über den Nacken fiel,, als Magdalena hereinkam.

Ich hatte Mühe, ihre Erscheinung mit der des Mädchens, das ich am Strand von Valencia geliebt hatte, in Übereinstimmung zu bringen. Ihre seidigen, zu festen Schnecken über den Ohren geflochtenen Zöpfe machten ihr langgestrecktes Profil gefälliger, ein Hauch Schminke verlieh ihren Augen Tiefe. Sie legte ihren Umhang aus Ziegenfell ab, hob den Kleinen, der auf sie zustürzte, hoch und wandte sich zu mir.

»Endlich hast du dich entschlossen«, sagte sie.

»Ich weiß nicht, was Salvedra dir gesagt hat, aber ich konnte nicht vorher kommen. Er hat mir gerade erzählt ... Stimmt das? Du hast ihn geheiratet? Einen Mann, den du kaum kennst!«

»Ich kenne ihn besser als dich und gut genug, um seine Güte und seine Feinfühligkeit gegenüber einer armen Frau zu schätzen, die in einer fremden Stadt verloren ist und die man mit ihrem Kind wie einen Kohlstrunk auf den Misthaufen geworfen hat!«

»Magdalena! Fällt es dir denn so schwer zu begreifen, daß Kastilien gerade jetzt einen für seine Zukunft historischen Moment erlebt, in dem die Sorgen eines jeden von uns weit in den Hintergrund rücken? Ich habe getan, was ich konnte, um dir den Aufenthalt hier erträglich zu machen, ich komme zu dir, und du überhäufst mich mit Vorwürfen, dabei könnte ich dir welche machen. Dich mit Salvedra zu verheiraten, ohne meine Meinung zu hören ...«

»Die Zukunft Kastiliens! Und deine auch! Aber hast du dir um meine Zukunft Gedanken gemacht? Ein Kind zu haben und keinen Mann ...«

»Gerade wegen des Kindes hättest du warten sollen und mit mir über Salvedra reden ...«

»Ein Kind zu haben und keinen Mann«, wiederholte Magdalena, »ist eine Schande: Du hast keine Familie mehr, keine Freunde mehr, man kennt dich nicht mehr oder spuckt dir seine Verachtung ins Gesicht, aber das ist einem Mann wie dir ja völlig gleichgültig, er holt sich sein Vergnügen, und dann adieu, sieh zu, wie du zurechtkommst, Mädchen! Ja, ich habe Pablo Gómez de Salvedra geheiratet, und ich habe es mir nicht zweimal überlegt, als er mich fragte. ›Hol einen Priester‹, habe ich zu ihm gesagt, Meister Fajardo und seine Frau waren unsere Trauzeugen, und als der Priester hier in diesem Zimmer unsere Hände ineinandergelegt hat, habe ich mich endlich anständig und stolz gefühlt ... Auf dich warten, um mit dir darüber zu sprechen? Von dir habe ich nichts mehr erwartet.«

»Du hattest unrecht, ich hatte vor, dir eine hübsche Mitgift zu zahlen, mit der du einen Mann hättest finden können, ohne dich aus Dankbarkeit binden zu müssen, denn so bist du in den Stand der Unterlegenheit gegenüber Salvedra geraten.«

»Geld ist nicht alles. Du hast mir meine Ehre geraubt ...«

»Magdalena, Magdalena! Keine großen Worte, bitte! Deine Ehre? Habe ich dich in Valencia gezwungen, vergewaltigt? Wenn man so viel auf seine Ehre hält, geht man nicht zu nächtlicher Stunde allein am Strand spazieren. Das ist eine Herausforderung, nicht mehr und nicht weniger. Dir deine Ehre rauben? Wenn ich nicht so höflich wäre, würde ich sagen, daß du mir schlichtweg hinterhergelaufen bist!«

Ihre Nase wurde spitz, sie wurde unruhig und auf einmal ganz kleinlaut. Das Kind machte sich von ihr los, sie rief die Magd, die es wegführte.

»Hören wir auf, uns wie das gemeine Volk zu zanken«, sagte ich. »Ich hatte vor, den Jungen anzuerkennen.«

»Pablo würde es machen.«

»Genau das will ich nicht!«

Magdalena setzte sich, strich ihr mit Seidenmotiven besticktes hellgelbes Wollkleid glatt.

»Du wirst ihn mir doch nicht wegnehmen, sag? Das wirst du doch nicht tun?«

Ihr demütiger Ton rührte mich.

»Hältst du mich für einen Unmenschen? Ihn dir wegnehmen! Was für eine Idee! Es ist die Aufgabe der Mutter, sich um ein kleines Kind zu kümmern, um so mehr, da wir ständig von einem Ort zum anderen ziehen.«

»Wir? Gibt es jemand in deinem Leben?«

»Nein, danke. Die Politik reicht mir.«

»Ich bedauere dich, es ist hart, niemanden zu haben, den man liebt.«

»Eine Frage: Hat dir Salvedra gesagt, daß er jüdischer Herkunft ist, daß er ein Converso ist?«

»Nein, aber er ist ein guter Christ und sehr fromm.«

»Paß trotzdem auf. Wegen des Kleinen. Es ist so schnell passiert, daß eine junge, unschuldige Seele besudelt wird, das würde ich nicht ertragen!«

»Was willst du mir da einreden? Daß ich einen Mann geheiratet hätte, der nicht unseren Glauben teilt?«

»Ich rede dir überhaupt nichts ein. Es ist nur eine Warnung … Ich habe mit Salvedra deine Ausgaben in der Herberge beglichen, du wirst deine Reisekosten und den Unterhalt für den Kleinen ausrechnen und dazu die Miete für das Haus.«

»Das ist sehr freundlich von dir, aber für das Haus, das wird Pablo nicht akzeptieren. Er kommt jeden Abend zu mir, wenn er kann …«

Sie sprach nicht weiter und wurde rot.

Ich stellte mir plötzlich vor, wie Salvedra mit Magdalena den Beischlaf vollzog. Strömte sie immer noch diesen scharfen Geruch aus, der mich so erregt hatte? Wahrscheinlich. Bei den Schwestern lernt man nicht gerade, sich gründlich zu waschen, und woanders auch kaum. Diese Sorgfalt bei der Körperpflege, die ich von meinem Vater geerbt habe, ist gewiß eine Sünde, zumindest ist es eine Manie, aber ich lasse nicht davon ab.

Beginnt die Achtung vor sich selbst nicht dort, wo niemand sie vermutet?

Wieder im Alcázar, ging ich geradenwegs zu Salvedra.

»Meinen Glückwunsch, die Braut ist hübscher geworden. Aber jetzt hör mir gut zu. Wenn du vorhaben solltest, meinen Sohn deine jüdischen Bräuche zu lehren, bringe ich dich um.«

26

Der Herr ist mit mir! Wenn es Sorgen hagelt, lenkt Er meine Aufmerksamkeit auf irgend etwas Wichtigeres.

Zwei Tage nach meinem Besuch bei Magdalena rief Diego López Pacheco, Sohn des verstorbenen Pacheco und neuer Marqués de Villena, die Infantin Juana, die unter seiner Obhut im Alcázar von Madrid lebte, zur Königin aus.

Unmittelbar darauf traf eine Botschaft aus Portugal ein, worin König Alfonso mit dem Eifer eines wackeren Ritters, der einer kleinen Prinzessin in Not zu Hilfe eilt, Isabel seine Absicht verkündete, Juana, ihre Nichte, zu heiraten und den Titel eines Königs von Kastilien anzunehmen.

Ich sehe Isabel noch vor mir, den Brief in der Hand, wie sich ihr zartes Gesicht vor Empörung verfärbte.

»Wir müssen diesen Machenschaften Einhalt gebieten, das darf nicht geschehen! Ich habe mich immer geweigert, die infamen Gerüchte, die über meinen Bruder verbreitet wurden, nachzuplappern, aber da seine Ehe mit der Königin Juana aufgrund der Blutsverwandtschaft keinen kirchlichen Dispens erhalten hat und damit nicht als gültig anerkannt wurde, ist das Gör demzufolge ohne jeden Zweifel unehelich.«

Isabel hatte schon ihr Recht auf die Thronnachfolge mit diesem Argument begründet. Diese Diskussion über die Legitimität oder Illegitimität war jedoch durch die entscheidende Alternative, die sich dem Adel jetzt bot, überholt: Entweder konnte er die starke, rigorose Monarchie akzeptieren, die Isabels und Fernandos Vorgehen versprach, oder aber Juana unterstützen und weiterhin eine Politik der Einmischung verfolgen, die unter zwei Regentschaften den Souverän und seine Granden zu deren großem Vorteil auf eine Stufe gestellt hatte.

Isabel schickte einen Kurier mit einer Botschaft an Alfonso, in der sie ihm Kardinal Mendoza und Monsignore Carrillo als Schiedsrichter vorschlug, so wie sie es auch bei ihrem Zwist mit Fernando getan hatte. Im vorliegenden Fall standen sich die Interessen hart gegenüber, und anstelle einer Antwort signalisierten uns unsere Informanten, daß der König von Portugal seine Burgen in der Nähe unserer Grenze befestigte und seine Truppen zusammenzog.

Weitere Bemühungen um Versöhnung scheiterten. Im März bereiteten wir uns schließlich auf die unvermeidliche Konfrontation vor. Fernando begann Truppen auszuheben, während Isabel versuchte, hinreichend Gelder zu beschaffen, da sich der Kronschatz im Alcázar als lächerlich erwies. Sie verpfändete ihre und Fernandos persönliche Schmucksachen. Sie hatten nur wenig, und sie bekam noch weniger dafür, und wir zermarterten uns den Kopf, wie wir die Kosten für das Heer aufbringen sollten, als uns der Himmel zu Hilfe kam.

Eines Morgens ging ich in eine Kirche, um mich zu sammeln. Man zelebrierte dort gerade eine Taufe. Auf dem Altar funkelten Gold und Silber. Ich freute mich stets über diese Zeugnisse von Frömmigkeit, die die Gotteshäuser auf gebührende Weise schmücken, aber an jenem Tag betrachtete ich sie mit anderen Augen. Nach einem kurzen Gebet lief ich zu Kardinal Mendoza.

»Bei der großen Zahl von Kirchen in den Städten und Marktflecken, die uns zugefallen sind, möge sich Eure Eminenz einmal vorstellen, was für märchenhafte Summen man aus diesen Vasen und Geräten herausholen könnte!«

Mendoza schwieg. Sein Schweigen dämpfte meine Begeisterung.

Voller Unruhe brachte ich hervor:

»Vielleicht scheint der Gedanke in den Augen Eurer Eminenz ja frevelhaft, vielleicht hat ihn mir auch der Teufel eingeflüstert, der unsere Besorgnisse im Handumdrehen für sich auszunutzen versteht? Wenn es so ist, flehe ich Eure Eminenz an, alles zu vergessen ...«

Mendoza stand auf und versetzte mir einen leichten Rippenstoß.

»Überlassen wir nicht dem Teufel den Nutzen aus deinem Scharfsinn. Im Gegenteil, mein Freund, der Gedanke ist genial, und ich könnte mich geißeln, daß ich nicht selbst auf die Idee gekommen bin! Ich übernehme es, die Zustimmung des Klerus zu erhalten. Ihre Hoheit zu überzeugen wird sehr viel mühsamer sein.«

Bevor wir uns an Isabel wandten, versicherten wir uns der Unterstützung von Fray Fernando de Talavera, einem Mönch vom Orden des heiligen Hieronymus und seit kurzem Isabels Beichtvater, dessen große Tugenden die Rechtmäßigkeit unseres Vorhabens bekräftigen würden.

Zunächst stießen wir jedoch auf ein kategorisches Nein.

»Mir die Kultgegenstände aneignen? Niemals. Es ist mir unerklärlich, wie Eure Eminenz es wagen kann, so etwas überhaupt vorzubringen.«

»Eure Hoheit wird diese Gegenstände hundertfach zurückerstatten, sie sind lediglich eine Leihgabe, mit der sie noch besser zum Ruhme Gottes wirken kann. Das Land braucht viele Kathedralen, Universitäten, Hospitäler, die nur auf Euren Sieg warten, damit sie tatsächlich gebaut werden. Und seien wir realistisch. Meint Ihr den Krieg mit einer Handvoll Maravedís zu gewinnen? Der Krieg ist ein Abgrund. Trotz Eures Mutes wird er Euch verschlingen, Euch, Euren Gemahl, Eure Krone und Eure Gefolgsleute, wenn Ihr nicht die nötigen Mittel dafür beschafft. Zieht Ihr es vor, daß Kastilien unter die Vorherrschaft Portugals fällt, daß Alfonso und Juana triumphieren, daß man

Euch aus dem Land treibt, das Euch gehört? Verzeiht mir diese rohe Sprache, aber so wird es kommen, wenn Eure Hoheit nicht unserem Rat folgt, einem Rat, dem auch Fray Talavera zustimmt, und ist das nicht die beste Gewähr, Euer Gewissen zu beruhigen?«

Isabel gab schließlich nach.

Es wurden gewaltige Mengen Gold und Silber eingeschmolzen, die Mendoza aus Kirchen und Klöstern beschaffte. Das Ganze brachte in den kommenden Monaten dreißig Millionen Maravedís ein.

So kann man sagen, daß Gott unseren Feldzug finanzierte.

Ich ging dreimal meinen Sohn besuchen. Nicht wissend, was Kindern in diesem Alter Freude macht, hatte ich beim Tischler ein hübsches Kinderstühlchen anfertigen lassen, dessen Sitz mit einem geblümten Stoff bespannt war. Der Schemel entzückte ihn. Wenn ich kam, zog er ihn bis zu mir, setzte sich darauf und beobachtete mich. Seine samtig glänzenden, nachdenklich blickenden schwarzen Augen erinnerten mich an andere Augen, eine vage Erinnerung, die ich jedoch nicht einordnen konnte. Luis hatte von mir den Sinn für Sauberkeit geerbt. Ein Fleck auf seiner Kleidung brachte ihn fast zum Weinen, und er verlangte ständig nach einer Schüssel Wasser, um sich die Hände zu waschen. Ich zeigte meine Befriedigung darüber. »Was glaubst du denn? Er kommt nach mir!« entgegnete Magdalena. Sie hatte einen überheblichen Ton an sich. Als wir nach Valladolid aufbrachen, wurde ihr bewußt, daß ihre Heirat mit Salvedra sie zu langen Zeiten der Einsamkeit verdammen würde.

Trotz der unschätzbaren Hilfe, die wir den Kirchengütern zu verdanken hatten, erwies sich der Ausgang des Konflikts als äußerst ungewiß. Eine ganze Reihe von Städten, und darunter nicht die unbedeutendsten, wie Zamora, Ciudad Real, Madrid,

Burgos, Sevilla, Jaén und Salamanca, blieb den Anhängern Juanas treu. Sie herrschten in mehreren Provinzen, so in Galicien, Andalusien und in der Estremadura. Allein das Lehen des jungen Marqués de Villena nahm einen großen Teil im Südosten ein. Überdies drohte Carrillo, tief gekränkt wegen des Einflusses von Mendoza, uns den Rücken zu kehren, er hatte sich nach Alcalá zurückgezogen. Das betraf Kastilien, aber noch größere Gefahr lauerte an den Grenzen, es hieß, Alfonso V. habe sich mit den Franzosen verbündet, um uns zu Lande und zu Wasser zu überfallen.

Gegenüber diesen Bedrohungen reagierte Isabel auf ihre Weise: Je mehr ihre Feinde wünschten, daß sie sich beugte – ging man nicht sogar so weit, sie zu beschuldigen, ihren Bruder, König Enrique, vergiftet zu haben! –, desto gerader richtete sie sich auf.

Um eine Sicherheit und eine Macht zu demonstrieren, die unsere beiden Herrscher gleichwohl nicht besaßen, beschloß Isabel, in Valladolid, wohin wir uns in der Folge begaben, ein grandioses Turnier zu veranstalten.

Das Turnier fand am 3. April 1475 im Beisein der gesamten Bevölkerung statt, bei freundlichem Sonnenschein und einem leichten Windhauch, gerade genug, um die Fackeln fröhlich aufflackern zu lassen. Die Spitzen des Adels waren anwesend. Isabel hielt auf einer mit Silber- und Goldblumen geschmückten Stute Einzug, sie selbst war in weißen Brokat gekleidet, und auf ihrem Kopf prangten die Krone und Edelsteine. Noch ganz im Frühling des Lebens, hatte sie ein frisches, schönes Lächeln aufgesetzt. Ein Zug von vierzehn Edeldamen folgte ihr.

Nachdem man die Königin bewundert hatte, wandten sich aller Augen Catalina zu. Ich hatte mir mit Don Fadrique die Kosten für ihre Garderobe geteilt, und wir warfen uns in die Brust, als wären wir die Besitzer dieses mit Perlmuttsatin und

Spitzen ausstaffierten Wunderwerks. Aber wer konnte sich schon rühmen, Catalina zu besitzen? Vielleicht besaß ich das Beste von ihr: ihre Seele, die sie nur mir entblößte. Ihr Verhältnis mit Fernando ging zu Ende, was Fray Talavera zu verdanken war, der den König getadelt und von ihm mehr Eifer und Respekt gegenüber seiner Gemahlin verlangt hatte.

Catalina lachte:

»Der Mönch ist nur ein Vorwand, Fernando wird sich woanders niederlassen. Um so besser. Ich bin seiner überdrüssig und umgekehrt. Weil ich ihm das übliche Gezeter und Gegeifer erspart habe, sind wir als gute Freunde auseinandergegangen. Er hat mir versprochen, daß Antón mich nicht belästigen wird. Jetzt bin ich, Gott sei Dank, frei.«

Diese Freiheit, von der Catalina voller Lust sprach, erschreckte mich.

»Warum nutzt du das nicht aus?« fragte Don Fadrique mich immer wieder. »Dieses Goldstück würde sich nichts sehnlicher wünschen. Abgesehen von der Zuneigung, die sie für dich hegt, bist du am Hof inzwischen eine Autorität, und wenn es nur ihren Stand bei der Königin stärken würde …«

Das hätte man mir nicht sagen sollen!

Don Fadrique hatte zweifellos reichlich Erfahrung mit Frauen, was das Körperliche angeht, aber er hatte absolut keine Ahnung von den Hemmungen, die die Leidenschaft bei einem Mann auslöst. Die Liebesleidenschaft war ihm in der Tat fremd.

Das Turnier verlief glanzvoll, am häufigsten sah man den König und den Herzog von Alba auf dem Kampfplatz. Don Beltrán de la Cueva, Herzog von Albuquerque, errang die Siegestrophäe. Die gewundenen Pfade, die die Politik mitunter einschlägt, die lange Nase, die sie der Geschichte dreht, bietet oftmals Anlaß zum Lachen. Wer hätte es gewagt, daran zu erinnern, daß Don Beltrán, nunmehr ein getreuer Untertan Isabels, derselbe war, dem man unter der Herrschaft von König Enrique die Vaterschaft der Infantin Juana zugeschrieben hatte – eine so verbreitete Behauptung, daß man sie nur die *Beltraneja* nannte!

Ich bin kein Anhänger von Turnieren, ich ziehe Brief- oder Rededuelle den Stockspielen vor, und auf die Gefahr hin, in Stücke gerissen zu werden, behaupte ich, daß es kindisch ist, mit Lanzenbrechen sein Leben in Gefahr zu bringen. Außerdem ist es unanständig, finde ich, so sehr wetteifert dabei die Eitelkeit mit der Prunksucht, während in den Städten und auf dem Land das Elend wie Unkraut aus dem Boden schießt. Ich hörte also nur mit halbem Ohr hin, was Don Fadrique sagte, und übertrug meinen Verdruß auf den Herzog von Santoral, einen Neuchristen, dessen Vermögen ins unermeßliche ging.

Der Herzog war an die Sechzig, hochgewachsen und trocken wie eine Gräte, dreimal Witwer, eines der begehrtesten »Herzen«, und wenn er sich über den Kampfplatz bewegte, streckten die Damen auf den Tribünen ihren Busen vor, schwenkten ihre Fächer wie Vögel beim Hochzeitstanz. Mit seinem über der Rüstung flatternden scharlachroten Umhang und dem Federbusch in derselben flammenden Farbe, der seinen Helm und die Brust schmückte, schritt er voran, blieb vor der königlichen Tribüne stehen, grüßte Isabel und neigte seinen Kopf fast unmerklich in Catalinas Richtung, bevor er sich wieder zurückzog. Das kleine Biest hatte sich nicht getäuscht, und ich verabscheute die hochmütige und gespielt gleichgültige Miene, die sie unter ihrer von einer Perlenschnur gehaltenen leichten Kopfbedeckung aufgesetzt hatte.

In dem Menschengewühl, das das Ende des Turniers anzeigte, trat auf einmal ein bärtiger Mann von bescheidenem Aussehen auf mich zu.

»Señor de Soca?«

»Du kennst mich?«

»Wer kennt nicht Luis de Soca! Eine Dame erwartet Euch in der Gasse der Äbtissinnen, Señor.«

»Die Dame hat doch vermutlich einen Namen?«

»Sie hat mir nur gesagt, daß ich Euch das hier zeigen soll.«

Er öffnete die Hand. In seinem Handteller glänzte ein goldener, mit dem Fang eines Falken besetzter Ring. Der Ring gehörte Álvaro. Der Mann ließ mich an der Ecke des Gäßchens allein zurück. Der Ort war verlassen. Ich tastete mich mit meinem Dolch vorwärts, als eine Gestalt aus dem Schatten trat – Rahel. Sie schlug ihren Schleier zurück, warf mir einen angstvollen Blick zu.

»Danke, daß Ihr hergekommen seid.«

»Señora, was ist passiert? Álvaros Schweigen beunruhigt mich. Habt Ihr Neuigkeiten?«

»Dabei hatte ich gehofft, von Euch welche zu bekommen! Seit dem Tod des Königs habe ich ihn nicht mehr wiedergesehen. Wir haben Madrid fast gleich danach verlassen. In der Umgebung des jungen Marqués de Villena hat man es gewagt, die ärztliche Behandlung des Königs durch meinen Mann, Doktor ha-Levi, zu kritisieren, was ihn sehr betrübt hat. Zwischen ihm und dem König hatten sich enge Bande geknüpft, er konnte ihn nicht retten, die Krankheit war schon zu lange in ihm und hatte sich bereits in den lebensnotwendigen Organen festgesetzt Aber wenn es ein Drama gibt, sind immer wir daran schuld, die Juden! König Enrique war ein gütiger Mann, Señor. Aber ach, in der Welt, in der wir leben, ist Güte gleichbedeutend mit Schwäche und Feigheit.«

»Vor allem, wenn man auf einem Thron sitzt. Ein König ist es sich schuldig, alles von sich zu fordern, dann kann er auch viel von anderen fordern. Ich will gern zugeben, daß König Enrique keinen schlechten Kern hatte, aber in seiner Position ist ein eigenwilliges, verschwenderisches und wankelmütiges Temperament fehl am Platze ... Bei der Wendung der Dinge fürchte ich, daß Álvaro nicht die richtige Wahl getroffen hat.«

»Nicht die richtige Wahl?«

»Ich meine damit, indem er auf den Marqués de Villena und die Portugiesen gesetzt hat. War Francisca, seine Frau, bei der Infantin Juana, als Ihr von Madrid aufgebrochen seid?«

»Ja. Ich weiß nicht, was die richtige oder die falsche Wahl ist, ich wünsche mir nur, es möge die beste für unsere Rasse sein und Álvaro möge unbeschadet davonkommen.«

Ihre Stimme bebte.

»Bleibt Ihr in Valladolid?«

»Mein Mann hat beschlossen, von nun an jeden öffentlichen Posten abzulehnen und sein Wissen nur noch den Unsrigen zur Verfügung zu stellen.«

»In Segovia habt Ihr mir gesagt, daß Ihr die Atmosphäre am Hof überhaupt nicht schätzt, da muß Euch diese Entscheidung doch freuen.«

»Einerseits, ja. Aber am Hofe hatte ich die Möglichkeit, Álvaro zu sehen, hier dagegen ...«

Sie seufzte.

»Señora ...«

»Señor?«

»Entschuldigt meine Offenheit, ich hätte das Thema nicht angeschnitten, wenn Ihr es nicht als erste getan hättet, und Euer Vertrauen rührt mich. Von Álvaro weiß ich, wie stark die Gefühle sind, die Euch miteinander verbinden, ich weiß auch, daß sie Euch alle beide sehr unglücklich machen. Wohin führt das, wenn Ihr einander so quält? Álvaro ist empfindlich, niemals wird er die Beziehung zu Euch abbrechen, auch auf die Gefahr hin, daß sie ihn zu einer Verzweiflungstat treibt. Es liegt an Euch, Señora, und ich sage das bei der Wertschätzung und der Achtung, die Ihr mir einflößt, es liegt an Euch, die räumliche Entfernung, die die Rückkehr in Eure Gemeinde schafft, zu nutzen, um ihn zur Vernunft zu bringen. Für sein und für Euer Bestes. Ihr allein habt diese Macht.«

Rahels schönes Gesicht versteinerte.

»Die Macht!« wiederholte sie. »Die Liebe läßt sich nicht von

Gesetzen, Edikten oder Befehlen bestimmen, redet über das, wovon Ihr etwas versteht!«

Sie zog ihren Schleier vors Gesicht, drehte sich um, kehrte aber noch einmal zurück.

»Bitte, den Ring.«

»Kann ich ihn nicht behalten? Das wäre sehr freundlich von Euch. Ich habe kein Andenken an Álvaro.«

»Wollt Ihr mir denn alles nehmen?«

Ich gab ihr den Ring, und sie verschwand.

27

Eskortiert von einer Menge Edelleute, darunter dem Marqués de Santillana, dem Bruder von Kardinal Mendoza, der uns auf sein Landgut eingeladen hatte, zogen wir von Valladolid nach Guadalajara.

Ein glanzvoller Empfang, der uns allerdings sehr bald durch die Nachrichten verdorben wurde, die wir befürchtet hatten: Das portugiesische Heer hatte mit fünftausend Berittenen und zehntausend Mann Fußvolk die Grenze überschritten; König Alfonso stand in der Estremadura, in Plasencia, bei ihm war Juana, die unter der Obhut des Marqués de Villena von Madrid dorthin gebracht worden war; die Hochzeit war für Ende des Monats, den 29. Mai, vorgesehen.

Sofort sagte Isabel zu mir:

»Du gehst nach Alcalá. Unternimm alles, damit Erzbischof Carrillo zu uns zurückkehrt. Ich habe den Grafen von Haro zu ihm geschickt, er hat sich geweigert, ihn anzuhören. Auf dich wird er vielleicht hören.«

»Luis, mein Freund! Was für ein Vergnügen!«

Carrillo drückte mich an seine breite Brust und zerkratzte mir dabei mit seinem Goldschmuck mein Samtwams. Er strahlte und sprühte Lebenslust, aber seine Miene verhieß nichts Gutes.

»Das Vergnügen ist auf meiner Seite, Monsignore, Euch in so guter Verfassung zu sehen.«

»Was führt dich zu mir? ... Nein, warte, laß mich raten. Zeigt Isabel Reue?«

»Man bereut nur falsche Handlungen, und Ihre Hoheit ist außerstande, eine solche zu begehen. Ihr fehlt ihr, Monsignore, sie hat Menschen, die ihr teuer sind, gern in ihrer Nähe, und ihr liegt daran, Euch in Alcalá so bald wie möglich aufzusuchen.«

Carrillo brach in Lachen aus.

»Luis, Luis! Versuch nicht, mir Honig ums Maul zu schmieren! Abgesehen von Isabels Wunsch, mich zu sehen, und wir wissen ja, warum, steckt nicht ein einziges wahres Wort in deiner ganzen Rede. Ich bin dir deswegen nicht böse, du spielst deine Rolle gut. Ein kleines Mädchen, das ich aus dem Nichts geholt habe – du kannst das wohl bestätigen –, das ich zum Altar und schließlich auf den Thron geführt habe und das mich nun die Treppe hinunterwirft, um einen Kardinal Mendoza zu seiner Rechten zu haben! Ein Intrigant von der schlimmsten Sorte, dieser Mendoza. Kardinalshut und Purpurmantel standen mir zu. Aber was macht es deiner Gebieterin schon aus, mich wie einen gewöhnlichen Geistlichen zu behandeln und auf mir herumzutrampeln, die Gelegenheit war zu günstig, die Mendozas zu ködern. Ihnen schuldet sie noch nicht genug, als daß sie das belasten würde. Denk daran, je mehr man mit seiner eigenen Person bezahlt, desto weniger wird man dafür belohnt.«

Während er verschnaufte, suchte ich hastig nach einer Erwiderung.

Unbestritten hätte Isabel sich ohne Carrillo nicht mit Fernando vermählen können, man hätte sie an irgendeinen um seine Privilegien besorgten Prinzen verheiratet, niemals hätte sie die Herrschaft übernommen – aber was Carrillo getan hatte, hatte er für sich getan. Ein Kardinalshut? Das war nicht genug. Mit Hilfe einer jungen Prinzessin die Krone Kastiliens, das war es, was er wollte! Aber wie sollte ich ihm das sagen?

»Luis, mein Freund, laß uns essen gehen, mich plagt der Hunger.«

Wenn Mendoza in Sachen Intelligenz und Fingerspitzengefühl Carrillo weit hinter sich ließ, so schlug ihn der Erzbischof mit seinem Appetit um hundert Längen. Pasteten, Fisch, Fleisch, Wild, mit höllisch scharfen Saucen gewürzt – mein Gastgeber verschlang ein Gericht nach dem anderen, stets begossen von einem kräftigen Schluck Wein.

Endlich gesättigt, gab er einen ganzen Rosenkranz volltönender Rülpser von sich und schob den Teller beiseite.

»Nun laß uns miteinander reden. Es ist sinnlos, wenn du versuchst, mich zu überzeugen. Wenn sich deine Herrin an einem Tor von Alcalá zeigt, verlasse ich die Stadt. Erspare ihr diese Schmach. Sie wird noch ganz andere hinnehmen müssen. Deine Prinzen haben das Spiel verloren, ich schließe mich König Alfonso an. Mit Carrillo ist nicht mehr zu rechnen. Der Mensch braucht ein Minimum an Anerkennung. Mit der kleinen Juana als Königin von Kastilien werde ich sie bekommen.«

»Monsignore, das könnt Ihr nicht machen! Ihr würdet Euch selbst widersprechen. Nachdem Ihr so sehr behauptet habt, daß Juana eine Bastardin ist …«

»Schweig! Ich habe ein Herz! Isabel hat es zu sehr bluten lassen, Juana wird es gesundpflegen. Und es ist nicht Alfonso Carrillos Art, sich auf die Seite der Verlierer zu schlagen. Nur Dummköpfe klammern sich an einen Baum, in den der Blitz einzuschlagen droht. Ich hatte auf die Prinzen gesetzt, ich habe mich geirrt. Du siehst, ich habe meinen Irrtum erkannt.«

»Die Prinzen haben das Recht auf ihrer Seite.«

»Welches Recht? Das Recht, das ich und ein paar Granden ihnen freundlicherweise zugestanden haben. Juana, eine Bastardin? Waren wir denn im Brautlager der Königin Juana dabei, als sie das Kind empfangen hat? Ist es wirklich sicher, daß dieser arme Teufel Enrique impotent war? Vermutungen! Ich habe an Isabel geglaubt, ich habe an diese Gerüchte geglaubt, die ihr genützt haben. Aber jetzt glaube ich nur noch, was mir die Logik sagt: Die Prinzen werden ins Gras beißen, und das ist keine Nahrung, zu der ich mich bequemen werde. Wach auf, Luis! Die meisten Städte widersetzen sich, vier Provinzen sind bereits für Juana gewonnen, mit der meinen und meinen Festungen haben Isabel und Fernando halb Kastilien gegen sich, dazu die Portugiesen mit ihren phantastischen Ressourcen.«

»Monsignore …«

»Spar dir deine Worte, ich breche morgen mit fünfhundert Lanzen nach Plasencia auf. Komm mit, es wird dir von Nutzen sein.«

»Ich danke Euch, Monsignore, aber der Nutzen ist in meinen Augen weniger wert als die Loyalität, ich bin der Königin verbunden und bleibe es, komme, was wolle.«

»Loyalität! Ich weiß Bescheid. Mehr als zehn Jahre lang habe ich Isabel auf meinen Schultern getragen, bis mir die Knochen weh taten, und was habe ich heute davon? Kummer und Bitterkeit. Folge meinem Rat, Luis, komm mit mir, ich werde dir die höchsten Ämter verschaffen, du hast es verdient.«

»Der Ratgeber Ihrer Hoheiten zu sein genügt mir. Außerdem teile ich in keiner Weise den Pessimismus Eurer Exzellenz. Unsere Herrscher werden gewinnen. Ihre Anhänger streben vor allem nach der Größe Kastiliens, dagegen denken die Anhänger Juanas lediglich an die erhofften Vorteile. Deshalb, ich beschwöre Euch, gebt Euer Vorhaben auf, versöhnt Euch mit der Königin, Euer Platz ist an ihrer Seite, in der ersten Reihe, um die Früchte eines Sieges zu ernten, der auch Eurer sein wird. Ich bin gekommen, um Euch ihren Besuch anzukündigen und gleichzeitig ihrerseits zu versichern, daß sie Euch das, was sie Euch am Vorabend des Krieges unmöglich zugestehen kann, für den Tag verspricht, da Frieden geschlossen wird.«

»Verdammt! Sie wittert die Niederlage, es kostet sie nichts, etwas zu versprechen. Sie hat mich einmal rumgekriegt, noch einmal gelingt ihr das nicht. Alfonso Carrillo macht sich aus dem Staub, und wenn man die beiden, sie und Fernando, aus Kastilien verjagt, werde ich Beifall klatschen. Deshalb sage ich noch einmal, komm mit mir. Dein genialer Verstand ist mir kostbar, ich bin für die Tat geboren, Papierkrieg ertrage ich nicht.«

»Ich kann nicht, Monsignore.«

»Eiferst du ihr etwa nach? Bist du etwa auch undankbar? Willst du mich zwingen, dich daran zu erinnern, daß du in meiner Schuld stehst, und nicht zu knapp? Wer hat dir ermöglicht, deine Studien in Salamanca zu betreiben, wer hat dich in Arévalo bei Isabel eingeführt, wer hat dich zu dem gemacht, was du bist?«

»Denkt nicht, daß ich Euren Edelmut vergessen habe, aber in erster Linie verdanke ich dem König von Aragón das Wissen, das Ihr mir in Eurer Güte habt zukommen lassen. Mein Vater hat ihm gewisse Dienste erwiesen, er hat Euch um einen anderen gebeten. Es ist also meine Pflicht, ihm zu dienen, indem ich seinem Sohn diene. Gestattet Ihr mir in diesem Zusammenhang eine Bemerkung?«

»Da wir schon mal dabei sind!«

»Ich bin zutiefst erstaunt, daß Ihr mit den Portugiesen, die sich seit jeher Kastilien zum Nachteil Aragóns ködern wollten, zu paktieren gedenkt, und dazu mit einem Adel, allen voran dem Marqués de Villena, dessen Feindseligkeit gegenüber dem König von Aragón nur allzu bekannt ist, so bekannt wie die Freundschaft, die Euch mit Juan II. verbindet. Ist ein solcher Widerspruch vereinbar?«

Carrillo seufzte, ein tiefer Seufzer, der dem Umfang seines Brustkorbs entsprach.

»Danke, Luis, mein Freund, für deine Offenheit, ich bin froh darüber, es ist so selten, daß jemand mit mir so unverblümt zu sprechen wagt! Der Preis dafür, was ich bin! Siehst du, zwischen mir und König Juan besteht eine solche

Zuneigung, wie man sie in den Sphären, in denen wir uns bewegen, in einem Jahrhundert an den Fingern einer Hand abzählen kann. Wir verstehen uns in allem. Sicherlich hat er versucht, ich weiß es und du auch, Licht in diese böse Geschichte zu bringen, aber er genauso wie ich sind auf Isabel hereingefallen. Eine Wölfin! Und denk daran, was ich dir sage: Nichts wird sie dazu bringen, das Zepter, das sie in ihren Klauen hält, herzugeben, es sei denn das Exil oder der Tod.«

»Eine Wölfin? Monsignore! Eine solche Bezeichnung ist unbarmherzig und trifft überhaupt nicht auf Ihre Hoheit zu!«

»Nur zu, dichte ihr nur alle guten Eigenschaften an.«

»Sie hat sie. Ihr müßt zugeben, eine Kindheit wie ihre war eine harte Schule, aber Ihre Hoheit ist im Grunde liebenswürdig und großzügig. Deshalb ist sie in gewisser Weise so betrübt, daß Ihr Euch gekränkt fühlt. Ich versichere Euch, ich habe aus ihrem Munde niemals etwas anderes als Worte der Verehrung und der Achtung über Euch gehört. Wenn man diese Gefühle so ausspricht, klingen sie gewiß hohl, aber Ihr könnt das selbst viel besser beurteilen ...«

Carrillo lächelte. Lächeln und seufzen gehörte zum Arsenal seiner Verführungskünste, wenn man ihn nicht kannte.

»Luis, wo ist deine Aufrichtigkeit geblieben? Lassen wir es dabei bewenden. Mein Angebot steht nach wie vor. Ich werde dich sehr vermissen.«

»Ich werde Euch ebenso vermissen, Monsignore.«

Und ich dachte es auch.

Mit Carrillo ging meine Jugend dahin.

28

Ich kehrte erst spät nach Guadalajara zurück. Die Nacht war schwarz, der Palast still. In einem Saal spielten Fernando und der Graf von Santoral Schach. Seine Anwesenheit verstärkte noch meine schlechte Stimmung. Was brauchten wir einen Grafen in einem solchen Moment! Ich hätte um meine letzten Maravedís gewettet, daß Catalina nicht schlief, ganz außer sich wegen dieses Besuchs und der Wahl der passenden Garderobe.

Am nächsten Morgen berichtete ich Isabel von meiner mißlungenen Mission.

»Nun, dann soll er gehen«, sagte sie. »Man hängt sich nicht an einen morschen Ast.«

Sie schwieg und wurde plötzlich ganz blaß.

Nie hatte ich sie so gesehen, mit aschfahlen Lippen, der Blick verschwommen. Mir schien, als würde sie gleich das Bewußtsein verlieren, ich stürzte zu ihr, ihre Stimme ließ mich erstarren.

»Wir sind verloren. Die Anwesenheit Carrillos am Hofe von König Alfonso wird Juanas Legitimität bestätigen. Da ist es unwichtig, daß er sie selbst lautstark eine Bastardin genannt und ausdrücklich Don Beltrán de la Cueva bezichtigt hat, sie gezeugt zu haben. Das Volk, das nur in der Gegenwart lebt, denkt, rebelliert oder applaudiert, behält nur eins: Der Erzbischof von Toledo, der erste Würdenträger der Kirche, hat sich entschieden, er erkennt Juana als Königin an, also ist Juana unsere Königin ... Jetzt kann uns nur noch Gott helfen, Luis! Unterrichte meinen Gemahl, bitte ihn, mich aufzusuchen, und kümmere dich um den Grafen von Santoral. Ein Edelmann, der uns hundert Lanzen zu je sieben Mann überläßt, hat Anspruch auf unsere Aufmerksamkeit, schon gar unter den Umständen, in die uns diese Kanaille von Carrillo gebracht hat.«

Die Mendozas ließen den Grafen die Schönheiten des Landgutes bewundern. Das ersparte mir heuchlerische Auslassungen, zu denen ich mich in meiner Bestürztheit nicht in der Lage fühlte.

Ich kletterte zu Don Fadrique hinauf.

Catalina war bei ihm, strahlend, mit weißen Rosen im Haar.

»Was machst du denn für ein Gesicht?« rief sie aus.

»Und du strahlst.«

»Ist das ein Kompliment oder eine Kritik?«

»Rate.«

»So ein Griesgram! Sagen wir's ihm, Don Fadrique, oder sagen wir's ihm nicht?«

»Was schon wieder? Erwartest du ein Kind?«

»Sei nicht vulgär. Ein Kind, und von wem, bitteschön? Ich bin so rein wie ein Lamm. Ehrendame der Königin zu sein schützt vor jeder Zerstreuung und Versuchung. Wenn ich nicht Don Fadrique hätte ... Sagen wir's ihm, Don Fadrique?«

Don Fadrique setzte seine silberne Trillerpfeife an den Mund.

Paco, der Küchenjunge, kam herbeigelaufen.

»Hol deinen Neffen.«

Im Nu war er wieder zur Stelle, einen robusten Burschen mit hochroten Wangen vor sich herschiebend.

»Luis, ich stelle dir deinen Diener vor, Modesto. Ich habe ihn vor zwanzig Jahren in der Kathedrale von Salamanca getauft. Er ist gesund und hat Köpfchen, und Ehrbarkeit und Ergebenheit liegen in der Familie.«

»Don Fadrique ...«

»Verschwinde, Modesto. Dein Herr und ich haben etwas zu bereden.«

Modesto küßte erst Don Fadriques, dann meine Hand und zog sich zurück.

»Was ist los, mein Junge?«

»Monsignore Carrillo verläßt uns und geht zu Juana und den Portugiesen.«

Catalina stand auf.

»Entschuldigt mich, Don Fadrique. Eine arme Frau hat schon genug mit ihren eigenen Angelegenheiten zu tun, da kann sie sich nicht auch noch mit denen der anderen befassen. Mit Politik hat mich Fernando bis zum Überdruß vollgestopft. Ich überlasse diesen Genuß der Königin, die sich so sehr daran ergötzt, als würde sie, genauso wie Luis, keinen anderen kennen!«

Sie machte sich davon, uns ihren Duft nach Aber und Rosen hinterlassend.

Don Fadrique hörte mir schweigend zu.

»Also, du hast nicht vermutet, daß Carrillo überlaufen würde, aber was dich erschreckt hat, ist die Reaktion der Königin. Man neigt leicht dazu, Ausnahmegestalten der geringsten Schwäche für unfähig zu halten, man wünscht sie sich wie aus einem Guß, unbeugsam wie ein Schwert, dabei sind es doch auch menschliche Wesen! Reg dich nicht auf. Es handelt sich nur um eine vorübergehende Verstimmung. Carrillo hat sie herausgefordert, die Antwort wird nicht lange auf sich warten lassen ... So, nun hast du endlich einen Diener. Ein guter Ruf muß auch durch äußere Zeichen zur Geltung gebracht werden. In Wirklichkeit stünden dir bei deiner Stellung fünf oder sechs Diener zu, aber fangen wir erst einmal bei einem an. Deine Energie darauf zu verschwenden, deine Kleidung sauberzuhalten ... Nein, wirklich, was hatte ich mit dir auszustehen, Junge!«

»Don Fadrique, ich bin ganz gerührt von der Aufmerksamkeit, die Ihr mir zugedacht habt, aber ein Diener bedeutet Kosten ...«

»Hör auf. Was für Kosten? Der Kleine ist frisch eingekleidet, und um seine Bezahlung, eine Handvoll Maravedís im Jahr, kümmere ich mich. Übrigens wäre er auch ohne Bezahlung in deine Dienste getreten, so stolz ist er, Diener von Luis de Soca zu sein.«

»Don Fadrique!«

»Beruhige dich, und schau mich nicht mit so einfältiger Miene an. Der Kleine ist doch wohl das mindeste, ich muß ihn dir ja fast gewaltsam aufzwingen! Und da wir schon einmal beim Thema Geld sind, habe ich dir zweierlei zu sagen: Erstens, sobald sich die Lage verbessert hat, verlange von Isabel ein anständiges Einkommen. Nein, schweig. Das Gehalt eines Sekretärs, bei der Verantwortung, die du trägst, das ist doch eine Schande!«

»Sie hat mir ordentliche Sonderzuwendungen zukommen lassen.«

»Wann? Einmal, in Madrigal, vom Geld ihrer Mitgift! Das ist nicht genug, zumal Catalina dich teuer zu stehen kommt. Sich seinem Wert entsprechend bezahlen zu lassen, und selbst darüber, wertet den Menschen auf, denk daran. Zweitens, solange du noch nicht bekommst, worauf du rechtmäßig einen Anspruch hast, steht dir mein Geldbeutel zur Verfügung. Schweig, sag ich dir, oder ich werde ärgerlich! Ich habe es dir schon ein paarmal gesagt, ich habe mehr Vermögen, als ich ausgeben kann, und wenn ich hundert Jahre alt werden würde. Und daß meine Bastarde von Söhnen dann ein Freudenfeuer damit anzünden werden, macht mich schon jetzt ganz betroffen. Das Schlimme mit dir ist, daß du so nach innen gekehrt bist, du hast keine Bedürfnisse, keine Gelüste, versuch mal, dir welche zu schaffen, damit würdest du mir etwas Gutes antun.«

Noch am selben Abend verkündete Isabel, daß wir aufbrechen würden.

»Ich, du, die Wachen. Wir gehen hoch in Richtung Zamora, in die Provinz, die von diesen verfluchten Portugiesen am meisten bedroht ist, wir machen in jeder Ansiedlung, jeder Stadt, jedem Marktflecken und in jedem Dorf halt. Unser Volk braucht Liebe, Achtung und Schutz, Luis, und ich brauche seine Unterstützung. Ich habe nachgedacht, ich muß auf das Volk zugehen, mit ihm zusammentreffen, zu ihm sprechen, es über das böse Spiel aufklären, das man ihm vorzumachen versucht, ich muß ihm Juana als das vorführen, was sie ist: eine mit einer Pappkrone geschmückte Marionette, die von König Alfonso zu dem einzigen Zweck benutzt wird, sich Kastiliens zu bemächtigen, und genauso vom Adel, der immer unersättlicher und habgieriger wird und dessen alleiniges Ziel es ist, das Blut und den Schweiß der einfachen Leute in Gold und Ländereien zu verwandeln. Dabei sind sie, diese einfachen Menschen, doch unser eigentlicher Reichtum, auch das muß ich ihnen sagen.«

Einen Monat lang zog unser kleiner Trupp durchs Land. In unserem Gefolge waren zwei Maultiergespanne mit dem Kindermädchen und der Kammerzofe der Königin, ihrem Arzt, einem Koch, drei Dienern und zwei Zelten, in denen wir die Nacht verbrachten.

Wenn wir uns einer Ortschaft näherten, schickte ich ein paar Wachen vor, worauf man für unseren Empfang eine notdürftige Estrade errichtete und den Marktplatz mit Teppichen oder mit dem auslegte, was die Leute hatten, oftmals Laken, auf die junge Mädchen Blätter oder Feldblumen genäht hatten. Die Einwohner, mit den Stadtältesten an der Spitze, empfingen Isabel. Sie schüttelte ihre von der Fahrt staubigen Röcke aus, rückte ihren Schleier und ihr Lächeln zurecht. Hier gab es keinerlei Prunk, keine Waffenherolde, keine Pauken und Trompeten, nur die Königin gegenüber ihrem Volk.

Fieberhaft getrieben von ihrer Leidenschaft, von ihrer Besessenheit, zu überzeugen und zu siegen, vergaß sie ihre schon weit fortgeschrittene Schwangerschaft ebenso wie die Müdigkeit, die Unbequemlichkeiten und die mörderische Junihitze.

Noch heute, wenn ich mir diesen Kampf in Erinnerung rufe, in dem ihre Beredsamkeit und ihre Tapferkeit unsere einzigen Waffen waren, sage ich mir gerne: Ich bin dabeigewesen! Und ich sage es mit mehr Stolz, als ich für die Titel empfinde, mit denen mich Gott seither versehen hat.

In Tordesillas kam Isabel, völlig erschöpft, mit einem toten Kind nieder.

29

Die Hochzeit von König Alfonso und Juana, von ihren Anhängern zum König und zur Königin von Kastilien ausgerufen, hatte am festgesetzten Tag stattgefunden, ohne daß sie indes vollzogen wurde. Die dreißig Jahre, die den Onkel von der Nichte trennten, stellten zwar keinerlei Hindernis dar, doch Alfonso, darauf bedacht, die üblichen Gepflogenheiten einzuhalten, wartete den berühmten päpstlichen Dispens ab, den die so eng miteinander verwandten Familien Kastiliens, Aragóns und Portugals nur allzuoft einholen mußten.

Ein paar Tage zuvor hatten Isabel und Fernando alle zu Rebellen erklärt, die die Portugiesen unterstützten. Mir wurde das Herz schwer, denn ich mußte an Álvaro denken.

Am Tag nach ihrer Hochzeit wandte sich Juana, in Erwiderung auf diese Verlautbarung, an den Hochadel und die Stadtprälaten mit einem Manifest, in dem sie an ihr Recht erinnerte, die Nachfolge König Enriques, ihres Vaters, anzutreten. Sie verwies auf die von Isabel, ihrer Tante und Taufpatin, gebrochenen Schwüre und klagte sie an, den verstorbenen König vergiftet zu haben, was nicht neu war, aber eine erschreckende Bedeutung annahm, kam es doch nun aus dem Munde eines Kindes, das sich noch im sogenannten unschuldigen Alter befand.

Alfonso stand vor der Wahl, entweder in Andalusien oder im Tal des Duero anzugreifen, zwei Provinzen entlang der Grenze zu Portugal, wo er Verbündete hatte und die Autorität der Prinzen sehr angefochten war. Er entschied sich für das

Duero-Tal, da er mit dem Einmarsch der Franzosen über das Baskenland rechnete, um sich dann mit ihnen in Burgos, dessen Festung in seinen Händen war, zu vereinen.

Toro, ein paar Meilen von Tordesillas entfernt, wo die Königin ihr totes Kind geboren hatte, war die erste Stadt, die fiel.

Mitte Juli brachen Isabel und Fernando an der Spitze eines in Valladolid zusammengezogenen Heeres auf, ungefähr zwölftausend Berittene, darunter viertausend Soldaten auf Pferden in Harnisch, der Rest nur schlicht mit Sattel und Zaumzeug ausgerüstet, dazu dreißigtausend Mann Fußvolk. Beeindruckende, in Wirklichkeit aber täuschende Zahlen. Darin war alles versammelt, die Truppen, die die Mendozas, die Enríquez', der Herzog von Alba, der Graf de Benavente und ein paar andere große Namen beigebracht hatten, dazu die Männer aus den Bergregionen, die Recken von der Biscaya, aus Guipúzcoa und aus Asturien, die zu Fuß aus ihren Dörfern gekommen waren, und schließlich die Gemeindemilizen. In diesem bunten Haufen berief sich jeder auf seinen eigenen Herrn oder Führer und leistete nur ihm Gehorsam. Demzufolge mangelte es an gemeinsamem Vorgehen, an Disziplin, was selbst einen weniger methodischen Geist wie mich bestürzt hätte. Man traf aber auch auf Bürgerliche, die die von Ihren Hoheiten versprochenen Steuerfreiheiten und Adelstitel zu erwerben hofften.

Don Fadrique und ich folgten mit unseren Dienern.

Don Fadrique frohlockte: »Das Alter erreichen, um dann die höchsten Freuden der Jugend auszukosten!« Unter seinen Kirchengewändern trug er eine Rüstung, und er hatte mich gezwungen, es ihm gleichzutun. Diese Rüstung war eine der leichtesten, die es gab, bestehend aus Stahlklingen, die in der ganzen Breite angebracht waren und teilweise ineinandergriffen. Ich fand mich lächerlich in dieser Verkleidung. Gewiß war der Krieg unvermeidlich, um Frieden herzustellen, aber der

Blutzoll, den er verlangen würde, erfüllte mich schon im voraus mit Schrecken. Sich gegenseitig voller Begeisterung umzubringen, während doch das Leben allein schon ein äußerst gefährliches Abenteuer war, überstieg mein Verständnis.

Während Fernando das Heer auf Toro marschieren ließ, zog Isabel in Tordesillas ein, und ich entledigte mich erleichtert meiner Rüstung.

Sagen wir es unumwunden: Der Beginn des Feldzugs war ein Fehlschlag.

Zamora, eine Stadt in der Nähe von Toro und viel bedeutender als diese, öffnete den Portugiesen ihre Tore. Als Fernando das erfuhr, verzichtete er auf einen Angriff und beschränkte sich darauf, seine Zelte vor der Stadt, im Angesicht des darin verschanzten Feindes, aufzuschlagen. Isabel wütete.

Es folgte eine Episode, die es wert ist, erzählt zu werden.

In schönster Rittertradition schlug Fernando Alfonso einen Zweikampf vor, um den Konflikt beizulegen. Der König von Portugal nahm die Herausforderung an, aber da er sich in Anbetracht seines Alters im Nachteil wußte, stellte er eine Bedingung: Isabel und Juana sollten als Geiseln, jede im jeweiligen feindlichen Lager, eingesetzt werden. Die Ungleichheit zwischen der Königin und derjenigen, die eine zu sein vorgab, war jedoch so augenfällig, daß das Vorhaben scheiterte.

Die Zeit verging, die Lebensmittel wurden knapp, die Soldaten murrten. Fernando rief zu Verhandlungen auf. Alfonso, von seinen kastilischen Verbündeten verunsichert, willigte ein, unter der Bedingung, man würde ihm Toro, Zamora und die Provinz Galicien überlassen. Ich höre noch Isabels Aufschrei: »Niemals! Nicht eine Zinne!« Der Satz ging durchs ganze Land. Er veranschaulicht das Ungestüm, das Isabel bisweilen überfiel. Niemals schloß sie einen Kompromiß mit dem, was sie als ihre Pflicht ansah, und sie riskierte an jenem Tag eher, das gesamte Königreich zu verlieren, als ein verstümmeltes zu behalten. Dasselbe Spiel des Alles oder Nichts wie bei ihrer Krönung!

Wir hatten jedoch zu viele Rückschläge hinnehmen müssen, als daß wir uns entmutigen ließen.

Ein neuer Aktionsplan wurde ausgearbeitet: Wir würden insgeheim die lokalen Differenzen in den Gebieten der Rebellen unterstützen, ja schüren, um jene von innen her zu zersetzen und dadurch die Mittel zu verringern, die sie für den Krieg aufbrachten, um ihr eigenes Hab und Gut zu verschonen. Die Maravedís, die aus den eingeschmolzenen Kirchengütern stammten, begannen zu fließen. Großzügig verteilt, sicherten sie uns den Beistand einer ganzen Reihe von Gemeinden. Isabel und ich stürzten uns in dieses Unternehmen.

Fernando seinerseits kehrte mit dem, was von dem teilweise aufgelösten Heer übriggeblieben war, zurück nach Burgos, um sich den Portugiesen in den Weg zu stellen. Burgos wurde zum Hauptziel. Auf Ersuchen seines Sohnes schickte uns Juan II. einen seiner Bastarde, Alfonso von Aragón, dem der Ruf des besten Kriegers der Halbinsel vorausging. Die Belagerung von Burgos endete im Januar 1476. Wir waren mit dem Hof in Valladolid. Isabel beschloß, die Festung höchstpersönlich in Besitz zu nehmen.

Im Kohlenbecken knisterten Olivenkerne. Catalina lag zusammengerollt unter einer Wüstenfuchsdecke, einem Geschenk von Don Fadrique. Ich ging nur ungern in ihr Zimmer. Die Lästermäuler am Hofe lauerten voller Wonne auf jede sich bietende Gelegenheit, auch wenn Catalina lauthals verkündete, daß wir zu einer Familie gehörten, was mich genauso wütend machte.

»Du hast mich rufen lassen?«

Nur in Hemd und Unterrock, schälte sie sich aus der Pelzdecke und nahm mich bei den Händen.

»Luis, mein Lieber, ich brauche dich.«

»Sollte man versäumt haben, mich über Festlichkeiten zu informieren, für die es dir an der nötigen Garderobe fehlt?«

»Es wird dich nicht einen einzigen Maravedí kosten. Ich möchte euch nach Burgos begleiten.«

Ich fuhr in die Höhe.

»Burgos? Du bist wohl verrückt! Es schneit, es ist eisiger Winter, man reitet wenigstens sechs Tage, und das auf Wegen …«

»Luis, ich flehe dich an! Wenn Ihre Hoheit dorthin geht … Ohne mich zu loben, aber ich reite genauso gut wie sie, was etwas heißen will, und du allein kannst sie überzeugen. Antón ist da mit Alfonso von Aragón, sag der Königin, daß ich sehr stolz auf meinen Gatten bin, daß ich mich danach verzehre, nach ihr die erste zu sein, die ihn beglückwünscht, das wird sie rühren, wo sie die ehelichen Tugenden doch so hochhält! Also, sag ihr, was du willst, aber nimm mich mit.«

»Zuerst die Wahrheit. Was soll dieser verrückte Einfall? Antón? Du machst dich über mich lustig, du würdest ihn doch lieber tot zu deinen Füßen sehen.«

»Toll! Und ich hatte gehofft, daß er bei der Belagerung von Burgos … Aber nein! Sogar der Krieg ist gegen mich!«

»Schluß jetzt mit dem Unsinn! Du hast mir nicht geantwortet. Was soll dieser verrückte Einfall?«

Catalina seufzte.

»Ich langweile mich so sehr. Als ihr in Tordesillas und anderswo wart, meinte ich den Verstand zu verlieren. All die Monate im Reigen der Ehrendamen das langweilige Geschwätz mit anhören, Mandelmilch trinken, kleine Häppchen knabbern und von früh bis spät sticken! Heißt das vielleicht leben, sein Dasein mit kleinen Stichen auszufüllen? Manchmal habe ich Lust, Schluß zu machen, ich schwöre es dir, Luis. Im Grunde ist es ganz einfach. Einmal hat sich bei Mama ein Dienstmädchen die Pulsadern aufgeschnitten, sie lag in ihrem Blut, sie sah so friedlich aus …«

»Hör auf! Es ist eine schreckliche Sünde, zu zerstören, was Gott geschaffen hat. Und schwören solltest du nicht. Du bewunderst deine kleine Person viel zu sehr, als daß du das machen würdest.«

Ihre Worte hatten mich dennoch erschreckt. Sich die Welt ohne sie vorzustellen ... Mir wurde ganz übel bei dem Gedanken!

Ich verwendete mich also bei Isabel für Catalina, malte ihr mit blumigen Worten die Beziehung zwischen Antón und Catalina aus. Ließ sie sich täuschen? Die Eroberung von Burgos hatte sie fröhlich gestimmt, sie gab ihr Einverständnis.

Die Dienerschaft befaßte sich damit, die einzelnen Etappen der Reise vorzubereiten, nachdem die Königin beschlossen hatte, welche Granden, welche Stadtoberen sie mit ihrer Gegenwart zu beehren gedachte. Gewöhnlich besprachen wir das gemeinsam, aber wenn mich eine dringendere Aufgabe festhielt, entschied sie allein. So war es auch jetzt. Daher erfuhr ich Catalinas wahren Beweggrund erst, als Isabel mir auf halber Strecke mitteilte, der Herzog von Santoral würde uns für die Nacht aufnehmen.

»Der Herzog besitzt unter anderem eine Burg am Ufer des Rio Arlanzón. Sei freundlich zu ihm, Luis. Übrigens kann ich mir deine Vorbehalte ihm gegenüber nicht erklären.«

»Eure Hoheit kennt meine Meinung über die Neuchristen.«

»Seine Vorfahren haben sich Ende des letzten Jahrhunderts bekehrt.«

»Um ihr Vermögen zu retten.«

»Ein Vermögen, das sie der Krone vermacht haben. Sollen wir diese Seelen, die seither von Generation zu Generation Gott gehören, etwa bedauern? Ehrlich gesagt, zuviel Mißtrauen verdirbt das Urteil. Hast du vergessen, daß Fray Talavera, Fray Torquemada und unser ausgezeichneter Kanonikus

Don Fadrique gleichfalls Conversos sind, und gibt es eifrigere Diener unseres Glaubens als sie?«

»Nach ihren eigenen Worten sind diejenigen Legion, die in den Irrglauben zurückverfallen oder die ihn niemals aufgegeben haben und uns zum Narren halten. *Weder Roß noch Maultier, weder Männchen noch Weibchen, weder Jude noch Christ,* es ist immer etwas Wahres an solchen Redensarten.«

Erinnerte sich die Königin an diesen kurzen Wortwechsel, als der Papst auf Betreiben von Fray Torquemada dem Königspaar knapp drei Jahre später die Erlaubnis erteilte, in Kastilien die Gerichte der Heiligen Inquisition einzusetzen, eine Maßnahme, die im wesentlichen gegen die Familien der Conversos gerichtet war und das Leben von Tausenden umwälzte, auch das meine?

Im Laufe unserer vielen Reisen durch das Land habe ich feststellen können, daß unsere Burgen, Symbole der Macht und des Reichtums, eher militärischen Anlagen glichen als Stätten der Freude, an denen sich die Phantasie entzündet.

Von außen betrachtet, war die Burg von Santoral mit ihren mächtigen, blinden Mauern, die die gewaltigen, gedrungenen runden Türme an den vier Ecken noch wuchtiger erscheinen ließen, ein lebendiges Beispiel dafür. An dem Abhang, der bis hinunter zum Rio Arlanzón reichte, duckten sich im herrschaftlichen Schatten dichtgedrängt bescheidene Hütten.

Über den Fluß spannte sich eine Holzbrücke. Dort wurden wir vom Herzog, seinem Sohn Juan aus erster Ehe, seiner aus dritter Ehe hervorgegangenen Tochter und dem Grafen Iñigo de Larena, ihrem Gemahl, empfangen. Und ein ganzer Schwarm von Pagen, Dienern und Sekretären wirbelte um uns herum.

Der Schneesturm, der seit zwei Tagen tobte, bremste Isabels Elan nicht im mindesten. Den Elementen zu trotzen war für sie auch eine Art, ihre Kräfte zu erproben. Catalina hatte frostrote Wangen, auf ihrem Umhang aus dickem blauem Samt tanzten Schneeflocken, und ihre Augen leuchteten. Wie verrückt wünschte ich mir, daß sie für ein paar Stunden häßlich wäre. Aber leider erhört Gott solcherart Gebet nicht.

Die Zugbrücke war heruntergelassen, wir überquerten den Paradeplatz, die Stallburschen übernahmen unsere Pferde, wir stiegen ins erste Stockwerk hinauf, wo der Herzog die Königin zu ihren aus diesem besonderen Anlaß mit Goldbrokat ausgeschlagenen Gemächern brachte, während ein Haushofmeister uns durch ein Labyrinth von Gängen schleuste und uns schließlich unsere Zimmer zeigte. Dort fanden wir auch unsere Diener wieder. Ich stellte mit Befriedigung fest, daß Modesto bereits mein Gepäck ausgepackt und meine Kleider vorbereitet hatte. Man gewöhnt sich sehr rasch an gewisse Bequemlichkeiten, und so hätte ich es jetzt als lästig empfunden, mich mit solchen Kleinigkeiten befassen zu müssen.

Wiederum vom Haushofmeister geführt, versammelten wir uns mit den Herren unseres Gefolges in den Empfangsräumen.

Im allgemeinen ist das Innere der Burgen kahl, man stattet es lediglich aus, wenn sich der Burgherr für eine längere Zeit darin aufhält, und auch dann meist nur flüchtig. In Santoral hingegen herrschten Kunst und Eleganz. Die Decken zierten goldbemalte Balken oder Kassettendecken im Mudejarstil, Fayencemosaiken von erlesenem Geschmack bedeckten die Paneele, und alles war aufeinander abgestimmt, die Teppiche, die Tapisserien und die Lederhäute aus Córdoba an den Wänden ebenso wie die schweren Vorhänge an den wenigen hohen Fenstern, die purpurrot angestrichenen Kohlenbecken, die das Flackern in den Kaminen weithin trugen.

Der Herzog führte uns darauf in den Saal, in dem seine Sammlung flämischer Malerei hing. Worte scheinen fade, um die himmlische Leuchtkraft, die Genauigkeit des Strichs, die

Kraft der Farben, kurzum, die Lebendigkeit zu beschreiben, die jedes dieser Gemälde ausstrahlte. Meine Augen erinnern sich, ich bin noch immer tief berührt, die Feder versagt. Ich bin seither wie besessen von diesen Bildern. Wenn ich sie anschaue, versuche ich jedoch vergeblich, den Schock wiederzuerleben, den ihre Offenbahrung in mir ausgelöst hat.

Die junge Gräfin de Larena – dieselbe hohe, knochige Gestalt wie der Vater, aber was ihm ein stattliches Aussehen verlieh, nahm der Tochter jede Spur von Weiblichkeit – schenkte Isabel einen wundervollen Diereck Bouts, eine Heilige Jungfrau darstellend. Danach gingen wir zu Tisch.

Das prunkvolle Geschirr wog die mäßige Küche nicht auf. Unser Gastgeber interessierte sich mehr für die Schönheit in all ihren Erscheinungen als für die Gastronomie. Ich hätte seinen Koch nicht einen Tag lang behalten, und Carrillo hätte ihn mit einem Tritt in den Hintern hinausgeworfen.

Da ich gerade von Schönheit spreche, Catalinas Benehmen beunruhigte mich. Brav, stumm, die Nase in ihrem Teller, eine Jungfrau.

Als das Essen beendet war, äußerte Isabel den Wunsch, die Bibliothek aufzusuchen.

»Luis de Soca ist ein großer Kenner und hat eine ausgezeichnete Schrift. Es würde ihn glücklich machen, Eure Bibliothek zu entdecken, deren Ruf weit über unsere Grenzen hinausgelangt ist.«

Der Herzog schenkte mir ein Lächeln, wobei sein fast zahnloser Mund sichtbar wurde, und so geriet das Lächeln, das ich ihm zurückgab, etwas leutselig.

In der Bibliothek ging ich von einem Schatz zum anderen. Insbesondere fanden sich dort unzählige Handschriften mit einer Fülle von Miniaturen, die der Herzog aus Italien mitgebracht hatte. Ich wollte die Königin gerade auf diese Wunderwerke aufmerksam machen, als Catalina meine Erläuterungen mit einer spektakulären Ohnmacht unterbrach, die sie sanft in die Arme des Herzogs fallen ließ. Willkommener Zufall? Ich glaube nicht an Zufälle.

Man brachte sie in ihr Zimmer. Der herbeigeeilte Leibarzt stellte eine den Unbilden der Jahreszeit geschuldete Schwäche fest und verordnete ein wenig Ruhe. Wir brachen in der Morgendämmerung auf und überließen Catalina »der freundschaftlichen Obhut« der Herzogin von Larena, wie unser Gastgeber in tugendhaftem Ton vorzubringen sich beeilte.

Mit dem Ruf »Kastilien, Kastilien für Isabel!« hielten wir Einzug in die Festung von Burgos.

Die Euphorie dauerte noch bis zum Ende der Woche an, als man uns von der Ankunft des Herzogs von Santoral unterrichtete. Ein ganzer Trupp berittener Edelleute stob ihnen entgegen, darunter auch Antón und, an seiner Seite, Catalina. Frisch wie eine Blume im Frühling zeigte sie sich der Königin gleich hinter dem Herzog und seinen Kindern.

»Möge Eure Hoheit meine Entschuldigung entgegennehmen«, sagte sie mit engelsgleicher Stimme, die für mich keine Geheimnisse mehr barg.

Isabel unterbrach sie:

»Wenn man von zarter Gesundheit ist, meine Liebe, dann schont man sie. Von nun an solltest du dich bei einem solchen miserablen Wetter nicht mehr auf die Straße wagen, zu deiner Beruhigung und der der anderen. Seine körperliche und seelische Widerstandskraft einschätzen zu können ist eine der Hauptregeln, um Herr über sich selbst zu sein.«

Am Abend fand in der Festung ein Empfang mit Musikern und Tänzen statt.

Inmitten der Menge hielt ich Catalina an.

»Ich bin froh, daß du so rasch wiederhergestellt bist.«

»Roll nicht mit den Augen wie eine Dogge, man könnte meinen, daß du mir eine Szene machst.«

»Eine Szene? Gibt es einen Grund?«

»Nicht den geringsten. Du bist weder mein Vater noch mein Gemahl, noch mein Geliebter.«

»Hast du gehabt, was du wolltest? Hast du mit dem Herzog geschlafen?«

Catalina sah mich zärtlich an.

»Luis, Liebster, du mußt wirklich noch alles lernen. Ich für meinen Teil, ich habe gelernt. Mit einem Mann zu schlafen heißt, ihn mit einer Wahrscheinlichkeit von neun zu zehn zu verlieren. Los, lächle, oder ich sage dir überhaupt nichts mehr. Mit Manuel schlafen ...«

»Manuel? Du nennst Santoral bei seinem Vornamen!«

»Gewiß. Manchmal überlasse ich ihm auch meine Fingerspitzen, um seine Glut anzufachen, nicht mehr. Mit ihm schlafen? Wenn es nur darum ginge, würde ich mir einen anderen suchen, der jünger und fröhlicher ist ... Hast du seine Burg gesehen? Es heißt, er hat in Sevilla, in Valladolid und anderswo noch viel großartigere Paläste! Der Überfluß, Luis, das Gold, das einem wie das Wasser im Fluß ununterbrochen durch die Finger rinnt, ein Titel, vor dem die Welt sich verneigt ... Hätte die Königin es gewagt, mich öffentlich zu rügen, wenn ich Herzogin wäre? ... Mit einem Wort, der Gemahl, von dem ich immer geträumt habe. Ich will ihn haben, und ich werde ihn haben!«

»Gut, sehr gut«, sagte ich, »aber hast du vergessen, daß du verheiratet bist?«

»Der Krieg ist noch nicht zu Ende, mit ein bißchen Glück bin ich bald Witwe. Unnötig, eine solche Miene aufzusetzen. Alle diese Tode, die deine werte Herrin letztlich auf den Thron gebracht haben, haben sie ihr etwa nicht genützt? Die meisten Leute gelangen über Leichen zu Wohlstand. Und du als erster, du Scheinheiliger. Was wärst du ohne den Tod des alten Girón, dem Isabel ursprünglich versprochen war, ohne den Tod des Prinzen Alfonso, ihres Bruders, und den von König Enrique? Der Sekretär einer x-beliebigen Prinzessin, du hättest nicht mehr Bedeutung als sie, und da sie eine Frau ist, gar keine. Santoral ist *die* Gelegenheit für mich, und ich lasse sie mir nicht entgehen, selbst wenn ich mich Antóns entledigen müßte!«

»Catalina!«

Sie lächelte unverfroren.

»Mit dir kann man unmöglich einen Scherz machen. Hör mal, kannst du dir mich als Verbrecherin vorstellen? Ich bin viel zu feige.«

30

Am ersten März standen sich König Alfonso und Fernando in der Ebene von Peleagonzalo, in der Nähe von Toro, gegenüber.

Seit dem vergangenen Jahr hatten sich die Bedingungen verbessert, unser Heer war jetzt gut ausgebildet und stellte ein aufeinander abgestimmtes Ganzes dar. Die Portugiesen hatten ihrerseits von Prinz Juan, dem Sohn Alfonsos und Thronerben, Lanzen zur Verstärkung bekommen. Die Truppen waren gleich stark. Der Angriff war entsetzlich blutig, man zählte an die zehntausend Tote, eine gewaltige Zahl, gemessen an den eingesetzten Kräften. Viele Edelleute kannten sich untereinander, und so riefen sie den Feind beim Namen, um ihn herauszufordern. Herrlich, wie die beiden Prälaten, das Schwert in der Hand, behelmt und gepanzert, von weither erkennbar an ihren weiten Umhängen, purpurrot der von Kardinal Mendoza und violett der von Erzbischof Carrillo, in unbändiger Raserei aufeinander losschlugen.

Das allerdings hatte man mir berichtet. Wir hielten uns währenddessen in Tordesillas auf, die Königin und ich, und harrten besorgt der Dinge. Es regnete, der Himmel schob die Wolken vor sich her und ließ das Wasser kübelweise niederprasseln, und die eintreffenden Nachrichten waren wirr und widersprüchlich. Die Nacht fiel herein. Endlich, endlich traf die an Isabel gerichtete Triumphbotschaft Fernandos ein:

»Wisset wohl, daß Unser Herr Euch heute nacht Kastilien geschenkt hat.«

Isabel ließ in der Kirche San Paolo, wohin sie sich in einer

Prozession barfüßig begab, auf der Stelle ein Tedeum anstimmen, während Reiter in alle Richtungen davonsprengten, um den Erfolg unseres Heeres zu verkünden und allen Städten feierliche Danksagungsfeste zu verordnen. So konnten wir feststellen, daß viele zu uns stießen, und es wurden noch mehr, als Fernando kurz darauf Zamora einnahm.

Die öffentliche Meinung rasch und an der richtigen Stelle packen, das hieß herrschen! Nach meinen Informationen war der Ausgang der Schlacht durchaus nicht eindeutig. Als aber die Portugiesen den Sieg von Toro gleichfalls für sich beanspruchten, hatte Isabel bereits seine Früchte eingesammelt.

Am übernächsten Tag brachte man uns die Liste der Gefangenen.

Ich sah sie durch, auf einmal stockte mein Herz.

Graf Álvaro Lobo de Valenzuela.

Ich ließ mein Pferd satteln und galoppierte zum Lager.

Der Wachposten gab mir Auskunft.

»Es stimmt, Señor de Soca, der Name des Grafen von Valenzuela steht auf unserer Liste.«

Ich gab dem Soldaten eine Münze.

»Ich möchte mich mit dem Grafen von Valenzuela unter vier Augen unterhalten. Wäre das möglich?«

»Gewiß, Señor de Soca, ich führe ihn zu Euch.«

Er kam in Begleitung seines Vorgesetzten zurück. Sie sahen mich mit betretener Miene an.

»Nun?« sagte ich.

»Es gibt Unannehmlichkeiten, Señor. Der Graf de Valenzuela ist heute nacht geflohen.«

»Geflohen! Und das habt Ihr erst jetzt bemerkt?«

»Wir sind überrumpelt worden! König Fernando hat in seiner Milde befohlen, Lebensmittel an die Gefangenen auszuteilen und Kleidung an das Fußvolk, da es durch das Kampfgetümmel fast nichts mehr am Leibe hatte. Und dann, Señor, wie sollten wir daraufkommen, daß er fliehen würde? Man hat ihn, heißt es, so gut wie tot vom Schlachtfeld aufgelesen.«

Mit zugeschnürter Kehle brachte ich hervor:

»Holt den Arzt, der ihn versorgt hat, ich möchte mit ihm sprechen.«

»Man hat sich zuerst um die Unseren gekümmert, Señor, und das ist nur gerecht. Adlige aus seiner Umgebung haben ihn verbunden und versucht, ihn davon zu überzeugen, nicht zu fliehen ... Zumindest hat man es uns so berichtet.«

»Wenn er schwer verletzt ist, hat er nicht weit gehen können. Schickt Soldaten auf die Suche. Wer ihn findet, bekommt eine ordentliche Belohnung, und Ihr auch.«

Ich legte dem Vorgesetzten die Hand auf die Schulter.

»Ich bitte Euch darum, es ist mein Bruder.«

Ich kehrte am nächsten, am übernächsten Tag, die ganze Woche zum Lager zurück. Die Soldaten suchten die Umgebung ab, durchforsteten Büsche und Gräben, ihre Suche war vergebens.

Ich fand keinen Schlaf mehr. Meine Nächte bevölkerten sich mit Bildern, Bildern aus unserer Jugend, erhellt von der Schönheit Álvaros, seiner liebenswerten Fröhlichkeit, und mit Bildern aus unserem Mannesalter, die sich mit den Gesichtern von Rahel und Francisca vermischten. Ich bedauerte, daß ich Buitrago nicht geschrieben hatte, immer wieder hatte ich es hinausgeschoben.

Ich schlief also nicht, meinen Kummer hin und her wälzend, als in der Nacht jenes Mittwochs plötzlich Modesto vor mir stand.

»Señor Luis, Ihre Hoheit verlangt dringend nach Euch. Ich hole Euer Reisegepäck heraus. Soweit ich verstanden habe, machen wir uns wieder auf den Weg.«

Kardinal Mendoza und Graf de Benavente waren bei der Königin.

»Luis, wir gehen nach Segovia«, sagte Isabel zu mir. »In der Stadt ist ein Aufstand ausgebrochen. Ein Leutnant von Cabrera hat, um sich an demjenigen zu rächen, der ihn seiner Ämter enthoben hat, mit einigen Komplizen den Alcázar besetzt. Die Cabreras sind in den *torre de homenaje** geflüchtet. Der Verräter hat die Bevölkerung aufgewiegelt, in den Straßen wird gekämpft. Die Schwägerin von Beatriz de Bobadilla konnte entkommen, sie ist hier. Ich habe sie weggeschickt, damit sie sich ausruht.«

Ich dachte an die Infantin, die kleine Isabel, die in der Obhut der Cabreras geblieben war, und auch an meinen Sohn.

»Und die Infantin, Eure Hoheit?«

»Gottseidank ist sie bei den Cabreras. Das Gefolge steht bereit, wir brechen auf.«

Mendoza trat einen Schritt vor.

»Eure Hoheit möge mir verzeihen, daß ich so hartnäckig bin. Wäre es nicht besser, den König zu unterrichten?«

»Wenn ich einmal eine Entscheidung getroffen habe, nehme ich sie niemals wieder zurück, weiß Eure Eminenz das nicht? Es würde uns nur aufhalten, meinen Gatten zu benachrichtigen, da er gerade Toro belagert. Der *torre de homenaje* gilt als uneinnehmbar ... Hält er wirklich stand? Jede Minute zählt.«

»In diesem Fall gestattet mir, Euch mit unseren Leuten zu begleiten.«

»Seid unbesorgt, Eminenz. Die Zeit drängt. Wir gehen ohne Eure Leute, und laßt Euch gesagt sein, daß ich diesen Konflikt beizulegen beabsichtige. Wie stünde es sonst um die Autorität der Königin?«

Jedesmal, wenn ich mich nach Segovia begebe, erfaßt mich Unruhe, sobald ich die hoch in den Himmel ragenden spitzen Türmchen des Alcázar erblicke, der auf seinem stufenförmig abfallenden Felsen die grüne Ebene und den Rio Eresma be-

* Ehrenturm.

herrscht. Galionsfigur einer mythischen Galeere, ein Palast, deren Erbauer dem Einfluß irgendeines Zauberers erlagen? Ich weiß es nicht, und für ein paar Sekunden entfloh meine Seele ins Land der Märchen.

Die Honoratioren der Stadt kamen uns entgegen. Sie rieten Isabel, sich von Graf de Benavente, einem Freund von Cabrera, zu trennen, andernfalls könnten sie nicht für ihre Sicherheit bürgen.

Isabel maß sie mit einem Blick.

»Ich bin Königin von Kastilien, diese Stadt gehört mir, ich werde sie ohne jede Bedingung betreten.«

Also betraten wir sie, umringt von einer stummen Menge, aber als wir durch ein Tor, das einige Getreue von Cabrera bewachten, ins Innere des Alcázar gelangt waren und das Tor sich hinter uns wieder schloß, stürzte dieselbe Menge auf die schweren Torflügel zu und forderte unter lautem Geschrei ebenfalls Einlaß.

»Ich werde zu ihnen sprechen«, sagte Isabel.

Mendoza und ich stellten uns ihr in den Weg. Sie war jedoch nicht davon abzubringen. Sie befahl uns, auf sie zu warten, und wir mußten uns fügen, während sie sich, immer noch zu Pferde, zum Paradeplatz aufmachte.

Auf ihren Befehl wurde das Tor zur Stadt wieder geöffnet, worauf so viele Menschen herbeiströmten, wie der Platz fassen konnte. Als sie die Königin dort sahen, allein, wie sie ihnen eindringlich ins Antlitz schaute, blieben sie vor Erstaunen stehen, die Beschimpfungen verstummten, und in diese Stille hinein erhob sich fest und klar Isabels Stimme:

»Einwohner von Segovia, was wollt ihr? Seid ohne Furcht. Wenn man euch unrecht getan hat, wird man euch Genugtuung geben, ich kenne euren gesunden Menschenverstand und weiß, daß das, was ihr fordert, niemals meinen Interessen noch dem Wohl des Königreichs widersprechen wird.«

Durch diese Ruhe, diese verständnisvollen Worte aus der

Fassung gebracht, trugen die Aufgebrachtesten unter ihnen demütig ihre Vorbehalte gegen Cabrera vor und gegen den Druck, den er ausübte, und baten inständig, ihn zu entlassen.

Isabel versprach, ihre Bitte zu prüfen, dann forderte sie sie auf, zu ihrem Tagewerk zurückzukehren, und unter Beifall verließ sie den Paradeplatz.

Mein Hemd war schweißdurchnäßt, mein Gesicht war bleich.

Sie klopfte mir auf die Schulter.

»Komm wieder zu dir, mein lieber Luis. Hat es dir vielleicht am Glauben gefehlt?«

Mendoza brummte:

»Wahnsinn, Wahnsinn, Hoheit! Diese Bestien hätten Euch töten können!«

Isabels Gesicht, noch gezeichnet von dem Ritt, den wir in einem höllischen Tempo zurückgelegt hatten, hellte sich mit einemmal auf.

»Mein Leben ist in Gottes Händen, Eminenz, und ich habe mich Ihm stets anvertraut, damit meiner Sache zum Sieg verholfen wird, denn sie ist redlich und gerecht.«

Magdalenas Haus war verschlossen, ich lief zur Herberge.

»Señora Magdalena ist mit dem Kleinen ins Kloster Santa Cruz gegangen«, sagte mir der Wirt. »Ich hatte ihr angeboten, bei mir zu wohnen, aber redet mal ein vernünftiges Wort mit den Frauen, wenn sie Angst haben! Dabei ist es hier im Viertel ruhig, das Gotteshaus flößt selbst den übelsten Unruhestiftern Respekt ein.«

Ich rannte zum Kloster.

Die für Gäste vorgesehenen Säle quollen über von Frauen, Kindern, von Lärm und Gestank. Als sie mich erblickte, kam Magdalena geradewegs auf mich zu. Ihr Zopf war aufgelöst, ihr Oberteil fleckig. Im engen Beieinander mit dem niederen

Volk schien sie dessen Manieren wieder angenommen zu haben.

»Na, so was. Was für eine Überraschung! Wo ist Salvedra?«

»Er ist in Tordesillas. Wegen der Meuterei bin ich mit der Königin unvorhergesehen hierhergekommen. Wo ist mein Sohn?«

»Dein Sohn! Als ob dich das kümmern würde! Es ist jetzt fast ein Jahr her, daß wir dich gesehen haben. Wir könnten krepieren, Luisito und ich, das ist dir doch völlig egal.«

»Magdalena, wo ist Luis?«

»Im Garten, mit Teresa.«

»Teresa?«

»Mein neues Dienstmädchen. Die andere hat mich bestohlen, diese hier ist faul, frech und kostet doppelt soviel. Hier dienen sie nur den Bürgersfrauen anständig.«

Ich ließ sie mit ihren Hausfrauensorgen stehen.

Ein Klostergarten lebt im Rhythmus der Gebete. An der Anordnung der Alleen, der Wahl der Verzierungen, dem strengen Schnitt der Sträucher erkennt man die Hand Gottes, und selbst die Blumen entfalten sich hier mit zurückhaltender Anmut, ihr Duft ist weniger aufdringlich, ihre Fülle gemäßigter.

Trotz seines zarten Alters war mein Sohn mit einem Gedächtnis gesegnet, das mich seit diesem Tage immer wieder in Erstaunen gesetzt hat. Als ich an der Biegung einer Allee auftauchte, kletterte er von der Bank, wo eine dicke Frau neben ihm vor sich hin döste, und stürzte auf mich zu.

»Vetter Luis, Vetter Luis!«

Ich hob ihn hoch und drückte ihn fest an mich. Er wehrte sich nicht, verbarg sein Gesicht an meinem Wams, schlang seine Ärmchen um meinen Hals, und ich hörte sein Herz schlagen.

»He, Ihr da! Was macht Ihr? Laßt das Kind los!« kreischte das Dienstmädchen.

Ich setzte Luis ab.

»Das ist unser Vetter, unser Vetter Luis, Teresa«, wiederholte der Junge.

»So ist es, gute Frau, ich bin ein Vetter der Familie.«

»Unser Vetter Luis ist jemand sehr Bedeutendes, er lebt im Palast der Königin, sagt Mama. Stimmt es, Luis, daß du im Palast der Königin lebst?«

»Ja, das stimmt.«

Er war größer und kräftiger geworden, sein Körper war gerade gewachsen, gesund und fest, und seine Physiognomie tat diesem Eindruck keinen Abbruch. In seinen weichen, noch formbaren Zügen zeichneten sich bereits ein Charakter und Verstand ab. Meine Gereiztheit gegenüber Magdalena wich. Kann man einer Frau böse sein, die einem ein so schönes Kind geschenkt hat?

»Komm, Luis, laß uns zu deiner Mutter gehen.«

Magdalena kam uns entgegen.

Luis ließ meine Hand los, um einem Schmetterling hinterherzujagen.

»Er ist prächtig«, sagte ich, »und er scheint sehr aufgeweckt zu sein.«

»Ach ja, in der Tat! So wie ich!«

»Die Königin hat die Revolte niedergeschlagen, du kannst in dein Haus zurückkehren. Wenn du willst, begleite ich dich.«

Magdalenas Gesicht lief mit einem Schlag hochrot an.

»Ich hasse dieses Haus, ich hasse diese Stadt, ich bin hier nur eine Fremde! Wenn sich die Dinge nicht ändern, kehre ich nach Valencia zurück, das sage ich dir, dort komme ich zurecht und bin von niemandem abhängig, und deinen Sohn, den siehst du wieder, wenn ihm die ersten Barthaare wachsen!«

Ich blieb stehen.

»Wenn der Krieg aus ist, werden unsere Herrscher den Hof nach Valladolid oder in eine andere große Stadt verlegen, und dann werde ich dich und Luis dort unterbringen. Ich verspreche es dir, du wirst ein hübsches Zuhause bekommen und mehr Zerstreuungen haben.«

»Der Krieg? Ihr habt doch offenbar gewonnen, und der Krieg ist aus. Wieder mal falsche Versprechungen, nichts als Lügen!«

»Meine arme Magdalena, wenn du auf alles hörst, was die Klatschbasen erzählen ... Einen Sieg erringen bedeutet nicht, daß die Feindseligkeiten beigelegt sind, aber sie werden es bald sein, und dann tue ich, was ich dir gesagt habe.«

»Ich glaube dir nicht.«

»Du hast unrecht, ich werde es tun. Nicht für dich. Du hast dich entschieden, Salvedra zu heiraten, es ist seine Sache, für dein Fortkommen zu sorgen. Ich mache es für meinen Sohn. Im nächsten Jahr wird er vier. Als ich zwei Jahre älter war, konnte ich Latein lesen und schreiben und fing an, es zu sprechen. Ich möchte, daß Luis ebenfalls eine ordentliche Ausbildung erhält und ich seine Fortschritte verfolgen kann. Um in der Gesellschaft aufzusteigen, braucht man Wissen, es sei denn, man ist von hoher Geburt.«

»Wenn ich richtig verstehe, möchtest du, daß er so wird wie du, ein Egoist, den Kopf vollgestopft mit Büchern, Zahlen und mit Politik. Wohlan! Ich habe auch noch ein Wörtchen mitzureden!«

Ich unterbrach Magdalena:

»Ich habe ihn als meinen Sohn anerkannt, und vor dem Gesetz hat der Vater alle Rechte, ich kann dir das Erziehungsrecht wegnehmen, wenn ich will.«

»Luis!«

»Denk daran, das wird dich hindern, dich wie eine dumme Pute aufzuführen Und dann gewöhne dir einen anderen Ton an, du klingst vulgär.«

Nachdem Isabel die gegen Andrés de Cabrera erhobenen Anklagen geprüft hatte, erklärte sie ihn für unschuldig und bestätigte ihn in seinem Amt als Statthalter. Die Einwohner von Segovia beugten sich dieser Entscheidung. Die Gehässigkeit hatte sie wie ein Magenleiden gepackt, sie hatten sich davon befreit, und auch wenn sich nichts verändert hatte, fühlten sie sich entschieden besser.

Wir kehrten nach Tordesillas zurück.

Ich bedauerte, den Kleinen dort lassen zu müssen. Ohne daß ich mir dessen recht bewußt war, hatte ich ihn in mein Herz geschlossen.

31

Wir diskutierten gerade über Theologie, als das gutmütige Gesicht von Modesto im Türrahmen auftauchte.

»Don Fadrique, Señor Luis, entschuldigt bitte. Eine junge Dame, sie sagt, sie sei von Eurem Schneider geschickt, Señor Luis, und heiße Francisca ... ›Sag deinem Herrn, daß mein Name Francisca ist, dann wird er mich empfangen.‹ So hat sie gesagt.«

»Worauf wartest du noch? Hol sie hoch, aber schnell!«

Ich war aufgestanden, Don Fadrique auch.

»Francisca? Die Frau von Álvaro?«

»Ich kenne keine andere Francisca.«

»Ich lasse dich allein. Die Erzieherin der kleinen Prinzessin Juana hat ganz sicher zwingende Gründe, sich in den Palast der Königin zu wagen, um dich zu sehen, aber ein Zeuge wäre dabei nicht angebracht. Also, Junge, zittere nicht so, vielleicht bringt sie dir gute Nachrichten.«

Catalinas Tränen faszinierten mich, die von Francisca quälten mich. Ich hasse Mitleid. Mitleid lähmt mich ... Man könnte das für Egoismus, für Gleichgültigkeit halten, dabei ist es für mich eher eine Art Taktgefühl gegenüber dem anderen, wenn ich seine Verwirrung nicht zu bemerken scheine und mein Mitgefühl nur durch ungeschickte, prosaische Aufmerksamkeiten zum Ausdruck bringe. Aber Francisca hatte den Sessel von Don Fadrique ausgeschlagen, sie hatte sich geweigert, etwas zu essen und zu trinken, obwohl sie erschöpft aussah und nur noch der Schatten der rundlichen, strahlenden jungen Frau war, der ich bei meinem Besuch bei König Enrique begegnet war. Francisca wollte nichts weiter als ihre Ängste abladen, Hilfe suchen, die sie aus Stolz nicht erbitten mochte, und voller Unruhe lief sie im Zimmer auf und ab, redete und redete und blieb nur stehen, um eine blonde Haarsträhne, die sich aus ihrem Dutt gelöst hatte, zurückzustreichen, ihre Tränen zu trocknen oder die Nase zu putzen.

»Draußen auf dem Land, oberhalb von Toro in Richtung Valladolid, haben meine Leute Álvaros Spur entdeckt. Bauersleute, die vermuteten, daß es einer von Euren Truppen wäre, haben ihn aufgesammelt. Álvaro hat sie gebeten, ihn nach Valladolid zu bringen, wo er Verwandte hätte, wie er behauptet hat, und da er in einem so erbarmungswürdigen Zustand war, haben sie eiligst einen Wagen angespannt und ihn dorthin gebracht. Am Kloster San Pablo haben sie ihn auf seine Bitte hin abgesetzt. Dort verliert sich seine Spur.«

»Valladolid?« fragte ich.

»Luis, seien wir offen zueinander. Wenn Álvaro nicht, wie es logisch gewesen wäre, versucht hat, wieder zum Heer von König Alfonso zu stoßen, und in dieser Richtung hatte ich meine ersten Nachforschungen angestellt, dann bleibt nur noch ein Ort, wo man ihn finden könnte, bei dieser Jüdin, der Frau von Doktor ha-Levi, die er liebt. Erspart mir Euren Protest, ich weiß Bescheid, mit ein paar Goldmünzen erfährt man von den Dienstmädchen alles, und Ihr wißt es auch, Álvaro hat sich Euch gewiß anvertraut. Ich kenne sie übrigens, die Prinzessin hat sie sehr gemocht. Eine bildhübsche Person. Ich kenne sie, aber ich kann nicht ins jüdische Viertel von Valladolid gehen, einmal weil die Anwesenheit einer Christin dort weder angebracht noch erwünscht ist, aber vor allem, weil Álvaro mir das nie verzeihen würde. Was er auch immer getan hat, was er auch immer tun wird, ich liebe ihn, das allein ist mir wichtig und daß er zu mir zurückkehrt, wenn er noch am Leben ist.«

Ihre Tränen flossen wieder stärker, ich nahm sie in den Arm, zwang sie, sich hinzusetzen.

»Morgen reise ich nach Valladolid«, sagte ich zu ihr.

Auf Anordnung der Königin hatte man mir für meine Unternehmung eine starke Eskorte mitgegeben. Ich brachte die Wachen in einer Herberge unter und begab mich zur Judería.

Die Erlasse aus dem Jahre 1412, die den Juden, selbst Ärzten und Apothekern, jeden Verkehr mit Christen untersagten, die sie überdies zwangen, innerhalb der Judenviertel zu leben und als Erkennungszeichen eine gelbe Scheibe, einen Hut, einen kurzen, abgerundeten Mantel, Bart und lange Haare zu tragen, diese Erlasse wurden zwar nicht mehr so streng befolgt, dennoch hatten sie unmittelbar zur Folge gehabt, daß die jüdische Gemeinde um jene ihrer Mitglieder ärmer geworden war, die sich weigerten, die erworbenen Privilegien aufzugeben, und sich für die Taufe entschieden hatten.

Die Judería von Valladolid, im Jahrhundert davor ein blühendes Viertel, zählte nunmehr nur noch an die tausendzweihundert Mitglieder, eine kleine Stadt in der Stadt, die dem seit Moses festgeschriebenen Gesetz von Israel, so wie es im 5. Buch Mose steht, strikt unterworfen war.

Ich betrat eine Buchbinderwerkstatt und bat den Besitzer, mir das Haus von Doktor ha-Levi zu nennen. Er rief seinen Sohn, damit er mich zu ihm führe. Ich dankte ihm für seine Freundlichkeit. Er beobachtete mich aus den Augenwinkeln, und unter anderen Umständen wäre ich gern noch geblieben, um seine Arbeit zu bewundern, aber die Sorge trieb mich weiter.

Ich folgte dem Jungen an zumeist stummen, nur selten mit Fenstern ausgestatteten Häuserfassaden vorbei. Das Leben spielte sich vornehmlich im Erdgeschoß ab: koschere Lebensmittelgeschäfte, Gewürzläden, ein Flickschuster, Webereien, Lederwerkstätten und die Ateliers der Seiden- und Perlensticker, die für den Adel jenseits der Mauern arbeiteten.

Kaum Frauen. Es war Freitag, Vorabend des Sabbat.

Ich fragte:

»Ist es noch weit?«

Der Junge streckte den Arm aus und antwortete:

»Dahinten, hinter der Synagoge. Dort wird dieses Jahr meine Bar Mizwah gefeiert.«

»Dann wirst du also dreizehn Jahre alt.«

Das fröhliche Gesicht des Jungen versteinerte.

»Kennt Ihr unsere Religion?«

»Ich habe lange studiert.«

»Señor, seid Ihr vielleicht ein Anusim?«

»Nein.«

»In der Familie meiner Mutter gibt es Anusim. Wir haben keinen Kontakt zu ihnen, es sind schlechte Menschen. Der Rabbiner sagt, daß ein Mensch seine Existenz mit jedem beliebigen Mittel retten darf, außer durch Mord, Inzest und Götzenverehrung. Denken die Christen auch so?«

Was dachte mein Vater, wenn er mich sonntags mit in die Kirche nahm, nachdem er sich freitags eine Migräne ausgedacht hatte, um sich am Nachmittag in unser Schlafzimmer zurückzuziehen und erst am nächsten Tag bei Sonnenuntergang, wenn der Sabbat vorüber war, wieder aufzutauchen? Am Sonnabend Jude, am Sonntag Christ! Wie kann man bei einer solchen Jongliererei ein ruhiges Gewissen behalten?

Der Junge lauerte auf meine Antwort.

In bitterem Ton erwiderte ich:

»Jeder Mensch hat seine Religion, aber auch die Pflicht, ihr um jeden Preis treu zu bleiben und sie seinen Nachkommen unangetastet weiterzugeben.«

Eine alte Dienerin empfing mich und beäugte mich mit demselben forschenden Blick wie der Buchbinder.

Ich wartete in einem fast mönchisch ausgestatteten Zimmer: nackte, gekalkte Wände, eine Matte auf dem Fußboden, eine recht schöne, geschnitzte Holztruhe. Der Raum öffnete sich auf einige Türen mit Rundbögen, an denen wollene Vorhänge angebracht waren. Einer dieser Vorhänge war zur Seite gezogen, so daß man im Hintergrund einen großen Tisch erkennen konnte, der mit einem weißen Tuch bedeckt und für das Abendmahl hergerichtet war, das nach der Rückkehr aus der Synagoge den Sabbat einleiten würde.

Ich hörte Schritte, drehte mich um. In meiner Brust hämmerte es.

»Gehen wir hinauf«, sagte Rahel, »Álvaro hat sehr gehofft, daß Ihr kommt.«

Sie blieb auf dem Treppenabsatz stehen und wies auf eine Tür.

»Ermüdet ihn nicht zu sehr, er ist noch schwach.«

Ich stieß die Tür auf. Das Bett nahm die Hälfte des Zimmers ein. Álvaro richtete sich auf.

»Bruder, Bruder«, rief er, »ich habe damit gerechnet, ich wußte, daß du kommen würdest!«

Ich stürzte zu ihm und umarmte ihn, und uns schossen die Tränen in die Augen.

»Ich wußte, daß du kommen würdest«, wiederholte er, »ich wußte, daß du herausfinden würdest, wo ich bin!«

Ich ließ ihn los.

»Du irrst, Francisca hat es herausgefunden.«

»Francisca!«

Ich berichtete Álvaro von Franciscas nicht ungefährlichem Besuch in Tordesillas.

»Wie geht es ihr?« fragte er.

»Willst du es wissen?«

Álvaro seufzte.

»Ich hätte ihr das so gern erspart!«

»Sie liebt dich, sie ist dir nicht böse, sie will nur dich. Vor meiner Abreise hat sie mir noch anvertraut, daß Prinzessin Juana sie freigegeben hat. Juanas Platz ist jetzt in Portugal,

Francisca hält ihre Aufgabe für beendet und weigert sich, ihr Land und ihre Ländereien zu verlassen, sie lechzt nur nach ein bißchen Frieden an deiner Seite.«

»Frieden! Das kann nur eine Frau sagen! Wir sind noch immer im Krieg.«

»Sobald du dich besser fühlst, hole ich dich. Unterdessen habe ich mit der Königin alles geregelt. Ihre Hoheit wird hocherfreut sein, wenn du in ihre Dienste trittst, da bin ich mir sicher.«

Álvaro lächelte etwas traurig.

»Bruder, Bruder, ich erkenne dich sehr wohl darin wieder, wie du Pläne schmiedest, wie du entscheidest, überzeugt davon, daß du im besten Sinne handelst.«

»Ich versuche es.«

»Es tut mir leid, Luis, aber ich werde nicht mit dir kommen. Läßt man seine Gefährten im Stich, wenn die Wechselfälle des Krieges ihnen im Augenblick nicht günstig sind? Würdest du das tun? Hast du es getan, als Isabel ganz tief unten war? Vor ihr niederknien, während die Unsrigen weiterkämpfen! Ich würde mich verabscheuen, und ich bin erstaunt, daß du mir so etwas vorschlägst.«

»Ist es ehrenwerter, dich unter dem Dach des Gatten deiner Geliebten zu verstecken?«

»Wie oft muß ich dir das noch sagen, Rahel ist nicht meine Geliebte, bei ihrer Großzügigkeit hätte sie jedes beliebige leidende Wesen aufgenommen und gepflegt. Ich bin hier halbtot gestrandet, ihre Liebe und ihr Wissen haben mich gerettet. Willst du sie dafür tadeln? Und was ihren Ehemann angeht ... Ich bin Doktor ha-Levi am Hof von König Enrique oft begegnet, auch er war einverstanden, mir Obdach zu gewähren. Du witterst überall Sünde, Luis. Wenn du selbst ein paar davon begehen würdest, dann wärst du gewiß verständnisvoller. Ich bin, wie ich bin, du wirst mich nicht ändern. Ich habe euch alle lieb, dich, Buitrago, Catalina, ich liebe Francisca ganz innig, aber ich kann mich nicht anders verhalten, sag das Francisca, sag ihr, daß ich mit den Unsrigen zurückkommen werde und daß sie sich meinetwegen nicht zu schämen braucht, und sag ihr auch, daß, wenn Gott mich am Leben läßt, ich versuchen werde, sie meine Fehler vergessen zu lassen.«

»Und Rahel?«

»Niemals werde ich auf Rahel verzichten!«

Ich sah ihn an. Bleich, abgemagert, wie gereinigt von den Spuren allzu guten Lebens, die bei einem Mann, der die Dreißig überschritten hat, sich bereits abzeichnen, schien er auf einmal so jung, so verletzbar, daß ich nicht den Mut aufbrachte, ihm Vorwürfe zu machen. Was sollte ich ihm denn auch vorwerfen? Seine Loyalität gegenüber seinen Leuten, seine Liebe zu einer Frau, die nicht die seine war? Er zumindest wurde geliebt!

Ich beugte mich zu ihm hinunter und küßte ihn.

»Versprich mir, mich nicht mehr ohne Nachrichten zu lassen. Wo auch immer ich mich befinde, dein Kurier möge Modesto, meinen Diener, unterrichten. Modesto ist absolut vertrauenswürdig, er wird mir deine Botschaft übermitteln. Gott behüte dich, Bruder!«

Rahel wartete unten an der Treppe auf mich.

»Wie habt Ihr Álvaro vorgefunden?«

Als sie seinen Namen aussprach, leuchteten ihre großen schwarzen Augen genauso wie die Álvaros, als er den ihren ausgesprochen hatte.

»Gut«, antwortete ich, »dank Euch. Und wenn es mir eines Tages möglich sein sollte, Eure Güte zu vergelten …«

»Es ist nicht Güte, Ihr wißt es.«

Sie hielt eine mit Leder gefütterte kleine Dose in der Hand, öffnete sie und nahm den goldenen Ring von Álvaro heraus.

»Als wir uns vor fast einem Jahr bei dem großen Turnier begegnet sind, habe ich mich sehr unfreundlich Euch gegenüber verhalten, ich bedauere das. Verzeiht mir. Bei allem dachtet Ihr nur an Álvaros Wohl, auch wenn es nicht die beste Lösung gewesen wäre, ihm das Herz zu brechen! Ihr wolltet diesen Ring haben, nehmt ihn, ich schenke ihn Euch, und laßt uns Frieden schließen. Wir lieben alle beide Álvaro, und das sollte kein Grund des Streits zwischen uns ein, ich brauche Eure Freundschaft, Luis. Wir sind uns sehr ähnlich, vor lauter Schamgefühlen und Gewissensbissen sind wir unbeholfen und unfähig, die Dinge leichtzunehmen. Glaubt mir, die Lage, in der ich mich befinde, bedrückt mich ganz fürchterlich, ich habe lange gegen meine Gefühle angekämpft, aber ich habe es nicht vermocht, ich vermag es nicht, ich liebe ihn zu sehr ... Das ist ... das ist wie eine Krankheit, und es gibt kein Mittel, um davon geheilt zu werden. Wollt Ihr versuchen, das zu verstehen?«

Ihre Stimme, sanft, ernst, voller Demut ... War es das Hochgefühl, das ich gerade bei Álvaro empfunden hatte, oder diese eindringliche Stimme? Auf einmal schien es mir verabscheuenswert, gegenüber einer Frau, die ich in vielerlei Hinsicht bewunderte, den Zensor zu spielen. In einem plötzlichen Impuls nahm ich ihre Hand und küßte sie.

»Es ist mir eine Ehre, Euer Freund zu sein, Rahel.«

Catalina

32

Von jener Reise brachte ich Benito mit.

Unterwegs hatte meine Eskorte mit knapper Not zwei Handelskonvois gerettet, die von Räubern überfallen worden waren. Für zwei unglückselige Bürger kamen wir zu spät, sie lagen reglos auf dem Weg, ebenso ihre Diener und ein von Lanzenstichen durchlöcherter Maulesel. Ich beschloß, die Leichen zur nächsten Gemeinde zu transportieren, damit sie eine christliche Bestattung bekämen. Wir waren schon im Aufbrechen, als mich Schreie zurückhielten: »Heda, gute Leute, laßt mich nicht allein zurück!« Aus dem Unterholz tauchte ein drolliges kleines Männchen auf, mit schneeweißen Haaren, spitzer Nase, spitzem Kinn und koboldartigen großen Ohren.

»Wer bist du?«

»Benito, Eurer Herrlichkeit zu Diensten, der Diener dieser unglückseligen Personen. Jesusmaria! so gute Herrschaften, und jetzt sind sie schon ganz steif!«

»Du hast Glück gehabt, daß du unversehrt davongekommen bist.«

»Als ich die Räuberbande sah, habe ich mir gesagt: ›Was soll's? Schwächlich, wie du bist, Benito, haben sie dich in Stücke gerissen, bevor du auch nur den kleinen Finger gerührt hast‹, und ich habe mich ins Gebüsch geschlagen. Fast bereue ich es. Was bleibt mir jetzt noch zu hoffen?«

»Steig bei einer meiner Wachen aufs Pferd, wir setzen dich in Tordesillas ab, an Arbeit mangelt es nicht.«

»Tausend Dank, Señor, aber heutzutage nehmen die

Herrschaften lieber schöne, kräftige Kerle, sie wollen Arme, die zupacken können, und breite Schultern, die etwas hermachen, der Kopf zählt nicht, aber was sind wir denn ohne Kopf: stumpfsinnige Tiere!«

»Für einen Diener drückst du dich gewandt aus.«

»Weil ich Latein lesen und schreiben kann.«

Der Satz traf mich ins Herz. Genau derselbe Satz, mit dem es mir einst gefallen hatte, mein Wissen anzupreisen, als ich, ein junger Spund, mit Buitrago durchs Land vagabundierte. Derselbe Satz, derselbe stolze Tonfall.

»Du schreibst und liest Latein, und du bist Diener!«

»Das Latein ist hängengeblieben. Als Kind habe ich bei einem Priester gedient. Ein Heiliger. Leider ist er zu früh gestorben, ich hätte etwas Kleingeld gebraucht, um meine Ausbildung fortzusetzen! Danach bin ich zu einem Schneider in die Lehre gegangen, die Nadel führen, darauf verstehe ich mich, und dann ..., aber ich möchte die Geduld Eurer Herrlichkeit nicht über Gebühr strapazieren. Sagt, hättet Ihr nicht ein Plätzchen für Benito? Ich begnüge mich mit wenig, einem Teller Suppe, einem Strohsack, das wichtigste ist ein guter Herr.«

Die rechtlosen Zustände auf den Straßen, deren Zeuge ich geworden war, veranlaßten Isabel, ein bereits begonnenes Vorhaben zu verwirklichen, nämlich die *Santa Hermandad*, die Heilige Bruderschaft, wiederaufleben zu lassen. Auf Betreiben des Adels, der keine andere Macht neben sich duldete, hatte sie unter König Enrique ihre Tätigkeit nach und nach eingestellt. Von Rechtsgelehrten unterstützt, feilte ich mit äußerster Sorgfalt an jedem Detail des Projekts, und nach Beratung mit Vertretern der Städte und Dörfer, des niederen Adels, der Bürgerschaft und des Bauernstandes berief die Königin die Cortes nach Madrigal de las Altas Torres ein. Dort stellte ich – in einer wohlgesetzten Rede, wie es scheint – die neuen Statuten dieser Einrichtung vor, die dazu geschaffen war, Mordtaten, Vergewaltigungen, Diebstähle und jegliche andere Delikte zu verfolgen.

Die Santa Hermandad teilte sich in drei Bereiche: die Rechtsprechung, die Gendarmerie sowie die Verwaltung der Gelder und die Eintreibung der Steuern. In der Tat sollte dieses Volksheer, das die Sicherheit der Menschen und der Güter im Innern garantierte und so den Handel förderte, von den Gemeinden im Verhältnis zur Anzahl der Haushalte getragen werden. Zur Schlichtung der Auseinandersetzungen und Streitfälle innerhalb der Santa Hermandad würde an ihrer Spitze ein Tribunal in letzter Instanz stehen. Meines Wissens existierte in Europa keine vergleichbare, mit soviel Sorgfalt ausgearbeitete Organisation.

Die unmittelbar am Ort des Geschehens zu vollstreckenden Strafen sollten dem Ausmaß des begangenen Verbrechens entsprechen. Wir beabsichtigten, den Terror mit Terror zu vergelten, die einzige Methode, ihn auszurotten. Und obwohl ich das Blutvergießen verabscheue, war es immer noch besser, daß die Landstraßen vom Blut der Schuldigen als von dem der Opfer getränkt wurden!

Die Cortes bewilligten den für den Unterhalt von zweitausend Berittenen notwendigen Kredit. Isabel entlohnte mich großzügig. Ich kleidete meine beiden Diener neu ein.

Im September ließen wir uns im prächtigen Palast der Lois in Toro nieder.

Der Herzog von Santoral war fast ständiger Gast Ihrer Hoheiten, und er traf stets mit seiner Falknerei ein. Fernando war besessen von der Jagd, und Santoral versäumte es nie, Antón einzuladen, dem er offenbar zugetan war. Catalina, die eine unvergleichliche Reiterin war, begleitete sie.

»Verführt den Ehemann, und Ihr habt die Frau«, witzelte ich.

»Niemals!« entgegnete Catalina. »Solange Antón am Leben ist ...«

»Und wie er am Leben ist, soweit ich sehe. Es ist immer dieselbe Leier. Du wirst vielleicht noch Witwe des Herzogs, bevor er dich überhaupt geheiratet hat.«

»Ich habe eine Chance bei der Armbrustjagd. Fernando zielt ja ausgezeichnet, aber Santoral hat keine allzu guten Augen ...«

»Nun ja, das Alter!«

»Sei nicht so hämisch. Wenn einer seiner Pfeile nun aus Versehen Antón träfe? Ich bete und bete, ich habe der Jungfrau Maria sogar eine Statue versprochen, aber ich habe große Angst, daß ich dem Himmel werde nachhelfen müssen.«

»Führe keine gotteslästerliche Reden. Du kommst schon für viel Geringeres in die Hölle.«

Catalina zuckte mit den Schultern.

»In der Hölle bin ich bereits. Mit diesem fetten Schwein zusammen zu leben und das Vermögen Santorals in Reichweite zu wissen und an seine Falknerei zu denken ... Erinnerst du dich an Zaragoza, als wir Álvaro aufsuchten, ich träumte schon damals davon, ich schwärme von Falken, und selbst Fernando sagt, daß ich mit ihnen ziemlich gut zurechtkomme.«

Ich muß gestehen, nichts erfreute die Augen mehr, als von den Fenstern der großen Galerie aus Catalinas schlanke Gestalt zu beobachten, wie sie auf ihrem Fuchs saß, mit erhobener Faust, den Vogel auf ihrem Handschuh. Sie trug ein korallenrotes Samtkleid, dessen Weite sich gefällig an den Rücken des Pferdes schmiegte, und da es in der Ebene immer einen schwachen Windhauch gab, flatterte ihr heller, von einem gestickten Stirnband gehaltener Musselinschleier leicht hin und her.

Abgesehen von der Jagd und den Schachpartien, unternahmen Fernando und seine Nächsten mit Vorliebe Bootsfahrten auf dem Duero. Die flimmernden Lichtreflexe auf dem Wasser schmeichelten der Schönheit. In der sanften Septembersonne zeigte sich Catalina mit Kleidern in herbstlichen Farben. Die Kosten für ihre Garderobe zu begleichen wurde zwischen uns zu einer gewissermaßen ehelichen Gewohnheit, aber ein Ehemann hätte nicht so ein Vergnügen daran gehabt wie ich.

Der Herzog lud Fernando, Kardinal Mendoza und ein paar Edelleute in seinen Palast in Valladolid. Der Name von Antón Valdez de la Joya paßte nicht zu diesen illustren Namen, doch ihm machte das nichts aus. Im Metier der Gehörnten kannte er sich aus.

Catalina kehrte ganz aufgeregt wieder zurück.

»Dieser Palast, diese Dienerschaft, die einen wie eine Königin behandelt! Meine Zimmer waren ganz und gar mit weißem Samt ausgeschlagen, überall Statuen und Gemälde, und die Teppiche, so samtweich, und die Pelze, damit die Fußböden warm sind ... Man könnte sich nackt darauflegen!«

»Hat der alte Satyr dir das nicht vorgeschlagen?«

»Satyr? Was ist das?«

»Ein mythologisches Wesen mit einem menschlichen Körper, aber Hörnern und Bocksfüßen.«

»Bocksfüße! Das soll wohl lustig sein? Weißt du, Luis ... Mein Gott, wieviel Erfindungsgeist die Männer aufbringen, wenn sie eine Frau heftig begehren! Weißt du, er ist mit mir in den Garten bis zu einem Pavillon außerhalb des Palastes gegangen, unter dem Vorwand, mir exotische Pflanzen zu zeigen.«

»Ich wußte gar nicht, daß du dich für das Studium der Pflanzen interessierst. Hat er dich bei der Gelegenheit vergewaltigt?«

»Mich vergewaltigt? Du hast wirklich eine niedere Gesinnung! Und was die exotischen Raritäten angeht – er wollte mir einfach nur ein Geschmeide aus Saphiren und Diamanten schenken! O dieses Geschmeide! Ich könnte heulen, daß ich es abgelehnt habe. Denn selbstverständlich habe ich es abgelehnt. Zu welcher Sorte Frauen hat er mich denn gezählt? Seine Geste war so unverhohlen plump, und, glaub mir, ich war so wütend, den Schmuck verweigern zu müssen, daß ich ihn regelrecht ausgescholten habe und er sich mir ganz verwirrt zu Füßen geworfen hat! Es hätte mich fast getröstet, wenn der Schmuck weniger schön gewesen wäre ... Weißt du, daß ihm oben auf dem Schädel schon die Haare ausgehen? Er ist so groß, daß ich das bisher noch gar nicht bemerkt hatte.«

»Ein Herzog mit Glatze bleibt trotzdem Herzog.«

»Genau das habe ich mir auch gesagt. Sein Sohn, seine Tochter und sein Schwiegersohn waren auch da. Liebenswürdig, ohne Frage. Ein gutes Zeichen. Sie wittern in mir die zukünftige Stiefmutter ... O Luis, Liebster, weißt du, was das lustigste ist? Santoral ist eifersüchtig auf dich. Er meint, daß wir Inzest treiben.«

»Inzest? So ein Idiot! Ich bin nicht dein Bruder, ich hoffe, du hast ihm das deutlich genug gesagt?«

»Keineswegs. Soll er denken, was er will! Gib mir einen Kuß.«

Verbittert und enttäuscht über seine Niederlagen und die vielen Abtrünnigen unter seinen kastilischen Gefolgsleuten, beschloß König Alfonso von Portugal, sich nach Frankreich einzuschiffen, um den vertraglich zugesicherten Beistand von Ludwig einzufordern, einen Beistand, der sich bis jetzt auf ein paar glücklose Vorstöße an der baskischen Grenze beschränkt hatte.

Er ließ seine immer noch jungfräuliche kleine Ehefrau in Abrantés zurück und stach in See. Alfonso war ein geradliniger Mensch, aber von Politik verstand er kaum etwas, mit anderen Worten, als er dem König von Frankreich gegenüberstand, ging es ihm wie dem Kätzchen im Maul des Tigers. Während man ihn mit sanftem, übertrieben liebenswürdigem Geplänkel einlullte, wurde hinter seinem Rücken zwischen Kastilien und Frankreich verhandelt, was schließlich zum Friedensschluß führen sollte. Alles, was Alfonso erreichte, war, durch Ludwigs Vermittlung den notwendigen Dispens für seine Heirat zu erwirken, wovon er jedoch nicht einmal mehr profitierte.

Nachdem die Widerstandsnester zum größten Teil eingegrenzt waren und die Befriedung der Estremadura in Sicht war, beschlossen Isabel und Fernando, eine Reise nach Andalusien zu unternehmen.

Um sich auch die wenigen noch widerspenstigen Granden zu unterwerfen, zählte Isabel auf ihr schon geradezu legendäres diplomatisches Geschick, gepaart mit einer beeindruckenden Prachtentfaltung. Im Palast defilierten Händler, Herrenschneider, Damenschneiderinnen, Juweliere vorbei. Damast, Brokat, Samt und Seide, Gold- und Perlenstickereien, Hermeline, Fehe, Zobel, Edelsteine – nichts erschien den jungen Monarchen kostbar genug, um ein dem Schicksal gewaltsam abgetrotztes Königtum herauszustellen, das auch ihr in Silberreal getriebenes Emblem symbolisierte: Joch und Pfeile. Das Joch der Macht für Fernando, die Pfeile der Gerechtigkeit für Isabel.

Eines Nachmittags besprachen wir den Ablauf der Festlichkeiten, die ihren bevorstehenden triumphalen Einzug in Toledo begleiten sollten, als Isabel plötzlich zu mir sagte:

»Luis, du begleitest uns nicht nach Andalusien, wir werden uns trennen.«

Mir wurde kalt.

»Womit habe ich das Mißfallen Eurer Hoheit erregt?«

»Mit nichts. Im Gegenteil, gelobt sei der Tag, an dem

Carrillo dich nach Arévalo brachte! Wir haben gemeinsam einen sehr gefährlichen und schwierigen Weg zurückgelegt, aber nach der Zeit der Prüfungen ist nun deine Zukunft an der Reihe. Wie alt bist du? Dreißig?«

»Bald einunddreißig, Eure Hoheit.«

»Ich habe mit Don Fadrique gesprochen. Unser vortrefflicher Domherr ist einverstanden, ihr geht zusammen nach Salamanca. Und danach kommst du als Doktor der Theologie zurück.«

»Wenn ich mir eine Bemerkung erlauben darf, Eure Hoheit, wir haben Januar, und die Kurse haben bereits im September begonnen.«

»Präzise und bescheiden wie immer. Schau, Luis, die Universität von Salamanca wird zu jedem beliebigen Zeitpunkt stolz sein, einen Luis de Soca bei sich aufzunehmen! Auch wenn dein Wissen bei weitem die Ausbildung übersteigt, die du dort erhältst, ist dein Doktortitel in Theologie für meine Pläne unerläßlich. Bei einer ganzen Reihe von Bischöfen ersetzt der Adelstitel das Wissen, und die Verschwendung überdeckt ihre Unzulänglichkeit. Ich wünsche solche Berufungen nicht mehr, die den Vorschriften des Evangeliums zuwiderlaufen! Wenn es eine freie Stelle gibt, will ich, noch bevor wir, der König und ich, dem Papst unsere Bitte unterbreiten, fortan meine eigene Wahl treffen, und zwar unter Männern wie dir, mit einem Universitätstitel und einer untadeligen Moral.«

»Hoheit …«

Isabel lächelte.

O dieses Lächeln, das nur wenigen vorbehalten war und das soviel Wärme in unsere Beziehungen brachte!

»Warte ab, bis du deinen Doktor und einen Bischofssitz hast, um dich zu bedanken. Du wirst mir fehlen, mein lieber Luis.«

Die Arme um meinen Hals geschlungen, sagte Catalina dasselbe.

»Du wirst mir fehlen, Luis, Liebster.«

Ich hätte schwören mögen, daß ihr Tränen in den Augen standen. Ich machte unserem Abschied ein schroffes Ende.

33

Am dreizehnten Januar trafen wir in Salamanca ein. Nach den Weihnachtsferien hatten die Kurse schon eine Woche früher wieder begonnen. Der Rektor der Universität nahm mich sofort auf und hieß mich mit einer schmeichelhaften kleinen Rede willkommen.

Don Fadrique frohlockte:

»Junge, erinnerst du dich noch …?«

Und ob ich mich erinnerte! Tief gerührt wandten sich meine Gedanken jenem schüchternen, linkischen kleinen Studenten zu, der die Schwelle zu Don Fadriques Haus überschritt. Ich hatte nichts vergessen, weder unsere geliebten, so gedankenreichen Abende noch den Empfang, den die älteren Jahrgänge mir am ersten Tag des Semesters bereitet hatten. Heute verlieh mir die Bekanntheit eine Aureole, und man begegnete mir mit Ehrerbietung.

»Wenn ich bin, was ich bin«, sagte ich, »dann verdanke ich das Euch, Don Fadrique.«

»Nur zu einem geringen Teil, mein Junge. Aber trotzdem schätze ich es. Die Dankbarkeit hält nicht lange an, mit dem Erfolg verfliegt sie. Du schuldest mir wenig, auf gutem Boden gedeiht alles, ich schulde dir viel mehr. Ohne dich wäre ich schon tot, und zwar ohne die Freuden einer großen Zuneigung kennengelernt zu haben.«

Während der Fastenzeit ruhte das Studium. Ich reiste nach Segovia, sah meinen Sohn, kehrte nachdenklich und schweigsam von dort zurück.

Don Fadrique machte sich Sorgen.

»Was hast du? Hast du in Segovia etwa eine Frau gefunden? Ich habe dir immer wieder gesagt ...«

Ich entschloß mich, ihm von meinen Spaziergängen am Strand von Valencia zu erzählen, von Magdalena, dem Kind, ihrem theatralischen Auftritt nach der Krönung Isabels, der Heirat mit Salvedra, und ich gestand ihm, wie sehr es mich bedrückte, so weit weg von meinem Sohn zu sein.

Don Fadrique brach in Lachen aus, dann fing er an, unter Seufzern den Kopf zu schütteln und mit seinen kleinen Händen hin und her zu fuchteln.

»Wahrhaftig, du machst alles anders als die anderen. Welcher Mann verzehrt sich nach einem Bastard in Windeln? Kinder sind nichts als plärrende, uninteressante kleine Bälger.«

»Luis plärrt nicht, er ist ruhig, artig und für seine vier Jahre außergewöhnlich intelligent.«

»Glücklicher Vater! Nicht im entferntesten habe ich so über meine Sprößlinge gedacht, nicht einmal, als sie herangewachsen waren.«

»Ihr macht Euch über mich lustig, aber wenn Ihr ihn sehen würdet ...«

»Na schön, dann hol ihn und bringe ihn her, danach werde ich dir meine Meinung sagen. Klipp und klar, verstehst du?«

»Er ist noch zu klein, als daß man ihn von seiner Mutter trennen könnte. Außerdem, ein Kind in Eurem Haus ... Und Euer Ruf, Don Fadrique?«

»Ach was, in meinem Alter wäre das doch eher schmeichelhaft. Wiedergewonnene Kräfte ... Laß mich nachdenken. Am Ende der Straße habe ich noch ein Häuschen mit Garten. Es steht leer, die Diener suchen auf meinem Boden Möbel heraus, ich leihe dir zwei Dienerinnen, du bringst dort deinen Sohn und seine Mutter für die Zeit unter, bis du deinen Doktor hast.

Man kann für dieses Wunderkind sogar einen Hauslehrer finden, wenn es sich lohnt. Auf diese Weise ist jeder für sich. Hast du der Königin schon die Lage geschildert?«

»Noch nicht. Einzig und allein Euch. Ich tue es, wenn ich zurück bin.«

»Ein Rat, mein Junge: Unterrichte sie erst davon, wenn du Bischofsmütze und Bischofsstab in der Hand hast. Einem Bischof wird jede Sünde vergeben.«

Mein Leben fand seinen Rhythmus. Jeden Abend, wenn ich aus der Universität kam, ging ich zu meinem Sohn, und jeden Abend weitete sich mein Herz vor Freude, wenn ich ihn so gerade an seinem Tischchen sitzen sah, schön und gelockt wie ein Engel in einem Kirchenfenster, aufmerksam den Ausführungen von Gonzalo Flores de Ávila lauschend.

Das Gesicht bleich und rund wie der Mond, mit roten Bartstoppeln und abwesendem Blick, widmete sich Gonzalo, der das Kollegium von San Bartolomé absolviert hatte, ganz der Poesie, eine Berufung, ja eine heilige Verrichtung. Um der Poesie willen hatte er mehrere verlockende Angebote ausgeschlagen. Doch leider hatten seine Werke, die er einigen Edelleuten vorlegte, nicht den entsprechenden Förderer gefunden, ohne den ein Liebhaber der schönen Literatur ein Nichts ist. Wieder in Salamanca, lebte er mehr schlecht als recht von einer Handvoll Studenten, deren Schwächen oder deren Faulheit er zu beheben versuchte. Don Fadrique stellte mich ihm vor. Seine Träume, die sich auf meine Stellung beim Hofe stützten, entzündeten sich erneut, und er gab Luis sein Bestes.

»Dieses Kind, nein, dieses Kind, Señor de Soca! Es schlingt die lateinischen Wörter in sich hinein wie eine Libelle die Fliegen. Habt Vertrauen in Gonzalo, wir machen aus Eurem kleinen Cousin einen großen Mann.«

Ich hatte Benito, dem alten Diener, den ich auf dem

Rückweg von Valladolid aufgesammelt hatte, gestattet, am Unterricht teilzunehmen. Seine schmächtige Gestalt verschaffte ihm zweifellos einen leichteren Zugang zu der Welt der Kinder, er war ganz vernarrt in Luis, verwöhnte ihn, radebrechte mit ihm auf Latein, beugte sich all seinen Bedürfnissen nach Sauberkeit und schien einen wohltuenden Einfluß auf Magdalena auszuüben. Das Geschick, mit dem Benito Nadel und Schere handhabte, trug wesentlich dazu bei und brachte ihm mehr Anerkennung ein, als Magdalena meinen Betätigungen zollte. Was sich ihr entzog, hatte in ihren Augen keinerlei Interesse, ein im Volk weitverbreiteter, instinktiver Reflex, womit man sich jede Anstrengung ersparte, um aus dieser bequemen Unwissenheit herauszukommen.

Sie bestand darauf, mit Luis Don Fadrique aufzusuchen. Während ihres Besuchs döste er vor sich hin und öffnete die Augen erst, als er sich vergewissert hatte, daß sie gegangen waren.

»Nicht häßlich, schön geschwungene Hüften, ein prall gefülltes Mieder, aber … Nun, mehr sage ich nicht dazu. Seien wir barmherzig, und loben wir den Herrn! Wo kämen wir denn hin, wenn jeder bei der Geburt mit einem ordentlichen Gehirn ausgestattet wäre? Meinen Glückwunsch zu dem Kleinen. Ausgerechnet ich, der Kinder nur erträgt, wenn sie außer Sichtweite sind, ich bedauere es beinahe, daß ich nicht imstande war, solch eines zu fabrizieren. Bringe ihn wieder mit, wenn du willst, die Mutter nicht. Die Kräfte des Menschen haben ihre Grenzen.«

»Der arme Domherr!« seufzte Magdalena. »Er scheint nicht auf dem Posten zu sein, ich habe nicht einmal drei Sätze aus ihm herausbekommen. Oje, da mußt du dich am Abend ja schön amüsieren! Du weißt, meine Tür steht dir immer offen.«

Ich tat, als hätte ich den Unterton nicht bemerkt, ich sah

sie an und fragte mich, wie ich sie hatte begehren können. Dann sah ich Luis an und dankte Gott.

Im Juni erhielt ich, wie erwartet, meinen Doktortitel.

Dieser Titel stellt die höchste universitäre Weihe dar, und deshalb wird das Ereignis mit einem feierlichen Ritual begangen.

Am Vorabend der Investitur zog eine Prozession durch die Stadt. An ihrer Spitze marschierten, angekündigt von Trompetenstößen und Trommelfeuer, die Zeremonienmeister, gefolgt vom Professorenkollegium im großen Ornat: schwarze Fransenkappe, mit weißer Spitze besetzte schwarze Robe und Pelerine, deren Farbe je nach Fakultät wechselte. Eingerahmt vom Lehrer der Theologie, dem Rektor, den Kirchendienern und Don Fadrique, meinem Doktorvater, selbst Doktor der Theologie, wie es die Regel vorschreibt, folgte ich auf Vulcanus, er mit seinem kostbarsten Überwurf herausgeputzt, ich selbst in prächtigen Samt gekleidet, Schwert und Dolch an der Seite. Hinter uns drängten sich die Studenten, unter die sich Handwerker und Bürgersleute gemischt hatten. In der Menge entdeckte ich beim Vorbeireiten Magdalena und Luis, den Benito auf seinen Schultern trug. Die Prozession führte von Don Fadriques Haus zur Universität, wo auf meine Kosten ein Buffet serviert und Süßigkeiten verteilt wurden.

Der nächste Tag versprach anstrengend zu werden: Zunächst eine mündliche Befragung im Ehrensaal der Universität, danach eine Lawine von Anzüglichkeiten, die meine Kameraden auf mich niederprasseln lassen würden, Erinnerung an einen römischen Brauch, mit dem der ruhmreiche Einzug der Sieger ins Kapitol begrüßt wurde. Eine lautstarke Laudatio auf den Ausgezeichneten würde darauf folgen. Schließlich würde sich der Zug noch einmal für den Schlußakt in der Kathedrale formieren, wo mein Doktorvater mir die Insignien meines Universitätsgrades überreichen und den Doktorhut aufsetzen würde. Ich hatte den Anfang des Evangeliums des heiligen Johannes auswendig gelernt: *In principio erat verbum*, den ich von der Kanzel herab den knienden Anwesenden verlesen würde.

Aber dann würde der fröhliche Teil beginnen. Dazu gehörte, wie bei allen großen Festlichkeiten, eine Corrida, bei der am Ende fünf Stiere getötet werden sollten. Zu diesen Ausgaben, samt und sonders vom frisch gekürten Doktor getragen, kam noch eine unendliche Liste von Geldgeschenken und solchen in Naturalien für die verschiedensten Persönlichkeiten, wobei die Einzelheiten von der Tradition genau festgelegt waren.

Ich hatte mich vergebens mit Don Fadrique herumgestritten.

»Du würdest mich kränken! Gewiß hast du jetzt die Mittel, aber hebe dir dein Geld für andere Freuden auf, und laß mir meine. Du willst mir doch nicht den glücklichsten Tag meines Lebens verderben? Schweig also, nicht einen Maravedí, und kein Wort mehr, und jetzt laß den Wein bringen. Wenn man versucht, mir zu widersprechen, trocknet mir die Kehle aus.«

Als wir von der Prozession zurückkehrten, erkannte ich Benito, der so schnell, wie ihn seine kurzen Beine trugen, die Straße heruntereilte.

»Señor Luis, Señor Luis! Ich habe so auf Euch gewartet. Bei Señora Magdalena ist ein Herr, der sich als ihr Ehemann ausgibt. Er hat vor der Tür auf uns gewartet. Jesus Christus vom Heiligen Kreuz! Er ist rasend vor Wut.«

»Ich komme. Und Luis?«

»Ich habe ihn oben schlafen gelegt. So ein Geschrei hinterläßt Spuren bei Kindern.«

»In Ordnung, bring das Pferd weg und halte den Mund. Don Fadrique, ich bitte Euch, mich zu entschuldigen.«

Ich stieß die Tür auf.

In die Kissen vergraben, die Röcke in Unordnung, den Kopf in den Händen, schluchzte Magdalena. Ein Schemel war umgeworfen, unter Salvedras Schritten knirschten Glassplitter. Die Wut verengte seine schönen, tiefschwarzen Augen zu schmalen Schlitzen.

»Da bist du ja endlich! Ich komme aus Segovia, wo ich vom Herbergswirt erfahren habe …«

»Sachte, sprich leiser. Was soll diese Unordnung, was ist los? Ich dachte, du wärst mit Ihren Hoheiten in Andalusien.«

»Und das nutzt du aus, um meine Frau zu entführen!«

»Verschone uns mit dergleichen groteskem Geschwätz. Warum stört es dich, daß Magdalena während deiner Abwesenheit mit meinem Sohn hier in Salamanca ist, in diesem Haus, das Don Fadrique ihr freundlicherweise überlassen hat?«

»Da hätte ich mir den Umweg sparen können. Mit Segovia ist Schluß, ich habe das Haus gekündigt, der Herzog de Santoral hat mich eingestellt.«

Verblüfft musterte ich ihn.

»Santoral! Du wirst für Santoral arbeiten?«

»Sein erster Sekretär ist gestorben, er hat mir auf Empfehlung der Königin den Posten angeboten. Er zahlt gut. Ich habe alle Befehlsgewalt über seine anderen Sekretäre, das ist besser, als dir hinterherzutrotten. Jetzt gebe ich die Befehle.«

»Und deine Frau und mein Sohn, was wird aus ihnen bei diesen Aussichten?«

»Ich habe eine Verabredung mit dem Herzog in Madrid. Er hat so viele Häuser, das ist kein Problem.«

Jetzt fing ich an zu schreien:

»Niemals! Niemals wird mein Sohn unter dem Dach von Santoral wohnen!«

»Dein Sohn? Na, dann nimm ihn doch mit, deinen Sohn!«

Ich hörte ein Aufheulen.

Magdalena war aufgestanden und ging auf Salvedra los.

Er packte sie an den Handgelenken.

»Hör auf. Wenn du dich sehen würdest! Eine Xanthippe, eine Megäre, du machst mir Schande!«

Sie spuckte ihm ins Gesicht. Er ließ sie los und wischte sich mit dem Ärmel ab.

»Fang nicht wieder an«, sagte er.

»Du Ungeheuer! Mich von meinem Kind zu trennen! Ich habe nur ihn, meinen Luisito, weil du, du ... Herrgott, warum habe ich dich geheiratet?«

»Du wolltest eine Dame sein, aber so, wie du dich aufführst, meine Liebe, wirst du es niemals. Wer aus dem Nichts kommt, muß etwas anderes vorweisen, um nach oben zu klettern.«

Magdalena fing wieder an zu schluchzen.

»Luis, bitte, nimm mir nicht den Kleinen weg, das wäre mein Tod.«

Ich hob den Schemel auf.

»Beruhige dich, geh hinauf in dein Zimmer. Dein Mann und ich haben etwas zu bereden.«

Auf halber Treppe beugte sie sich über das Geländer und warf Salvedra einen haßerfüllten Blick zu.

»Eines Tages werde ich mich rächen, das schwöre ich dir bei meiner Ehre!«

Als wir allein waren, setzte ich mich auf den Schemel und bot Salvedra gleichfalls einen an.

»Setz dich, laß uns miteinander reden. Santoral reist viel. Du wirst nicht mehr Gelegenheit haben, mit Magdalena zusammen zu leben, als du sie bis jetzt hattest, und außerdem, legst du überhaupt Wert darauf? Hier also mein Vorschlag: Ich übernehme ihren Unterhalt, ich bringe sie und meinen Sohn in Valladolid oder in irgendeiner anderen Stadt unter, die die Königin als vorübergehenden Sitz wählt, und da Santoral nie weit weg von Ihren Hoheiten sein wird, kannst du deine Frau besuchen, ohne daß du irgendwelche Nachteile hättest.«

»Ich muß dich unterbrechen: Und wo liegt dein Vorteil?«

»Magdalena ist eine gute Mutter, sie verdient es nicht, daß man ihr das Kind wegnimmt, und wenn Luis bei Santoral leben würde, wie sollte ich da seine Ausbildung verfolgen? Meiner Meinung nach ist das eine für alle Seiten zufriedenstellende Lösung. Eure ehelichen Beziehungen scheinen nicht gerade ausgezeichnet zu sein, die Streitereien, die ihr unter dem Dach Santorals miteinander hättet, könnten sich nachteilig auf deine neue Karriere auswirken, wenn sie von den Dienern weitergetragen werden.«

»Zu freundlich, daß du dir darum Sorgen machst. Tatsache ist, daß es mir schwerfallen würde, Magdalena beim Herzog einzuführen. Ich hatte unrecht, sie zu heiraten, ich habe einer Anwandlung von Mitleid nachgegeben ...«

»Jetzt darf ich dich unterbrechen. Mitleid? Offen gestanden, vermute ich viel hintergründigere Motive bei dir, nämlich daß du meinen Sohn als Geisel benutzt, um dich vor eventuellen Enthüllungen meinerseits zu bewahren.«

»Lächerlich! Der Beweis: Ich habe dir gerade gesagt, daß du ihn zu dir nehmen kannst.«

»Jetzt ist Santoral dein Trumpf. Aber da wir beim Thema sind, legen wir die Karten auf den Tisch: Wenn du dir erlaubst, mit wem auch immer über mein Privatleben zu plaudern ...«

Salvedra lächelte.

»Nein, wirklich? Die Königin weiß also immer noch nichts von deiner Vaterschaft.«

»Sie wird es erfahren, wenn ich es für richtig halte. Ein Kind zu haben ist kein Verbrechen, aber Ketzerei ist eins. Deshalb halte deinen Mund, ich sage es nicht noch einmal.«

»Schließen wir einen Pakt, Luis: dein Schweigen gegen meines. Ich bin bereit, bei Gott zu schwören.«

»Bei Gott zu schwören? Du, der du unseren Glauben gebrochen hast! Nein, nein, mein Lieber, sprich nicht weiter, das Gleichgewicht zwischen uns ist perfekt. Wenn du auspackst, habe ich einige Unannehmlichkeiten – aber wenn ich auspacke, bedeutet das den Henker für dich.«

34

Nach Erlangen der Doktorwürde war ich viel unterwegs, und die Zeit raste nur so.

Ich hatte Magdalena und meinen Sohn in der Obhut Don Fadriques in Salamanca gelassen. Er hatte es abgelehnt, an den Hof zurückzukehren.

»Andalusien kenne ich. Zu heiß und zu laut. Den Hof, so wie er sich jetzt wieder präsentiert, kenne ich ebenfalls. Liebedienerei und Katzbuckelei, das ist nichts mehr für mein Alter, im übrigen bin ich nie zu Kreuze gekrochen, und unsere Könige sind nun mal Könige! Erinnerst du dich, was Isabel immer wieder gesagt hat: ›Gott hat mich auserwählt, in unserem Haus Ordnung zu schaffen‹? Also, das Gröbste ist getan, die Granden schrauben ihre Ansprüche allmählich herunter und üben sich im Metier des Höflings, das Bürgertum steigt auf, eine gute Sache, Anarchie und Unsicherheit sind zurückgegangen, und das Volk ist stolz: Auf seine Tugenden gründet sich Isabels Erfolg, sie hat es ihm wieder und wieder gesagt, und es glaubt daran, kurzum, sie hat die Schlüsselgewalt, sie ist die wirkliche *Besitzerin*, so wie es in der Krönungsformel hieß. Das ist gut so. Aus den Disteln, an denen sie sich aufgekratzt hat, sind Rosenblätter geworden. Aber ich muß dir gestehen, ich sehne mich nach unserem turbulenten Leben zurück. Diesen wundervollen Hauch des Abenteuers im Gesicht zu spüren hat den Greis, der ich bin, noch einmal aufleben lassen. Aber jetzt schwafle und jammere ich schon wie die Alten … Sie ruft dich, also geh. Eine Frau ihres Schlages hat immer irgendeinen Kampf auszufechten.«

Ich reiste mehrmals in die Estremadura, um mit der Infantin Beatriz, einer Tante von Isabel, Verbindung aufzunehmen. Sie war von den Portugiesen geschickt worden, um Vorgespräche für ein Friedensabkommen zu führen. Am 30. Juni 1478, als Don Juan, der Erbprinz, geboren wurde, war ich in Sevilla und zusammen mit dem Königspaar wieder in der Estremadura, als wir zur Jahreswende vom Tod Juans II. erfuhren. Fernando verließ Guadalupe, um seinen Vater, das einzige Wesen, das er zweifellos geliebt hat, zu beweinen und die Krone von Aragón in Empfang zu nehmen. Isabel blieb mit mir und der Infantin Beatriz zurück. Über das Schicksal der Prinzessin Juana (entmutigt, hatte König Alfonso letztlich auf die Heirat verzichtet) in der Weise zu befinden, daß sie nie wieder Schwierigkeiten bereiten könnte, hatte den Vorrang. Als die Lösung feststand, machte sich Isabel nach Toledo auf, während ich mit den kastilischen und portugiesischen Gesandten die Verhandlungen zum Abschluß brachte.

Mit dem Ableben des Kardinals Venier wurde der Bischofssitz von Cuenca frei.

Papst Sixtus IV. vergab die Pfründe an seinen gerade erst zwanzig Jahre alten Neffen, Kardinal Riario. Einem guten Bistum fallen beträchtliche Einkünfte zu, von denen der Bischof, wenn er Ausländer ist, einen großen Teil ausführen darf; zudem verfügt er über Truppen und Festungen, die gegebenenfalls auf den Staat Druck ausüben können. So bot jede vakante Stelle den Päpsten die günstige Gelegenheit, eines der Mitglieder der Kurie – oftmals auf zweifelhafte Weise – mit diesem Amt zu belohnen.

Die Königin wünschte derartigen Machenschaften ein Ende zu setzen. Unser Botschafter übermittelte also Isabels Weigerung, diese Kandidatur gegenzuzeichnen, und bedeutete dem Vatikan, daß sie einen Kastilier auf den Stuhl von Cuenca zu plazieren beabsichtige.

»Cuenca ist für dich, Luis«, sagte sie in Guadalupe zu mir, »und du wirst es auch bekommen. Aber ich möchte deinen Namen erst dann verkünden, wenn die Frage mit dem Papst geregelt ist.«

Sixtus IV. ignorierte Isabels Weigerung und blieb hart. Die kanonische Amtseinsetzung war von ihm abhängig. Isabel blieb gleichfalls hartnäckig. Ihre Zustimmung war unumgänglich. Jeder hatte einen bedeutenden Trumpf in der Hand, und jeder trumpfte damit auf.

Sich gegen den Stellvertreter Gottes aufzulehnen war der härteste Kampf, den die fromme Isabel ausfocht, denn sie focht ihn gegen sich selbst aus. Doch wenn sie ihre Sache für redlich hielt – ein Wort, das sie gern gebrauchte –, hielt nichts sie zurück. Sie ordnete an, unseren Botschafter abzuberufen, und verfügte, daß alle in Rom ansässigen Untertanen die Stadt verlassen sollten.

In diesem Konflikt schwankten meine Gefühle hin und her. Zu Anfang war ich ganz und gar von Stolz erfüllt. Konnte ein Mensch ein noch gewichtigeres Amt erstreben, zumal er ganz klein angefangen hatte! Dennoch, seitdem mich Isabel nach Toledo gerufen hatte, beschlich mich Angst: Riskierte ich nicht, ganz tief zu fallen, wenn ich mich zu hoch erheben und damit Eifersucht, Feindseligkeit und Neugier, die der Erfolg mit sich bringt, erregen würde? Manchmal war ich soweit, zu wünschen, der Stuhl von Cuenca möge mir entgehen.

Als ich, noch ein kleines Kind, Toledo verlassen hatte, blieben mir zwei Dinge deutlich in Erinnerung, der Klang einer Kirchenglocke und die in den Balken eines Fenstersturzes in arabisch geschnitzte Inschrift, die das Haus gegenüber dem unseren zierte. Ich versuchte weder die Kirche noch das Haus wiederzufinden, ich ließ mich vom Zauber der Stadt leiten, meiner Heimatstadt, wo auf Schritt und Tritt der Einfluß der Mauren zu spüren war, wo die warmen Ockertöne vorherrschten und die in Kirchtürme umgewandelten hohen Minarette über den spiegelnden Wassern des Tajo aufragten. Aufs Geratewohl schlenderte ich durch die abschüssigen Gassen, die, Bächen gleich, zum Fluß hin abfielen.

Wenn sie keine Verpflichtungen hatte, begleitete mich Catalina.

Ich führte sie zur Plaza del Zocodover, von dort gelangten wir in den Barrio de los Francos, ins Franzosenviertel, wo sich ein schöner Laden an den anderen reihte. Catalina interessierte sich nicht im geringsten für die prachtvollen Waffen, die an allen Höfen Europas begehrt waren, sie zog mich vielmehr am Ärmel: »Komm schon, komm«, und blieb erst ein Stück weiter stehen, angelockt von irgendeiner hübschen Kleinigkeit, einem mit Seide gefütterten goldenen Stiefelchen, einem Gürtel mit Goldschnalle, einem nach maurischer Art gearbeiteten Ring oder Armreifen.

Diese Einkäufe versetzten sie in eine Fröhlichkeit, die sie in Andalusien verloren zu haben schien.

»Weißt du, Luis, jetzt, wo Fernando König von Aragón ist, hat er Antón einen Titel und ein Landgut versprochen. Dann werde ich Gräfin sein.«

»Denkst du daran, in Aragón zu leben?«

»Du scherzt wohl? Dort mit Antón zu leben, da müßte man mich schon an den Haaren hinschleifen! Ich bin Ehrendame der Königin, ich bleibe am Hof.«

Von Santoral sprach sie kaum mehr, und er ließ sich auch seltener blicken. Es hieß, er würde eine Sevillanerin heiraten.

Eines Nachmittags waren wir beim Juwelier, Catalina hatte sich zwei ausgefallene riesige Perlen ausgesucht, die zu Ohrgehängen verarbeitet waren, und den Kopf nach rechts und links drehend, bewunderte sie sich im Spiegel.

Dieses alberne Getue erschöpfte allmählich meine Geduld, und ich leugne nicht, daß eine böse Absicht dahintersteckte, als ich sie fragte:

»Stimmt es, daß Santoral sich anschickt, mit einer Sevillanerin in den heiligen Stand der Ehe einzutreten?«

Catalina drehte sich mit einer wütenden Bewegung um.

»Die Sevillanerin? Dieses Scheusal! Vollgestopft mit Zuckerwerk, fettige Haut und krause Haare! Eine steinreiche Frau, die Herzogin werden will …«

»Ein Wunsch, den andere auch haben.«

»Schweig, schweig! Eine Kröte, ein Scheusal, sage ich dir! Als wir in Andalusien waren, hat sie auf ihren Ländereien mehrmals Corridas für Santoral veranstaltet. Wenn du sie da gesehen hättest! So etwas Unanständiges, sie hätte ihn am liebsten mit Haut und Haar verschlungen … So etwas heiraten? Und das glaubst du? *Ich* werde seine vierte Ehefrau sein, oder man wird ihn als Witwer begraben, das hat er mir aufs Kreuz geschworen!«

»Wenn er judaisiert, ist der Schwur nicht einen Pfifferling wert.«

»Oh, bitte keine Ironie. Ich bin auch eine Neuchristin. Im Grunde bist du noch hinterhältiger und bösartiger als die anderen, ich hasse dich!«

Bevor ich überhaupt ein Wort erwidern konnte, war sie schon aus dem Laden gerannt, an den Ohren die hin und her schaukelnden Perlen. Ich beeilte mich, den Juwelier zu bezahlen. Ich hatte sie bald eingeholt, und als sie merkte, daß ich ihr hinterherlief, bog sie in ein Gäßchen ein. Auf diese Weise jagten wir von einer Gasse zur anderen, bis ich plötzlich sah, wie sie stolperte, schwankte und fiel. Ich stürzte auf sie zu, hob sie hoch, sie war federleicht.

»Catalina! Hast du dich verletzt? Sprich!«

»Deine Art verletzt mich. Mich ständig zu kritisieren und zu beschimpfen …«

Ich brachte sie zu einem Mäuerchen, setzte sie darauf und setzte mich neben sie.

»So. Fühlst du dich besser?«

»Wie sollte ich mich besser fühlen? Dafür müßte ich in eine andere Haut schlüpfen!«

Sie seufzte, öffnete den Mund, schloß ihn, öffnete ihn wieder, seufzte noch einmal und legte schließlich ihre Hand auf meine.

»Weißt du, Luis, ich habe in Andalusien viel nachgedacht. Wenn ich mir mein Leben ansehe, ist es ein ziemlich kläglicher Mißerfolg. Nein, schweig, laß mich reden! Wenn man noch sehr jung ist, träumt man davon, schön zu sein, aber Schönheit, das ist mir heute klar, ist kein Geschenk, es ist nicht mehr als das Vergnügen, sich im Spiegel zu bewundern, und das steigt einem zu Kopf, man meint nur die Arme ausstrecken zu müssen, um die Sterne herunterzuholen! Doch Ehrgeiz kann sich nur ein Mann erlauben. Du zum Beispiel hast glänzende Studien abgeschlossen, du hast es zu Ruhm und Ehren gebracht. Dagegen hat eine Frau, die nicht in einer aristokratischen Familie geboren oder sehr begütert ist, nichts als ihr Äußeres, und um daraus etwas zu machen, muß sie stark sein, stark und hart wie Stahl. Männer zollen nur starken Frauen Achtung. Ich glaubte eine solche zu sein, aber ich bin es nicht. Fernando ... Ich hatte gedacht, daß er meine Chance wäre. Ein Prinz, ein Prinz für die Tochter von Ana Valera, eine bescheidene Landbesitzerin! Ich war sofort in ihn verliebt. Welches Mädchen, selbst ein adliges, hätte widerstanden! Aber eine andere, mit mehr Verstand als Gefühl, hätte sich empört, sich geweigert, getobt, wenn er ihr Antón vorgeschlagen hätte. Ich habe das nicht gekonnt. Es gefiel mir, von ihm geliebt zu werden, mehr brauchte ich nicht. Genau dasselbe, als wir uns trennten. Als König hätte er die Möglichkeit gehabt, mir ein Stück Land zu überlassen, dessen Einkünfte mir eine gewisse Unabhängigkeit gesichert hätten. Nein, nichts. Er hat mich ganz richtig eingeschätzt: eine dumme Gans, die sich mit den Huldigungen, die er ihr im Bett erwiesen hat, zufriedengegeben hat und nicht im entferntesten auf die Idee kommen würde, sich ihr Schweigen in klingende Münze umsetzen zu lassen! Wenn ich von Titeln und Reichtümern spreche, dann eigentlich nur, um mich selbst aufzuwerten, eine Herausforderung, die mich zwingt, immer so weiterzumachen. Und trotzdem nennt man mich hinter meinem Rücken eine Hure.«

»Catalina!«

»Du weißt es sehr wohl. Manchmal sage ich mir, daß es die würdigste Lösung wäre, zu Mama zurückzukehren. Schluß mit dem ganzen Theater! Am Hof begegne ich nur dünkelhaften adligen Damen, die es einer Bürgerlichen nicht verzeihen, daß sie das Privileg genießt, unter ihnen Platz zu nehmen, und die mich mit Argusaugen beobachten in der Hoffnung, auf meinem Gesicht Pickel oder an meiner Figur Spuren eines plötzlichen Verfalls zu entdecken, und die mir nachspionieren, nur darauf lauernd, daß ich etwas Falsches mache, um der Königin davon zu berichten. Also fahre ich fort, meine Rolle zu spielen, ja, ich übertreibe sogar noch ein bißchen, nur damit ihre Bosheit neuen Stoff bekommt und sie sich noch mehr entrüsten können. Aber ich bin müde, Luis, einfach müde! Ich habe mich geirrt, ich habe aus Anmaßung gesündigt, mein Platz war nicht in dieser verfaulten Welt, ich war weniger wert ... oder trotz alledem mehr, scheint mir. In jedem Fall werde ich gehen, wenn Santoral seine Sevillanerin ehelicht. Du wirst lachen, aber manchmal überkommt mich der Gedanke, daß wir hätten heiraten und glücklich miteinander sein können, wenn wir nicht alle beide, du und ich, von unseren ehrgeizigen Plänen so besessen gewesen wären. Außer Mama bist du der einzige, den ich liebe.«

»Meine Pläne hätten nichts geändert«, sagte ich, »ich habe dich geliebt, und ich liebe dich immer noch.«

Catalina stand auf, strich ihren Rock glatt, ordnete die Falten und lächelte, ein leichtes, verführerisches Lächeln, sie war wieder in ihre Rolle geschlüpft.

»Du wärst bei deinen Plänen geblieben, mein lieber Luis,

aber meine hätten keinen Antrieb mehr gehabt, und ich bezweifle, ob du mich auch mit einem häßlichen Gesicht geliebt hättest. Komm, ich habe gerade noch Zeit, mich umzuziehen, Ihre Hoheit duldet keine Minute Verspätung.«

Sie stellte sich auf die Zehenspitzen und küßte mich.

»Vergiß, was ich dir gesagt habe. Eine vorübergehende Laune. Es hat mir aber gutgetan, mit dir zu reden. Vielleicht bist du jetzt ein bißchen nachsichtiger.«

Vor dem Palast strich sie sich über die Haare und stieß einen Schrei aus:

»Mein Kamm, mein Haarkamm! Ich muß ihn beim Fallen verloren haben ...«

»Hör auf. Wenn ihn noch niemand aufgelesen hat, bringe ich ihn dir wieder.«

35

Unmöglich, dieses Gäßchen wiederzufinden! Von den Worten Catalinas in Unruhe versetzt, verlief ich mich.

Ich kannte das Viertel nicht, es war ruhig, keine Läden, die Häuser aus behauenem Stein oder aus Holz standen wie überall eins am anderen, an den wenigen Fenstern schmiedeeiserne Verzierungen, hinter den abweisenden Mauern erahnte man Patios voller Grün.

Eine Glocke ertönte.

Ich zuckte zusammen.

Das war kein Kirchenglöckchen, es war ein verhaltener und zugleich hoher, feiner Ton, die Glocke einer Kapelle, und ich fühlte, wie mir das Herz in der Brust pochte.

Ich habe es bereits erwähnt: Aus meiner frühen Kindheit in Toledo erinnerte ich mich ganz deutlich an den Klang einer Glocke und an einen geschnitzten Balken über einer Tür, auf den jedesmal mein Blick fiel, wenn wir aus dem Haus traten, um zur Messe zu gehen.

Das Gedächtnis verfügt über teuflische Kräfte. Ein Geräusch, ein Geruch, der Geschmack einer Speise reichen aus, um augenblicklich eine ferne Vergangenheit wiederauferstehen zu lassen. Mit einemmal vernahm ich die eintönige Stimme meines Vaters, als wäre sie tatsächlich gegenwärtig: »Die Inschrift auf diesem Balken, Luis, ist auf arabisch abgefaßt, in der Sprache, die die Herrscher, die damals unsere Stadt regierten, vor vierhundert Jahren noch sprachen. Sieh mal, dort sind der Name des Erbauers und das Datum eingetragen, an dem das Haus fertiggestellt wurde.«

Hier mußte dieser Balken sein, in dieser Straße. Ich ging weiter, ich wollte umkehren, mich davonstehlen, aber ich ging trotzdem weiter. Ich zählte vier Häuser, am fünften entdeckte ich ihn. Ich blieb wie angewurzelt stehen.

Ein alter Mann stand auf der Schwelle.

»Braucht Ihr eine Auskunft, Señor?«

»Nun ...«

Ich faßte mich wieder, zeigte auf das Haus gegenüber dem seinen, ein Haus von beachtlichen Ausmaßen, jedoch gezeichnet von der Zeit, die darüber hinweggegangen war.

»Ich suche ein Haus. Das hier, so verlassen, wie es aussieht, ist nicht zufällig zu verkaufen?«

Der alte Mann schüttelte den Kopf.

»Dazu müßte der Eigentümer oder vielmehr seine Erben, weil der Eigentümer ... In unserem Alter sind schon mehr unter der Erde als über ihr! Nun ja, wenn man seine vier Lebensalter gottesfürchtig verbracht hat, was will man dann noch mehr als eine sanfte Ruhe? Aber kommt doch herein, mein Herr! Ich habe einen guten Wein, und ich erzähle Euch die Geschichte dieses Mannes, keine gewöhnliche Geschichte, sie wird Euch interessieren. Wenn man Nachbar war, weiß man alles oder fast alles über den anderen, nicht wahr?«

Im Patio war es kühl, ringsum Pflanzen und ein Brunnen, aus dem ein feiner Wasserstrahl floß.

Mein Mund war wie ausgetrocknet, ich hätte lieber ein Glas Wasser getrunken, aber der Alte bestand auf seinem Wein, hocherfreut, einmal Gesellschaft zu haben.

»Um zu verstehen, Señor, was dem Eigentümer von gegenüber, nennen wir ihn bei seinem Namen, Luis de Carjaval, geschehen ist, müssen wir dreißig Jahre zurückgehen, genau ins Jahr 1449, in die Zeit, als der Vater unserer verehrten Königin Isabel herrschte. Der Schatzmeister des Königreichs war damals ein gewisser Arias Dávila, ein Neuchrist. Obwohl wir durch die Taufe vor Gott alle gleich sind, sage ich, daß man einen Neuchristen nicht mit einem Altchristen vergleichen kann. Streut Salz ins Wasser, das Salz löst sich auf, es ist nicht mehr zu sehen, aber wenn das Wasser verdunstet, erscheint es wieder. Bei den Conversos bleibt ein Rest immer Jude, und sie schieben einander immer die besten Posten zu.«

»Ihr sagtet, im Jahre 1449 ...?«

»In jenem Jahr wurde in Toledo eine Zwangssteuer über eine Million Maravedís verfügt. Das Volk, dem die Steuereintreiber das Blut aussaugten, erhob sich. Der Hausbesitzer von gegenüber war auch einer von ihnen, Steuereintreiber und Converso, so wie alle. Die Meuterer haben seine Tür eingedrückt, die Wohnung geplündert, ihn windelweich geschlagen, und sie hätten ihn sicherlich getötet und das Haus angezündet, wie sie es andernorts getan haben, wenn nicht seine Frau dazwischengetreten wäre. Eine Frau aus einer alten christlichen Familie, ja, Señor!«

»Er hatte eine echte Christin geheiratet!«

»Er war wohlhabend, und Maria de Soca war weitaus jünger und eine sehr schöne Frau, groß, wundervolle Augen, sehr hell, blaugrau ... Sieh einer an, ein bißchen so wie Eure, Señor. Sie haben sich anscheinend gut verstanden ... Noch ein Glas Wein? Ein Neffe von mir hat nicht weit von hier seine Weinberge, er bringt mir jedes Jahr zum Namenstag ein paar Flaschen. Wie findet Ihr ihn? Ein guter Wein, nicht wahr?«

»Ausgezeichnet. Ihr sagtet, daß diese Frau ...«

»Eine sehr traurige Geschichte. Die Unglückliche hat sich von dem Schock nicht erholt, ein paar Monate danach ist sie gestorben, sie hinterließ ein kleines Kind, einen Jungen. Zur selben Zeit sprach man davon, die Conversos aus allen öffentlichen Ämtern zu entfernen. Das war zuviel für unseren Mann. Er hat seine Ämter aufgekündigt, die Hausangestellten entlassen und sich zu Hause eingeschlossen, allein mit seinem Bengel ... Und genau von diesem Zeitpunkt an fing er an zu judaisieren.«

»Woher wußtet Ihr das?«

»Man hat doch Augen im Kopf. Wenn beim Nachbarn der Leuchter Freitag nacht angezündet bleibt: Sabbat! Wenn den ganzen Sonnabend über kein Rauch über seinem Dach aufsteigt: Sabbat! Außerdem habe ich ihn nach dem Hinscheiden seiner Ehefrau mehrmals in der Nähe der Kirche Santo Tomé auf der großen Straße gesehen, die auf das Judentor zugeht. Ganz bestimmt hat er sich dort mit koscheren Lebensmitteln versorgt. Selbstverständlich ist er jeden Sonntag mit dem Bengel zur Messe gegangen, alle Conversos, die judaisieren, die ganze Sippschaft macht das so. Noch so eine Täuschung, aus der sie Nutzen ziehen! Aber dann, eines Morgens ...«

»Wie lange war seine Bekehrung her?«

»Oh, seine Familie hatte sich vor etwa einem Jahrhundert für die Taufe entschieden. Aber nun hört Euch das an, Señor! Eines Morgens zu früher Stunde, meine Frau, Gott hab sie selig, stand gewöhnlich früh auf, also meine Frau macht mich wach: ›Steh auf, Pedro, beim Nachbarn gegenüber geht etwas vor sich.‹ Unser Mann holte gerade seine schwerbeladenen Maultiere heraus. Wir haben uns übrigens deswegen fast gestritten, meine Frau meinte, er schaffe Gegenstände weg, um sie zu verkaufen, und ich war mir sicher, daß es sich um seine Bücher handelte, er vergrub sich immer darin! Na schön, lassen wir das. Er hat den Jungen auf eins der Tiere zwischen die Gepäckstücke gesetzt, und so ist er losgezogen. Ich sehe ihn noch vor mir, mager und gebeugt, wie er war, schleppte er sich zwischen seinen Maultieren vorwärts. Seine Gesundheit hätte ich nicht geschenkt haben mögen! Seit der Meuterei hatte er ein schwaches Herz, einmal sogar eine heftige Herzattacke, meine Frau hat den Jungen für einen Tag genommen, er war brav, wohlerzogen und sehr reinlich, aber weder redseliger noch fröhlicher als der Vater. Kein Wunder, wenn man schon als kleiner Wurm so abgeschieden lebt, ohne einen Menschen zu Gesicht zu bekommen, das muß ja den Charakter verbiegen, meint Ihr nicht auch?«

»Zumindest formt es ihn anders ... Was ist aus ihnen geworden?«

»Stellt Euch mal vor, Señor, sich einfach so, ohne Abschied, davonzumachen, seltsame Manieren, das müßt Ihr doch zugeben!«

»Wohin sind sie gegangen?«

»Ein Geheimnis! Wir haben nie etwas von ihnen gehört. Ein Freund, dem ich unsere Betroffenheit gestand, vermutet, daß Luis de Carjaval nach Navarra gehen wollte. Dort sind die jüdischen Gemeinden nicht so streng und nehmen die Conversos, die zu ihrer Religion zurückkehren, wieder auf. Aber ich für meinen Teil denke, daß er in seinem Zustand nicht imstande war, eine solche Reise zu unternehmen ... Wenn Euch das Haus gefällt, Señor, wendet Euch doch an die Stadtverwaltung. Da sich die Erben nicht gemeldet haben, würde man Euch nach so langer Zeit vielleicht eine günstige Übereinkunft vorschlagen. Mir wäre es nur recht, wenn die Fassade renoviert würde, es ist eine Schande für das Viertel. Ich habe die Schlüssel. Wenn Ihr es Euch ansehen wollt ...«

Ich stammelte eine vage Entschuldigung, bedankte mich für die freundliche Aufnahme und stürzte in die erstbeste Kirche, wo ich tief erschüttert zusammenbrach.

Eine zittrige Stimme, die die Worte, mit dem genüßlichen Schwelgen alter Leute im Klatsch, tröpfchenweise herausbrachte, hatte soeben die Leere zugeschüttet, die seit so vielen Jahren wie eine schwere Last auf mir lag. Armer Vater! Arme, arme Mutter! Ähnelte ich ihr? Mein Vater hatte es gesagt. Eine Christin. Gesegnet seist du, Maria de Soca, daß du deinem Sohn diesen Trost gegeben hast! Soca, mein Name, ihr Name, den mein Vater, gewiß aus Vorsicht, gegen den seinen eingetauscht hatte, als er uns nach Navarra führte. Es erschien mir seltsam, den Namen meines Vaters vor mich herzusagen: Luis de Carjaval! Ein Deckname, offenbar. Alle Juden, die sich bekehren, nehmen einen anderen Namen an. Was Navarra angeht, so hatte der Freund des alten Mannes nur geraten. Ich erinnerte mich mit einemmal daran, wie mein Vater mir eines Tages anvertraut hatte, daß er, sobald seine Gesundheit wiederhergestellt sei, vorhabe, sich dort niederzulassen. Der Weg aus der Stadt heraus führte in diese Richtung. Aber warum, Herr, habt Ihr ihm nicht in Toledo den notwendigen Mut gegeben, den Prüfungen standzuhalten? Warum hat er Euch aus Verzweiflung verraten und ist zu einer Religion zurückgekehrt, die seine Eltern verleugnet hatten? Aber ich korrigierte mich sofort: Stellt man denn den Willen Gottes in Frage? Er hat seine Gründe, vorausschauend bestimmt er das Schicksal eines jeden von uns. War es nicht das meine, Buitrago und Isabel zu begegnen? Von solchen Gedanken bestürmt, die mir durch den Kopf jagten, brach ich in Tränen aus. Ein Bild verfolgte mich: mein Vater, wie er sich zögernden Schritts und mit gebeugtem Rücken zwischen seinen Mauleseln auf der Landstraße dahinschleppt. Ich wußte, daß dieses Bild ein Leben lang tief in meinem Herzen eingegraben bleiben würde. Aber ich wußte auch, daß die Tränen, die ich jetzt um ihn vergoß, die ersten und die letzten sein würden. Er hatte mich viel gelehrt, fast alles, aber dabei hatte er das Wesentliche versäumt: mich zu lehren, ihn zu lieben.

36

Nachdem die größte Hitze vorüber war, kam Don Fadrique zu mir nach Toledo. Solange ich voller Anspannung auf den Ausgang des Kampfes wartete, den sich Isabel und der Papst lieferten, hielt ich es für ratsamer, Magdalena und den Kleinen in Salamanca zu lassen.

Gleichzeitig mit Don Fadrique traf auch Álvaro ein.

Noch am selben Abend speisten wir zusammen in der Herberge, die er mir genannt hatte.

»Du hast zugenommen«, sagte ich.

Er lachte.

»Bruder, das letztemal, als wir uns gesehen haben, war ich bei Rahel, und da war ich nur noch Haut und Knochen.«

»Wann entschließt du dich, dich zu ergeben und an den Hof zu kommen?«

»Mich ergeben? Das ist im Friedensabkommen enthalten, es gibt eine Amnestie für die Edelleute, die sich den Portugiesen angeschlossen hatten.«

»Begreif doch, ich meine die offizielle Versöhnung mit der Königin.«

»Luis, in diesem Punkt werden wir uns niemals einig sein. So siegreich Isabel auch sein mag, was sie ja nur allzu deutlich zu verstehen gibt, bleibe ich dabei, daß sie nichts weiter ist als eine Usurpatorin.«

»Was für ein kategorischer Ton! Hast du irgendeinen Beweis dafür, der meinem Scharfsinn entgangen wäre?«

»Ist der beste Beweis nicht die Grausamkeit, mit der sie gegen die Prinzessin Juana vorgeht?«

»Aber Juana hat Isabel in aller Öffentlichkeit als Giftmörderin bezeichnet, solcherlei Aussprüche wecken nicht gerade Zuneigung. Doch da liegt nicht das Problem, die Königin stellt die Interessen des Landes über ihre Gefühle, und im Friedensabkommen ...«

»Das Friedensabkommen! Eine schöne Alternative, vor die man Juana da gestellt hat: entweder ins Kloster zu gehen oder Don Juan zu heiraten, Isabels Sohn, einen Säugling, der noch in den Windeln liegt!«

»Vergiß nicht, daß Don Juan Thronerbe von Kastilien ist. Das Angebot scheint mir doch sehr ehrenwert zu sein.«

»Das wäre es, ohne die demütigenden Bedingungen, an die es geknüpft ist. So soll, um nur eine zu nennen, Juana unter einem Vormund in Portugal abwarten, bis Don Juan das Alter erreicht hatt, wo er seinen eigenen Willen zum Ausdruck bringen kann, das heißt, bis sie einunddreißig und der Prinz vierzehn ist, und dann würde es höchstwahrscheinlich zu einer Ablehnung kommen. Köder, eiskalte Berechnung, dieses Heiratsprojekt! Im Grunde war es Isabels Ziel, die Prinzessin dazu zu bewegen, das Kloster zu wählen, sie politisch endgültig auszuschalten, und das ist ihr gelungen, Juana tritt bei den Klarissen von Coimbra ein.«

»Sprich nicht weiter. Ich kenne den Vertrag auswendig, ich habe ihn zu einem großen Teil selbst abgefaßt.«

»Nach dem Diktat von Isabel.«

»Mit ein paar eigenen Vorschlägen. Ich betone, daß ich den Vertrag billige. Reden wir offen miteinander, Álvaro. Diese Angelegenheit der Legitimität oder Illegitimität wird ein Bettgeheimnis bleiben. Für mich besteht die eigentliche Legitimität in den wahren Werten, die sie erzeugen und rechtfertigen, also Mut, Intelligenz und ein stählerner Charakter, ja, auch Mißgeschick. Mit einem Wort, in allem, was, seitdem die Welt besteht, große Persönlichkeiten hervorgebracht hat. Nicht derjenige oder diejenige ist zwangsläufig würdig, ein

Land zu regieren, der in seiner Wiege eine Krone entdeckt! Regieren aufgrund der Erbfolge, dafür gibt es nur allzu viele verheerende Beispiele. Isabel hat sich für fähig erachtet, diese Krone zu tragen, und sie, eine blutjunge Frau in einer unerbittlichen Männerwelt, hat sie sich erobert, allein gegen den König, ihren Bruder, und gegen die Mehrheit des Adels, das heißt allein gegen alle, ohne Mittel, ohne Vermögen, ohne Truppen. Ihre Freiheit, ihr Leben für diese Krone! Was hast du einer so außergewöhnlichen Persönlichkeit, zu der dir schwerlich ein anderes Beispiel einfallen würde, entgegenzuhalten? Die Prinzessin Juana war nur eine Geisel, eine ausgestopfte Puppe in den Händen der Portugiesen und des Hochadels, dessen unheilvolles Wirken man unter König Enrique beobachten konnte. Und als Königin würde auch Juana den Machenschaften der Granden weiterhin tatenlos zusehen! Solche Verhältnisse wären nicht wünschenswert, und für das Gedeihen des Königreichs wäre es ebensowenig zu wünschen, wenn ihr Name oder der von möglichen Abkömmlingen erneut die Dämonen der Begehrlichkeit weckten. ›Sie politisch ausschalten‹, hast du gesagt, der Satz trifft es, und ich bin froh, daß ich dazu beigetragen habe.«

»Bruder, ereifern wir uns nicht, behalt du deine Überzeugungen, ich behalte die meinen ... Ich bin gekommen, um dir mitzuteilen, daß Francisca schwanger ist.«

Ich stand auf und umarmte ihn.

»Herzlichen Glückwunsch den zukünftigen Eltern. Wann ist es soweit?«

»Im nächsten Februar.«

»Freust du dich wenigstens?«

»Hauptsache, Francisca freut sich. Das Kind wird auf ihrem Gut in der Estremadura zur Welt kommen.«

»Denkst du daran, dich dort niederzulassen? Eine schöne Gegend, aber egoistischerweise finde ich es sehr weit weg.«

»Sei beruhigt, ich bin kein Kalb, das sich anpflocken

läßt, Bruder, Doktor ha-Levi ist vergangenen Winter gestorben.«

Die Nachricht berührte mich.

Francisca schwanger, Rahel frei …

»Was gedenkt Rahel zu tun?« fragte ich.

»Bei den Juden gilt die levitische Tradition. Ein Mann muß seine Schwägerin heiraten, wenn sein Bruder ohne Nachkommen verschieden ist. Rahel hat das abgelehnt. Sie hat vor Zeugen die Schuhe ihres Schwagers aufgeschnürt, eine symbolische Geste, die ihn von seinen Verpflichtungen entbindet. Aber von der Gemeinde ist diese Geste eher ungünstig aufgenommen worden. Rahel beabsichtigt darum, auf einem kleinen Weingut zu leben, das ihr der Doktor im Testament hinterlassen hat. Es wird hart für sie werden, die Ihren zu verlassen, aber das macht unsere Treffen einfacher. Luis, Bruder …«

Álvaro lächelte. Ich erkannte ihn wieder. Als junger Mann hatte er denselben verführerischen Ausdruck im Gesicht, wenn er mir einen Gefallen abpressen wollte.

»Bruder, ihr Gut liegt im Süden von Valladolid. Wenn du in der Gegend bist, versprichst du mir, sie zu besuchen? Sie mag dich sehr.«

»Das werde ich tun.«

37

Ich war glücklich, so glücklich, daß ich Buitrago wiedersehen würde, glücklich, in Catalinas Gefolge zu galoppieren, glücklich über diesen prächtigen Herbst, der die Wälder in Gold tauchte, glücklich über die Rasten, bei denen uns Geselligkeit und Gastlichkeit umfingen.

Isabel stand eine weitere Niederkunft bevor.

Da es ihr Wunsch war, daß Fernando, der seit ihrer Krönung in Aragón festgehalten wurde, bei der Geburt des Kindes anwesend sei, hatte sie Antón Valdez und drei aragonische Edelleute unter seinen Freunden beauftragt, ihn nach Toledo zu geleiten.

In Kastilien begegneten wir keinem Räuber, dafür aber drei Kadavern, alle drei waren an einen Baum genagelt und von Pfeilen durchbohrt – die Handschrift der *Santa Hermandad* und Antwort auf die begangene Bluttat.

Catalina erschauerte.

»Glaubst du, daß sie in der Hölle sind?«

»Bevor sie hingerichtet werden, verabreicht man ihnen die heiligen Sakramente, Gott erweist sich als barmherzig gegenüber denen, die Reue üben.«

Im Palast der Aljafería von Zaragoza teilte man uns mit, daß Fernando sich in Valencia aufhielte. Antón und seine Freunde beschlossen, unverzüglich weiterzureisen, auf dem Rückweg würden sie uns auf dem Besitz von Ana, Catalinas Mutter, wieder mitnehmen.

Buitrago war alt geworden. Falten zerfurchten sein kantiges Gesicht, seine Schläfen waren weiß, seine Augen blitzten nur noch auf, wenn er auf Juan II. zu sprechen kam.

»Noch mit Zweiundneunzig hat er Aragón regiert! Wo findest du noch einmal eine so unverwüstliche Natur? Cresques Abiabar, der Rabbiner von Lérida, hat ihn am grauen Star operiert, er konnte wieder sehen, und stell dir vor, in seinem Alter hat er sich noch einmal wahnsinnig in ein junges Ding verliebt! Ich werde nie vergessen, daß er mir bei unserer ersten Begegnung Vertrauen geschenkt hat, dabei hätte er mich zu Recht für einen Dieb halten können.«

»Das werde ich auch nicht vergessen.«

»Ich habe ihm versprochen, Fernando so lange zu dienen, wie der Herr mir die Kraft dazu verleiht, aber trotzdem, dir kann ich es ja gestehen, ich mag unseren neuen Herrscher nicht. Sicherlich hat er die großartige Intelligenz seines Vaters geerbt, aber er hat nicht dieselbe Ausstrahlung wie König Juan.«

Ana betrachtete voller Entzücken Catalina.

»Wie schön du bist, meine Tochter!«

»Sagt ihr das nicht allzuoft, sie steht schon genug vor dem Spiegel.«

»Bösewicht! Mama, hört nicht auf das, was Luis sagt, Luis betet mich an. Nicht wahr, du betest mich doch an?«

»Man betet nur Gott an.«

»Luis hat recht, Catalina. Und du bist bald Herzogin. Meine Tochter, Ehrendame der Königin und Herzogin!«

»Oh, es gibt noch Besseres zu berichten, über Luis zum Beispiel. Es ist ein Geheimnis, aber ich kann meine Zunge kaum noch im Zaum halten, Geheimnisse sind nur aufregend, wenn man sie lüften kann. Ich habe also das Vergnügen, Euch mitzuteilen, daß Luis zum Erzbischof von Cuenca ernannt werden wird. Monsignore Luis de Soca!«

Wir waren beim Essen. Ana und Buitrago standen auf, Ana

gab mir einen Kuß auf beide Wangen, Buitrago drückte mich heftig.

»Was für eine Ehre, dich als Sohn zu haben!«

»Wenn Ihr nicht gewesen wärt, was wäre dann aus mir geworden?«

»Das ist vor allem König Juan zu verdanken, Luis.«

»Machen wir uns nichts vor. Da er meine Studien befördert hat, wart Ihr ihm noch treuer ergeben. Deshalb, noch einmal, was wäre ich ohne Euch?«

»Bei deinen Fähigkeiten!«

»Es gibt so viele fähige Köpfe, die im Schatten bleiben. Um zu glänzen, braucht es ein Quentchen Glück. Und mit dem Bistum ist es noch gar nicht sicher. Die Königin steht ebendarum mit dem Vatikan auf Kriegsfuß.«

Catalina lachte.

»Wie sehr, könnt Ihr Euch gar nicht vorstellen! Vor unserer Abreise hat die Königin uns, ihren Hofdamen, mitgeteilt, daß sie dem Papst ihre Absicht kundtun würde, die Monarchen der Christenheit zu einem Generalkonzil einzuberufen, um die Sitten des Heiligen Stuhls zu reinigen. In Anbetracht der Mißbräuche Seiner Heiligkeit, seiner übertriebenen Ausgaben et cetera, wird der Papst aber ihrer Meinung nach aus Furcht vor einem Konzil klein beigeben. Also, Mama, mit der Königin ist nicht zu spaßen, nicht einmal der Teufel hätte Lust, sich mit ihr anzulegen!«

Ich bemerkte, daß Ana kaum aß. Ihre früheren Rundungen waren verschwunden, ihre Röcke hingen an ihr herunter, sie hatte eine ungesunde Gesichtsfarbe.

Während eines Spaziergangs im Olivenhain nahm sie mich am Arm.

»Luis, da du immer so gut Bescheid weißt, erkläre mir doch, was Isabel und Fernando dazu getrieben hat, in Kastilien die Inquisition einzuführen?«

»Das ist noch ganz neu, man hat noch nicht einmal die Inquisitoren bestimmt. Anfangs hatte das Vorhaben die Königin abgeschreckt, aber sie darf sich der Meinung des Volkes nicht verschließen. Obwohl ihr Beichtvater, ihr Schatzmeister, ihr Chronist und ein großer Teil unserer Umgebung aus konvertierten Familien stammen, alles untadelige Männer, glühende Gläubige, ist es so, daß ...«

»Dann füge deiner Liste auch noch den König hinzu, denn Fernando hat von seiner Großmutter mütterlichseits, Juana Enríquez, ebenfalls jüdisches Blut in den Adern! Aber entschuldige, daß ich dich unterbrochen habe, du sagtest, die Königin ...«

»Während ihres Aufenthaltes in Andalusien hat sie von der Geistlichkeit eine ganze Reihe von Beschwerden hinsichtlich der Doppelzüngigkeit der Neuchristen erhalten, das hat ihre Überlegungen und auch die Meinung von Fray Torquemada, ihrem früheren Beichtvater, beeinflußt. König Fernando hat übrigens niemals verhehlt, daß er dem Plan nicht abgeneigt sei.«

Ana blieb stehen.

»Wenn er ihm nicht abgeneigt ist, dann haben wir hier bald die Tribunale der Inquisition.«

»In Aragón gibt es die Inquisition längst, Ana.«

»Abgesehen von ein paar Prozessen, hat sie aber nie eine systematische Bedrohung für diejenigen bedeutet, die sich nicht der Reinheit ihres Blutes als Christen rühmen können. Andererseits ... Weißt du, meine Vorfahren waren Juden aus Narbonne, im Languedoc. Was die Inquisition dort mit ihrer besten Waffe, dem Denunziantentum, an Verfolgungen und Grausamkeiten begangen hat, ist auf mündlichem Wege bis zu mir gelangt. Isabel und Fernando sind nicht die Könige, die etwas halb machen. Ich habe Angst, Luis.«

»Wovor? Nur jene unter den Conversos haben zu zittern, die insgeheim den jüdischen Glauben praktizieren, die ein

Doppelgesicht haben, Christen in dem, was sie nach außen tun, und zu Hause Juden. Das kann man nicht dulden, der Glaube läßt keine Abweichung zu. Jude oder Christ – beides zugleich ist ausgeschlossen!«

Ein Lächeln verzog die schmalen Lippen Anas.

»Ich beneide dich, Luis. Für dich ist alles einfach.«

Ich hasse Abschiede, sie sind immer ein kleines Sterben. Buitrago brachte uns bis zum Eingang des Anwesens. Seine beleibte, vom Gewicht der Jahre gebeugte Gestalt hob sich vom grünen Rundbogen der Eiben ab. Wann würde ich ihn wiedersehen? Würde ich ihn überhaupt wiedersehen? Nichts war von dem Hochgefühl geblieben, das mich bei der Abreise von Toledo wie berauscht hatte, ich schlüpfte wieder in meine alte Haut.

Bei der Weiterreise nach Zaragoza erlebten wir einen überaus mürrischen, mißgelaunten Antón, der ständig etwas an Catalina auszusetzen hatte. Sie ertrug seine Vorhaltungen mit einer Geduld, die mich erstaunte.

»Die Landluft hat dich so gelassen gemacht ...«

Catalina seufzte.

»Was willst du, sich ständig in den Haaren zu liegen ist doch kein Leben.«

Vor jeder Rast schickte Antón seine Diener voraus, für das Essen zu sorgen, und so nahmen wir vor riesigen Bergen von Speisen Platz, die der Wirt uns auftischte. Den Wanst reichlich gefüllt, heiterte sich Antóns Miene wieder auf, und er bedachte uns mit einem ganzen Schwall von Scherzen, die mich auf der Hinreise ergötzt hätten, mir aber jetzt nur erbärmlich erschienen.

An jenem Abend machten wir in einem kleinen Ort bei Guadalajara halt, dem Lehensgut der Mendozas. Ich erinnere mich unter anderem an Rebhuhnbraten, gespickte Wachteln und einen köstlichen, in Kräuteröl eingelegten Schafskäse. Wein aus der Mancha machte die Runde.

In der Herberge gab es nur zwei ordentliche Zimmer. Wir überließen eines Catalina und ihrem Gemahl, das andere teilte ich mir mit Antóns Freunden.

Das Essen war zu reichhaltig gewesen, manches vielleicht schon verdorben, was häufig vorkam, aber das stellte man erst hinterher fest, denn kräftig mit Pfeffer, Safran oder Zimt gewürzt, läßt sich der Geschmack leicht überdecken. Mein Magen rebellierte, ich konnte nur schwer einschlafen. Ein Aufschrei weckte mich. Er kam aus Catalinas Zimmer. Ich warf mir meinen Umhang über und stürzte, gefolgt von Antóns Freunden, los.

Die Öllampe beleuchtete Catalinas Gestalt: Im Nachthemd, mit entstelltem Gesicht, stand sie neben Antón, der der Länge nach auf dem Boden lag. Ich warf Catalina ein Tuch über, wies den durch den Lärm aufgeschreckten Wirt an, eiligst einen Arzt zu rufen, auch wenn es überflüssig schien, wie der Doktor darauf bestätigte.

»Herzstillstand, Señora. Wie ist es zu dem Unfall gekommen?«

»Mein Gatte ist aufgestanden, wahrscheinlich fühlte er sich unpäßlich, und dann ... und dann ist er umgefallen.«

»Übermäßige Ausschweifung, Señora. Wenn man sich den korpulenten Körper dieses Herrn ansieht, hat er sich gewiß nicht von dünnen Suppen ernährt! Der Mensch sollte jeden Morgen seine Seele Gott empfehlen, insbesondere wenn er vermögend ist und sich hemmungslos den Verlockungen eines guten Essens hingibt, gut für den Gaumen, aber verderblich für die Eingeweide. Selig sind die Armen! Solche Sorgen kennen sie nicht, und vorausgesetzt, Epidemien und andere Katastrophen zehren nicht an ihren Kräften, garantiere ich Euch, daß sie mit einer Knoblauchzehe, Schwarzbrot und einer Handvoll Oliven gesünder sind und länger leben als unser Adel.«

»Einen Priester«, murmelte Catalina. »Luis, ich bitte dich darum, ich bitte dich darum! Unser lieber Antón soll uns wenigstens mit dem Segen Gottes verlassen.«

Sie konnte kaum sprechen, sie rang nach Luft, und als ich mit dem Priester zurückkam, weinte sie noch heftiger.

Wir hielten bis zum Morgen bei dem Leichnam Wache. Die Diener hatten eine Bahre besorgt, auf die sie den in ein Laken gehüllten Körper von Antón betteten. Catalina bestand darauf, ihn mit dem Zobelmantel zu bedecken, den ich ihr geschenkt hatte. »Er friert, ich sage dir, er friert!« sagte sie immer wieder. Einen so kostspieligen Mantel für einen Toten zu opfern, der ihr zu Lebzeiten nur Unannehmlichkeiten bereitet hatte, war ein Irrsinn. Aber da ich sah, daß sie kurz vor einem Nervenzusammenbruch war, schwieg ich.

Wir brachen auf. Zwei Maultiere zogen die Bahre. Catalina, verschleiert, starr, tragisch, folgte.

Mit diesem Leichenzug erreichten wir bei einem Regen, der erst hinter Madrid nachließ, am übernächsten Vormittag Toledo. In aller Eile regelte ich die Einzelheiten des Totengottesdienstes. Wir beerdigten Antón in einem vorläufigen Grab. Seine Familie würde dafür Sorge tragen, den Sarg nach Aragón, in heimatliche Erde, zu überführen.

Am selben Tag setzten bei der Königin die Wehen ein. Sie kam mit der Infantin Juana* nieder. In Erwartung dieses Ereignisses, das mit Festlichkeiten begangen wurde, blieb Antóns Tod fast unbemerkt. Die Stunde war eher Glückwünschen als Trauerbezeugungen günstig, jeder dachte nur an seinen Vorteil.

Catalina machte mir Sorgen. Sie blieb niedergedrückt und stumm. Ich sprach mit Don Fadrique darüber.

»In der Öffentlichkeit ist eine solche Haltung für eine Witwe wohl angemessen, aber mit uns, Don Fadrique, mit uns! Sie hat uns niemals verhehlt, daß sie Antón zehn Fuß tief un-

* Juana, genannt die »Wahnsinnige«, spätere Mutter Karls V.

ter die Erde wünschte, jetzt ist er dort, und da müßte sie doch vor Freude in die Luft springen.«

»Frauen sind eigenartige Kreaturen, sie reagieren auf unvorhergesehene Weise. Vielleicht empfindet sie eine Art Leere? Der Verlust eines Nächsten, auf den man seine ganze Feindseligkeit gerichtet hat, berührt einen zuweilen ebensosehr wie der eines geliebten Wesens.«

Eines Nachmittags sprach mich Rosa, die alte Dienerin Catalinas, an.

»Señor de Soca, meine Herrin verlangt nach Euch. Kommt bitte mit. Sie ist in einem solchen Zustand! Ich zeige Euch den Weg, wir mußten das Stockwerk wechseln.«

Ein winziges Zimmer, drei Truhen, aus denen wild durcheinander Kleidungsstücke quollen. Catalina lag im Bett. Sobald sich die Dienerin zurückgezogen hatte, begann sie loszuschreien:

»Hast du das gesehen, hast du gesehen, wie man mich behandelt? Dieses Rattenloch! Unter dem Vorwand, ich würde allein zuviel Platz beanspruchen, hat man meine Garderobe hierhergebracht. Noch nicht einmal einen Monat nach Antóns Tod, wie taktvoll. Die Königin sucht nach Gründen, mich zu demütigen und davonzujagen. Die Eifersucht nagt an ihr, und wenn eine Frau hübsch ist ... Aber sie hat nichts zu befürchten, ich habe Fernando vor ihr gehabt.«

»Sag es ihr, das wird sie beruhigen.«

»Ich bitte dich! Ich bin nicht in der Stimmung, deine Geistesblitze zu würdigen! Vorher, als Antón noch lebte, hat sie sich zurückgehalten, sie nimmt Rücksicht auf die Aragonier, und jetzt ... Aber ich werde mich rächen. Nicht mehr lange, dann wird sich der gesamte Hof vor der Herzogin von Santoral verneigen, und deine Isabel wird nicht umhinkönnen, mir ihre Gunst zu erweisen.«

»Hast du mich wegen dieses Gejammers mitten am Tage zu dir gerufen und damit riskiert, uns zu kompromittieren ...?«

»Na, beruhige dich, kleiner Heiliger! Als ob es darum gehen würde!«

»Worum geht es denn? Du hast dir so verzweifelt gewünscht, Witwe zu werden, jetzt könntest du doch überglücklich sein.«

Sie seufzte.

»Ich habe Angst, Luis, ich habe solche Angst!«

Ihr Ton war umgeschlagen. Das bestätigte meinen Verdacht.

»Du hast ihn getötet, du hast Antón getötet, nicht wahr?«

Catalina sprang aus dem Bett.

»Wie kannst du dir ein derartiges Greuelmärchen ausdenken? Du hast doch gehört, was der Arzt gesagt hat, du hast es doch gehört! Seine Diagnose war eindeutig: Antón ist an Herzstillstand gestorben, seine Freßgier hat ihn getötet. Ich ihn töten? Heilige Jungfrau! Wofür hältst du mich?«

»Für jemanden, der sich meisterhaft darauf versteht, jederart Pülverchen zu mischen. Während unseres Aufenthaltes bei deiner Mutter war es ein leichtes, dir das Gift zu beschaffen.«

»Schweig, schweig!«

»Spiel nicht die Heuchlerin, nicht mit mir. Du hast so sehr befürchtet, daß Santoral dir entwischen könnte, immer wieder hast du gesagt …«

»Ich bin dreißig Jahre alt, und für eine Frau marschieren die Schönheit und die Zeit im Gleichschritt. Aber so etwas! Ich weiß, ich weiß, ich habe Antóns Tod mehr als tausendmal herbeigesehnt, du brauchst mich nicht daran zu erinnern, doch zwischen dem, was man möchte, und dem, was man tut … Aber gerade das erschreckt mich. Hat sich der Teufel eingemischt und meinen Wunsch erhört, um nun wer weiß was von mir als Gegenleistung zu verlangen? Ich habe solche Angst, Luis, daß ich in die Hölle komme!«

»Beruhige dich. Selbstverständlich ist es sehr schlimm, den Tod von jemandem herbeizuwünschen, aber wenn du nichts unternommen hast, ihn zu beschleunigen …«

Catalina wich zurück.

»Du glaubst mir nicht, nicht wahr? Du hältst mich für schuldig?«

»Du hast dich selbst in diese Situation gebracht! Wer kommt schon auf die Idee, sich durch eine formale Ehe mit einem Mann zu verbinden, den man verabscheut, und nichts in der Hand zu haben als das Verlangen eines Prinzen!«

»Ich habe ihn nicht getötet, Luis, ich schwöre es dir bei meiner Mama und bei meiner Seele. Außerdem, ihn töten, das heißt mir viel mehr Mut zutrauen, als ich habe. In Wirklichkeit bin ich feige. O nein, ich leugne es nicht, jeden Abend habe ich mir gesagt: ›Morgen. Morgen mache ich es!‹ Aber dann die Vorstellung, man könnte mich anklagen, mich vor ein Gericht schleifen ... Kannst du dir vorstellen, wie ich in einem Kerkerloch hocke, dem Henker ausgeliefert? Allein bei dem Gedanken laufen mir Schauer über den Rücken! Allerdings hätte Antón es wohl verdient. Ich muß dir das zeigen. Sieh mal ...«

Mit zittrigen Händen löste Catalina die Bänder ihres Nachthemds, der seidige Stoff öffnete sich bis zur Taille, sie schob ihn mit beiden Händen zur Seite und entblößte ihre Schultern und ihren Oberkörper, die Spuren von blauen Flecken erkennen ließen.

»Ich habe es nicht ertragen, daß er mich berührt, das hat ihn wütend gemacht, und er hat mich geschlagen, ich habe dir nichts davon gesagt, aber trotz unserer Abmachung hat er mich geschlagen.«

»Er hat dich geschlagen! Warum hast du mir das nicht erzählt?«

»Ich habe mich geschämt. Solche Sachen gibt man nicht zu.«

So hatte dieser Hundsfott gewagt, sie mit seinen schmutzigen Tatzen zu berühren, sie zu schlagen, und selbstgefällig, wie ich war, hatte ich nichts geahnt und sie nicht zu schützen vermocht! Mir kochte das Blut in den Adern. Wenn Gott

Antón nicht bereits zu sich befohlen hätte, ich hätte ihn auf der Stelle umgebracht!

»Luis, Luis, glaubst du mir jetzt? Luis, antworte mir, glaubst du mir?«

Wie sie da, barfuß, mit gelöstem Haar, das ihr in Wellen bis auf die Hüften fiel, und diesem flehenden Gesicht, zu mir aufblickte, sah sie aus wie ein kleines Mädchen, doch ein Mädchen hätte nicht diese wohlgerundeten Brüste mit den wie braune Knospen aufgerichteten Brustwarzen gehabt, nicht diesen begierigen, tiefroten Mund, auf den Fernando und andere Männer den ihren gedrückt hatten.

Seit so langer Zeit, manchmal bis zur Besinnungslosigkeit, hatte ich das Verlangen nach ihr unterdrückt, anfangs aus Schüchternheit, dann aus Stolz. Und aus Liebe, so sonderbar es klingt. Ich wollte keine Liebschaft mit ihr eingehen, sie nicht nur beschlafen, um meine Lust zu befriedigen, und ich suchte ständig nach neuen obszönen Worten, um mir mein Verlangen auszutreiben. Ich wollte mehr, ich wollte alles, aber ich bekam nichts und fand mich damit ab. In diesem Augenblick aber brach der Deich, der die Fluten gebändigt hatte, ich rief: »Catalina!«, nahm sie in meine Arme und warf sie aufs Bett.

Danach erst, lange danach zog ich ihr das Nachthemd aus, küßte sie auf die Lippen, die Augenbrauen, küßte ihre rosigen, duftenden schmalen Hände, ihren Hals, ihren seidigen Bauch, berührte die kleinste Falte ihres Körpers, verschlang sie wie ein Ausgehungerter, der unversehens zu einem königlichen Bankett geladen wird. »Ich liebe dich, ich liebe dich«, sagte ich, sagte es immer wieder, und wie ein Echo hörte ich sie sagen: »Ich liebe dich, ich liebe dich.« Nichts als dieses eine Wort. Auf einmal faßte mich Catalina an den Haaren und lachte, ein kleines, zartes Lachen, das mich mit seinem Hauch liebkoste: »Luis, Liebster, so brav, wie du bist – wer hätte gedacht, daß du so wild sein kannst!«

Als ich sie verließ, kam sie an die Tür gelaufen.

»Luis, wenn ich Santoral heirate, ändert das nichts für uns. Warum hast du es nicht früher gewagt? Ich habe dich geliebt, aber du hast mich eingeschüchtert, du warst ein solcher Griesgram und hast dich so tugendhaft aufgeführt, als ob du über den Dingen stehen würdest.«

Ich hatte keine Vorstellung, wie spät es war. Auf den Gängen und Treppen begegnete ich vertrauten Gesichtern, wobei mich in der Tat im Palast alle kannten, auch wenn ich nicht alle kannte. Man grüßte mich mit dem Respekt, den Einfluß und Macht eingeben, einige hatten von diesem Einfluß profitiert, andere erhofften sich ihn, ich erwiderte die Grüße, ich dosierte mein Lächeln und meine Wirkung, mit einem Wort, ich glich wieder dem abgeklärten Wesen, als das ich immer erscheinen wollte – doch was für ein Jubel, was für eine Glückseligkeit in meiner Brust!

Ich erreichte mein Zimmer. Der Raum erstrahlte in Festbeleuchtung. Auf dem Tisch ein überquellendes Buffet, Weinkaraffen.

»Endlich! Wo warst du? Wir haben dich überall gesucht. Aber komm rein, komm schon.«

Mit einem breiten Lächeln erhob Don Fadrique sein Glas.

»Herzlichen Glückwunsch, mein Junge, oder sollte ich lieber sagen: Herzlichen Glückwunsch, Exzellenz? Die Königin hat mir das Privileg zugebilligt, dir als erster die Neuigkeit zu überbringen. Offen gestanden, habe ich kaum noch damit gerechnet, du ja übrigens auch nicht. Papst Sixtus steht im Ruf, unbeugsam zu sein, wenn man sich seinem Willen widersetzt. Trotzdem ist Isabels Rechnung aufgegangen. Die Androhung eines Konzils hat Seine Heiligkeit schließlich bewogen, nachzugeben. Sein Neffe, Kardinal Riario, wird den Bischofssitz von Salamanca bekommen, wie man ihm versprochen hatte. Morgen wird deine Kandidatur für den

Bischofssitz von Cuenca öffentlich verkündet, und die Könige werden ihre Bitte dem Papst unterbreiten, eine übliche Formalität, was deiner baldigen Ernennung gleichkommt. Also, fasse dich, freu dich, man könnte schwören, daß der Blitz in dich gefahren wäre, komm, umarme mich! Nun bist du bald ein Auserwählter unter Auserwählten, ein Mächtiger unter Mächtigen, du hältst den Reichtum in Händen, das Volk liegt dir zu Füßen. Bleibt uns nur noch, deine Priesterweihe vorzubereiten ...«

In der heftigen Verwirrung, in der ich mich befand, war es mir unmöglich, seine Begeisterung zu teilen.

»Ich komme von Catalina«, sagte ich. »Wir sind jetzt ein Paar.«

Don Fadrique sah mich prüfend an.

»Was ist los mit dir, Junge?«

»Ich liebe sie, Don Fadrique, und ich weiß, daß sie mich auch liebt. Solche Gefühle sind unvereinbar mit einem Bischofssitz, ich sehe mich gezwungen, auf das Bistum von Cuenca zu verzichten.«

»Auf Cuenca verzichten! Habe ich richtig gehört? Und das verkündest du uns einfach so! Willst du meinen Tod? Auf Cuenca verzichten wegen einer Frau! Was für eine Torheit! Eine hübsche Geliebte hat der ehrenwerten Ausübung dieses Amtes noch nie geschadet, frag Carrillo und Mendoza. Sie haben ihre Bastarde sogar der Königin vorgeführt, und du bist gut beraten, das gleiche mit dem kleinen Luis zu tun, sobald du Bischofsstab und Mitra erhalten hast.«

»Don Fadrique, ich beschwöre Euch, versucht mich zu verstehen.«

»Was soll ich verstehen? Daß du dir in deinem Dickschädel solche lächerlichen Skrupel zurechtlegst, um dich zu quälen, die Zukunft deines Sohnes zu zerstören und diejenigen, die dir zur Seite gestanden haben, vor den Kopf zu stoßen?«

»Regt Euch nicht auf.«

»Hast du erwartet, daß ich dir dafür meinen Segen erteile? Hast du an die Folgen deiner Weigerung gedacht? Nicht einmal das. Toll geworden wie ein Jüngling bei seinem ersten Samenerguß! Wenn du auf Cuenca verzichtest, wird dir die Königin, die sich mit dem Papst geschlagen hätte, um dich durchzubringen, diese Fahnenflucht niemals verzeihen. Von einem Tag zum anderen, wie mit einem Donnerschlag, wirst du in Ungnade fallen, und dann bist du nichts mehr.«

»Ich weiß.«

»Unterbrich mich nicht! Hast du deine Jugend verbraucht und deine Nächte mit Studieren verbracht, bist du mit dieser Intelligenz und dieser Zähigkeit, um die dich hier alle beneiden, zu Werke gegangen, hast du dich Stufe um Stufe nach oben gearbeitet, um mit dem Gesicht im Staub zu enden? Und Catalina ... Glaubst du, daß eure schöne Liebesgeschichte sich fortsetzen wird, wenn du arm und entehrt bist, eine Zielscheibe des Gespötts am Hofe, von überall verjagt, denn niemand wird es wagen, sich dem Zorn Isabels zu widersetzen – glaubst du, daß Catalina dann mit dir die Brotkrumen teilen wird, glaubst du das? Die Frauen brauchen den Erfolg, um ihre Flamme zu nähren, sie fliehen die Niederlage. Gibst du Cuenca auf, gibst du auch sie auf!«

»Wollt Ihr mir einreden, auf Catalina zu verzichten?«

»Das brauchst du gar nicht zu tun, sie wird auf dich verzichten. Aber was heißt überhaupt verzichten! Kannst du dieses Wort nicht einmal für dich behalten, kannst du das Leben nicht einmal in aller Schlichtheit betrachten?«

»Das ist eine Frage der Reinheit und der Ehre.«

Don Fadrique seufzte.

»Mein Gott! Gib mir noch ein Glas Wein, und steh nicht wie angewurzelt da, komm her ... Wäre ich denn imstande, deine Seele mit meinen Ratschlägen in Gefahr zu bringen, bei der innigen Liebe, die ich für dich empfinde?«

»Nein, ganz sicher nicht. Aber wir sehen die Dinge nicht

auf dieselbe Art und Weise. Die Sünde entsteht aus der Wahrnehmung, die unser Bewußtsein davon hat.«

»Eine vergrämte Tugend ist keine Tugend mehr, sie ist eine Beleidigung für die Gaben Gottes. Da ich mich zu wiederholen beliebe: Wir, die wir unser Dasein dem Wohl des Nächsten gewidmet haben, wir tun keineswegs etwas Böses, wenn wir uns etwas Gutes antun. Denke an die Mission, die Isabel dir anvertraut hat, an die Reformen, die ihr vorhabt. Hast du das Recht, dich dem zu entziehen? Gott wird dich nach deinen Taten beurteilen, nicht nach deinen kleinlichen Skrupeln. Darum sprich mir nicht mehr von irgendwelchem Verzicht, nimm an, was Er dir gibt, und lerne, glücklich zu sein ...«

Inhalt